KB177710

DONGSUH MYSTERY BOOKS 65

THE RED HOUSE MYSTERY

빨강집의 수수께끼

앨런 알렉산더 밀른/이철범 옮김

동서문화사

옮긴이 이철범 (李哲範)

동국대 대학원 영문과 졸업. 〈문학평론〉 주간, 동국대·이화여대 교수, 경향신문·서울신문·중앙일보 논설위원 역임. 1953년 〈연합신문〉에 평론 〈현실과 부조리 문학〉을 발표하여 등단. 지은책 《한국신문학대계》《이 어두운 분열의 시대》《현대와 현대시》《이데올로기 시대의 문학》, 시집 《로스앤젤레스의 진달래》《야간폭격과 새》《지금은 신의 울음》 등이 있다.

DONGSUH MYSTERY BOOKS 65

빨강집의 수수께끼

앨런 알렉산더 밀른 지음/이철범 옮김

초판 발행/1977년 12월 1일

중판 발행/2003년 5월 1일

발행인 고정일/발행처 동서문화사

창업 1956. 12. 12. 등록 16-345 (윤)

서울강남구신사동540-22 ☎ 546-0331~6 (FAX) 545-0331

www.epascal.co.kr

*

이 책의 출판권은 동서문화사 (동판)가 소유합니다.
의장권 제호권 편집권은 저작권 법에 의해 보호를 받는 출판물이므로
무단전재와 무단복제를 금합니다.

편찬·필름·제작 일체 「동판」 자본으로 이루어짐에 따라
출판권 소유권자 「동판」에서 제조출판판매 세무일체를 전담합니다.

사업자등록번호 211-90-02201

ISBN 89-497-0150-2 04840

ISBN 89-497-0081-6 (세트)

빨강집의 수수께끼
차례

머리글

렌턴관 도난사건 ─아더 모리슨

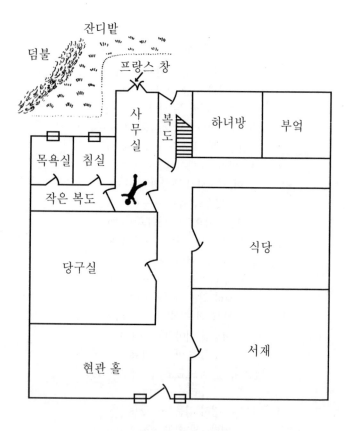

빨강 집 평면도

존 바인 밀른께 드림

아버님

선량한 많은 사람들처럼 당신 또한 미스터리소설을 무척 사랑하시는 분입니다. 그처럼 많은 작품이 나와 있는데도 당신은 아직 적다고 불만이신 모양입니다. 그래서 저는 베풀어 주신 은혜에 조금이라도 보답해 드리려는 생각으로 미스터리소설을 써보았습니다. 이루 다 말할 수 없는 감사와 애정으로 이것을 삼가 바치는 바입니다.

A.A.M

등장인물

마크 애블레트　'빨강 집'의 주인

로버트 애블레트　마크의 형. 오스트레일리아에서 돌아온 불량배

매슈 케일리　마크의 사촌동생이며 비서인 젊은이

루스 노리스　무대 여배우

베티 캘러더인　베벌리의 애인

캘러더인 부인　베티의 어머니

랜볼드　육군 소령

오드리 스티븐즈　하녀

엘시　하녀

스티븐즈 부인　오드리의 큰어머니. '빨강 집'의 요리사 겸 가정부

노벨리 부인　근처의 농장에 사는 미망인

안젤라 노벨리　노벨리 부인의 외딸

버치　경감

앤토니 길링검　아마추어 탐정이며 방랑 청년

빌 베벌리　왓슨 역을 맡은 젊은이

머리글

벌써 몇 해 전의 일이지만, 나는 미스터리소설을 써 보고 싶다는 의향을 출판 대리인에게 말해 본 적이 있었다. 예측한 대로 상대방은 어리둥절한 모양이었으나 곧 냉정해져 나를 이렇게 훈계했다. 즉 '유명한 〈펀치〉 잡지의 유머 작가인 당신에게 우리 나라가 요구하고 있는 것은 유머 소설뿐입니다'라고(덧붙여 말하지만, 뒤에 이 대리인은 편집인 및 출판인들로부터 잇달아 자기와 같은 의견을 들었다고 한다).

그러나 나는 굽히지 않고 어떤 범죄의 세계를 다루어 보기로 결심한 결과, 이 책이 세상에 나오게 되었다. 그런데 2년 뒤에는 내가 동요집을 쓰고 있는 중이라 했더니, 대리인·출판인 모두 이구동성으로 "오늘날의 영국 국민이 가장 읽고 싶어하는 것은 새로운 미스터리소설입니다"라고 확신을 갖고 말하였다. 그로부터 또 2년이 지난 지금, 세상 사람들의 욕구는 다시금 변했다. 아동용 책이 널리 요망되고 있는 풍조인데도 감히 미스터리소설을 쓰고 있다는 것은 악취미였다. 그래서 나는 《빨강집의 수수께끼》의 출판을 거듭함에 따라 이 머리글을 쓰지 않을 수 없는 심정을 느꼈다.

　나는 미스터리소설을 굉장히 좋아한다. '맥주'집은 '맥주'라는 이름이 붙은 이상 나쁜 것이 있을 수 없겠지만, 역시 맥주의 종류에 따라 다소 우열이 없지 않다고 생각한다. 나는 이와 같은 생각으로 많은 미스터리소설을 읽어 왔다. 그렇다고 결코 내가 무비판적이라는 뜻은 아니다. 오히려 나는 속속들이 캐어 보지 않고는 만족하지 않는 성격이므로 덮어놓고 무의미한 찬사를 보내지는 않는다. 우선 한 마디로 말하면 미스터리소설은 이해하기 쉬운 말로 씌어져야 한다는 것이 나의 주장이다. 언젠가 아주 흥미진진한 살인 사건을 다룬 작품을 읽은 일이 있는데, 범인이 어떻게 하여 피해자의 서재에 침입할 수 있었는가 하는 점에서 고찰해 볼 만한 것이었다. 그런데 여기서 작자는 다음과 같은 표현을 하고 있다. "탐정의 관심은 오히려 어떻게 해서 범인이 탈출 의도를 수행할 수 있었는가를 해명하는 데 있었다." 미스터리소설의 살인범은 대부분이 아주 쉽게 도망쳐 버린다. 그런 사실이 나는 못마땅하다. 탐정이건 주인공이건, 혹은 용의자이건 등장인물들이 모두 앞뒤가 맞지 않는 말을 횡설수설 지껄인다. 죽어 마땅한 인간이 살해당하는 흥분이나, 그릇 지목된 용의자가 느끼는 긴박감이 아무리 잘 씌어져 있을지라도 그런 것 때문에 이해할 수 없는 언어의 범람이 허용되어도 좋다는 이유는 없다. 그렇게 느낌으로써 우리 독자의 기분도 구제된다.

　연애라는 큰 문제에는 십인십색의 의견이 있지만, 미스터리소설에는 연애가 없는 편이 낫다고 생각한다. 머핀 빵 위에 묻은 흰 가루는 비소인지 혹은 그냥 가루인지 독자들을 안타깝게 하지만, 롤랜드가 안젤라의 손을 평소 습관보다 더 오래 잡고 있다는 식이면 분명 비위에 거슬리는 독자도 있을 것이다. 그럴 시간이 있다면 발자국을 남겨 놓는다거나, 발견하게 한다거나, 혹은 담배 꽁초를 주워서 봉투에 넣게 하는 좀더 타당한 방법이 있을 것이다. 그러니 롤랜드에게 어떤 작품을 그의 완전한 독무대로 만들어 주고 하고 싶은대로 하게 하는 것도 좋겠지만 미스터리소설에 등장한 이상은 롤랜드도 역시 사건에 충실하도록 해야 한다.

다음에는 탐정인데, 우선 아마추어가 좋다. 실사회에서는 으레 가장 우수한 탐정은 직업 경관이며, 가장 우수한 범인은 전문 범죄자이다. 그런데 일류급 미스터리소설에서 악인은 아마추어로, 이를테면 우리들 가운데 한 사람이다. 피해자 객실에서 우리가 늘 만날 수 있는 사람이다. 신원 조사서도, 동업자 규약 색인도, 지문 대장도 적용할 수 없는 인물이다. 오로지 한 아마추어 탐정만이 차갑게 번뜩이는 귀납적 추리와 엄정한 증거들을 토대로 그 범인을 밝혀냈으면 하는 것이 나의 바람이다. 실로 아마추어 탐정에게 꼭 필요한 덕목은 빛나는 추리력과 논리뿐이다. 과학 탐정이나 현미경을 들고 다니는 인간은 이만 꺼져 줬으면 한다. 명망있는 선생에게 범인이 남기고 간 쓰레기를 뒤지게 하여, 살인범의 집이 양조장과 제분소 사이라는 판단이 나온들 무어 그리 대수일까? 또 실종된 인물의 손수건에 묻은 핏자국으로 그 사람이 최근에 낙타에게 물린 것을 증명한다 하더라도 얼마만큼 스릴이 있단 말인가? 적어도 나는 그런 것을 싫어한다. 지은이로서는 손쉬운 수법인 만큼, 독자가 볼 때는 유감스러운 일이다.

즉 결론으로는, 탐정은 일반 독자 이상의 특수한 지식을 갖고 있는 사람이어야 한다. 귀납적인 방법으로 엄정한 증거 사실에 입각한 논리적인 추리는, 독자들도 함께 범인을 찾을 수 있는 즐거움을 준다──다행히 우리들에게는 그런 능력이 주어졌다. 그렇게 써야 한다. 물론 시체 옆에 있던 탐정의 눈에 띤 어떤 것이, 서재에서 책으로 읽는 독자들에게도 똑같이 결정적인 단서가 된다고 알릴 수는 없다. 등장인물 가운데 한 사람의 코에 상처가 있고 탐정은 그것에 아무런 의미도 인정하고 있지 않는 경우, 그러한 사실을 일부러 변명이라도 하면 오히려 독자들의 주의를 끌어 무의미한 코의 상처에 터무니없는 비중을 걸게 된다. 그러므로 지은이가 은근하면서 자연스러운 방법으로 다른 인물들의 코에 관해서도 슬쩍 묘사해 둔다면 독자들도 놀라거나 화낼 필요가 없어진다. 독자들은 작자와 탐정이 현미경을 집에 놓아두고 와 주기만 하면 불평할 일이 없는 법이다.

과연 왓슨 역은 어떻게 할까? 나는 등장시키는 편이 낫다고 본다. 마지막 순간까지 해결책을 숨겨놓고는 그 기나긴 과정을 불과 5분이면 충분할 서막 취급할 작가라면, 그만 세상을 떠났으면 한다. 도대체 그렇게 막돼먹은 구성이 있을 수 있단 말인가! 탐정이 무엇을 생각하는 지 독자들은 낱낱이 알고 있어야 한다. 그렇기 때문에 왓슨을 탐정에게 붙이든가, 탐정으로 하여금 자문자답이라도 하게 하는 것이다. 왓슨을 등장시키는 방법이 실은 탐정의 자문자답과 다를 바 없는 형식이지만, 덕분에 훨씬 읽기 쉬워진다. 그러므로 왓슨 형식이 개가를 올릴 테지만 그렇다고 반드시 얼빠진 사람으로 묘사할 필요는 없다. 우리들처럼 얼마쯤 미욱하기는 하지만 친절하고 인간미가 넘치며 호감을 가질 수 있는 사람일수록 더욱 좋다.

《빨강집의 수수께끼》가 어떤 식으로 씌어졌는가는 이상의 설명으로 잘 알 수 있을 것이다. 쓰고 싶으니까 쓴다는 것이 언제나 내가 말할 수 있는 유일한 구실이다. 아무리 고상한 무운시(無韻詩)의 비극일지라도 남의 요청으로 쓰는 것은 떳떳하지 못한 일이며, 비록 전화번호부 한 권일지라도 애정을 갖고 만드는 작업에는 자랑스럽게 종사할 수 있다. 그러나 작품을 끝내고 내가 왜 이런 미스터리소설을 썼을까? 하고 후회한 적이 한 두번이 아니다 왜냐하면 미스터리소설 애독자 중에는 더러 이 작품을 거의 이상적인 미스터리소설로 보고 있는 듯하기 때문이다. 어떤 분을 알고 있다. 면식은 없으나 잘 아는 사이가 되었다. 그러면 이 소설에서 어떤 말을 더하고 어디를 빼고 싶어할 지 나는 잘 알고 있다. 그의 갖가지 주문과 편견에 대해 나 역시 성의껏 최선을 다해왔다. ……그런데 이 책 만큼은 이제 그가 영원히 읽을 수 없는 세상 밖으로 완전히 떠밀려났다는 생각에, 나는 등골에 식은땀이 흐르는 것 같은 부끄러움을 금할 수 없다.

A.A. 밀른

한여름 날의 살인

무덥고 나른한 여름 한낮. '빨강 집'은 낮잠을 자고 있는 것같이 조용하였다. 꽃밭에는 꿀벌들이 붕붕 날아다니고, 느릅나무 가지끝에서는 비둘기의 한가로운 울음 소리, 저편 잔디밭에서는 윙윙거리는 벌초기 소리가 울려 퍼졌다. 모름지기 시골에서 나는 소리 중에 가장 마음 편안해지는 소리이다. 남이 일하는 소리를 들으면서 낮잠을 즐기는 나른한 아늑함도 각별했다.

마침 남의 집 살이를 하는 사람들이 잠깐 짬을 내어 제 볼일을 보기도 하는 여가 시간이었다. 마크 애블레트 씨 댁의 하녀 방에서는 아름다운 하녀 오드리 스티븐즈가 아끼는 모자에 장식을 달면서 큰어머니인 스티븐즈를 붙잡고 실없는 이야기를 종알거리고 있는 참이었다. 스티븐즈 부인은 독신인 애블레트 씨 댁에서 요리사와 가정부를 겸하고 있는, 오드리의 큰어머니였다.

"조에게 보이려고?"

모자를 보면서 스티븐즈 부인이 슬그머니 물었다.

오드리는 입에 문 장식용 핀을 모자에 꽂으면서 고개를 끄덕였다.

"그분은 핑크 색을 무지 좋아해요."

"나도 싫진 않다. 조 타너만 그걸 좋아하는 건 아니야."

"하지만 아무에게나 어울리는 빛깔은 아니에요."

오드리는 모자를 들고 있는 손을 힘껏 뻗치고는 사뭇 마음에 드는 듯이 "참 멋지죠?" 하고 말했다.

"응, 너한테 정말 잘 어울리는구나. 너만한 나이라면 틀림없이 잘 어울렸겠지만, 이 나이에는 색이 너무 곱구나. 물론 지금도 다른 여자들 보다는 센스가 좋은 편이지만 일부러 곱게 꾸미는 건 내 취향이 아니란다. 55세면 55세 답게——이게 최고야."

"큰어머니는 쉰 여덟이 아니었던가요?"

"예를 들면 그렇다는 거지."

스티븐즈 부인은 공연히 위엄을 부렸다. 오드리는 바늘에 실을 꿰더니 손을 쳐들어 손톱을 본 다음, 바늘을 움직이기 시작했다.

"주인님 형제분의 이야기는 정말 이상해요. 친형제간인데도 15년 동안이나 만나지 않았다니! 만일 제가 15년 동안이나 조를 만나지 못한다면 어떻게 될까요."

이렇게 말하며 오드리는 수줍은 듯이 웃어 보였다.

"오늘 아침에도 말한 그대로야. 내가 이 집에 온 지 벌써 그럭저럭 5년이나 되지만 아직 형제분이 있다는 이야기는 통 듣지 못했다. 정말이야, 거짓말이 아니라니깐. 5년 동안 형제되시는 분은 한 번도 찾아온 적이 없었어."

"그러니, 얼마나 놀랐겠어요? 주인님께서 아침 식사를 하시면서 형님 말씀을 하시잖아요. 제가 들어가기 전에는 어떤 얘기가 오갔는지는 몰라도, 틀림없이 형님 말씀을 나누고 계셨어요. 그런데 그때 뭐하러 들어갔지? 데운 우유였는지 ……토스트라도 나르고 있었나……? 하여간, 여러 분들과 말씀을 하시다가 저를 보시곤,

있잖아요, 그 왜 으레 하시는 말투로 '내일 오후에 형님이 찾아오실 거야. 한 3시쯤 될텐데 사무실로 안내해 줘요'라고 하시잖겠어요. 그래서 저도 '예, 알겠습니다' 하고 얌전히 대답이야 했지만 주인님께 형제분이 계실 줄은 꿈에도 몰랐기 때문에 정말 당황했지요. '형님은 오스트레일리아에서 오시는 거야' 하고 주인님이 한말씀 더 하시더군요. 참! 그러고보니 나라를 잊고 있었네. 오스트레일리아래요."

"그럼, 여지껏 오스트레일리아에서 살고 계셨던 게지. 나는 그 나라에 가 본 적이 없으니까 뭐라고 말할 수는 없지만 아무튼 지금까지는 찾아오신 적이 없었어. 내가 이 집에 온 5년 동안은 말이다."

"그럴 거예요. 15년 동안 한번도 찾아오지 않았던 분이라니깐 형님이 영국을 떠나신 게 언제쯤이었냐고 케일리 씨가 물으시니까 주인님이 15년전이라고 하셨어요. 케일리 씨는 그 분을 아신다고 베벌리 씨에게 말씀하셨어요. 하지만 언제 영국을 떠나셨는 지는 알지 못했던 모양이지요. 그래서 아마 주인님께 물으셨나 봐요."

"15년이라는 숫자에 불만이 있는 건 아니지만 내가 알고 있는 건 5년 동안이니까 그 이상 확실한 건 말할 수 없어. 5년 동안에는 한번도 오신 적이 없다는 건 틀림없다. 그건 맹세해도 좋아. 그런데 네 말대로 죽 오스트레일리아에서 살고 계셨다면 그럴 만한 까닭이 있었겠지."

"그만한 까닭이라뇨?"

"아무려면 어떠냐? 네 어미가 죽은 뒤 내가 어미 대신이니까 말해두는데, 훌륭한 어른이 오스트레일리아까지 가셨다면 마땅히 그만한 사정이 있지 않겠니! 주인님의 말씀대로 15년 동안이나 그곳에 계셨다면──최근 5년 동안의 일은 나도 알고 있다만──그만한 까닭이 있었다고 생각해야만 한단다. 어쨌든 얌전한 처녀는 그걸 속속들이 알려고 하는 게 아니야."

오드리는 상관없다는 듯이 말했다.

"무슨 곡절이 있었던 게지요. 아침 식사 때도 얄궂은 사람이라는 말이 나왔던 것 같아요. 함부로 돈을 빌려 쓰면서 다닌다나 봐요. 조는 그렇지 않아 다행이에요. 그 사람은 우편저금이 15파운드나 있어요. 말씀드리지 않았던가요?"

그러나 조 타너에 대한 이야기는 더 계속되지 못했다. 벨 소리가 울렸기 때문에 오드리는 일어섰다. 이미 오드리가 아니라 하녀 스티븐즈가 되어 있었다. 그녀는 거울 앞에서 앞머리 모양을 손질하면서 말했다.

"현관 벨이군요. 형님이라는 분일 거에요. 주인님은 사무실로 안내하라고 말씀하셨어요. 다른 분들에게 보이고 싶지 않아 그러실 거에요. 손님들은 골프하러 가셨으니까. 오래 묵으실 작정일까? 오스트레일리아에서 돈을 한몫 벌어 가지고 오셨는지도 몰라요. 그렇다면 그곳 이야기를 들어야지. 누구든지 돈을 벌 수 있는 나라라면 조와 함께 저두……."

"빨리 나가 보기나 해라."

"네, 네."

그녀는 사라졌다.

8월의 뜨거운 햇살을 받으면서 찻길을 걸어온 사람의 눈에, 열어젖힌 현관문으로 들여다보이는 홀은 사뭇 서늘한 느낌을 주었다. 천장은 낮고 떡갈나무 대들보가 묵직해 보이는 널따란 홀이었다. 벽은 크림 빛으로 칠해지고 마름모꼴 유리를 끼운 창문에는 푸른 커튼이 드리워져 있었다.

홀의 좌우에는 다른 방으로 통하는 문이 있었다. 현관문의 양쪽에는 지금 말한 창문이 있고, 창문에서 아담한 잔디밭이 내다보였다.

열어젖힌 창문으로는 미풍이 살랑거리고 있었다. 오른쪽 벽을 따라서 가파르지 않은 넓은 층계가 2층으로 통하고 있다. 그곳으로 올라가 왼편으로 접어들어 홀의 너비만큼 걸어가면 손님을 위한 침실에 다다른다. 물론 그 침실은 손님이 묵고 갈 의사가 있는 경우에 한하므로, 로버트 애블레트 씨의 경우는 아직 어떻게 될 지 알 수 없었다.

오드리는 홀을 지나가다가 흠칫 놀랐다. 케일리 씨가 정면 창가에 얌전하게 앉아 책을 읽고 있었기 때문이다. 물론 누구건 그곳에 있어서 안될 까닭은 없었다. 이렇게 무더운 날 골프장에 있기보다는 훨씬 시원할 것이다. 집 안은 뭔가 텅빈 것 같은 허전함이 감돌았다. 손님들이 모두 나가 버렸거나 또는 보다 현명한 방법을 택해 2층 침실에서 낮잠이라도 자고 있거나……아무튼 그런 시간대였으므로 주인의 사촌동생인 케일리 씨가 그곳에 있을 거라고는 미처 생각지 못했다. 저도 모르게 소리를 질렀기 때문에 오드리는 부끄러워서 얼굴을 붉혔다.

"어어. 죄송합니다. 거기 계신 줄 몰랐기 때문에……."

케일리는 얼굴을 들고 빙긋 웃어 보였다. 잘 생기지 못한 큼직한 얼굴치고는 애교가 있는 웃음이었다.

'케일리 씨는 참 좋은 분이셔.'

그녀는 걸으면서 생각했다. 이분이 없으면 주인님도 일하기가 무척 어려울 거야. 만일 이번에 오실 형님을 오스트레일리아로 다시 내쫓아 버려야 한다면 그런 일을 맡을 사람은 케일리 씨밖에 없을걸.

'과연, 닮았네! 그럼 저 분이 로버트 씨……?'

현관 앞에 서있는 손님의 모습을 훑어보고 그녀는 생각했다. 뒤에 그녀는 아주머니에게, 어디서 만나더라도 마크 씨의 형제분이라는 걸 알 수 있겠다고 말했지만, 사실 이렇게 말하는 것은 그녀의 버릇에 불과했고, 그녀도 순간 왜 그렇게 느꼈는지 저도 영문을 잘 몰랐다.

같은 형제라도 주인 마크는 깔끔한 사람으로 턱수염을 단정히 기르고 코밑수염도 깨끗이 손질하고 있다. 사람들 틈에 끼어 적당한 농담을 지껄이고 웃어주는 사람이 없나 하고 얼굴을 차례차례 둘러보거나, 입을 열 차례를 기다리면서 나를 기다려주는 사람이 있지 않을까 하며 재빨리 눈을 굴리기도 한다. 그러나 지금 눈앞에 서 있는 사람은 그와 전혀 딴판으로 식민지에서 돌아온 사람답게 초라한 옷차림이었고 태도 또한 거칠었는데, 무례하게 그녀를 훑어보면서 "마크 애블레트 씨를 만나고 싶은데" 하고 큰 소리로 말했다. 마치 협박이라도 하는 것처럼.

오드리는 마음을 가라앉히고 미소를 띠었다. 누구한테나 잘 웃는 그녀였다.

"네, 기다리고 계십니다. 어서 들어오세요."

"허어, 나를 알고 있는 것 같군?"

"로버트 애블레트 씨지요?"

"그렇소. 많이 기다렸나? 그래서 기뻐하고 있는 거요?"

"어서 이쪽으로……." 야무지게 말하며 그녀는 왼쪽에 있는 두 번째 문을 열었다.

"저어, 로버트 씨가……."

말을 하다 말고 그녀는 우뚝 섰다. 방 안이 텅 비어 있었다. 그녀는 뒤에 있는 손님을 돌아보면서 말했다.

"좀 기다려 주세요. 곧 주인님을 모시고 올게요. 당신이 오후에 오신다고 하셨으니까 틀림없이 계실 거예요."

"이런! 그런데 여긴 무슨 방이지?"

손님은 두리번거렸다.

"사무실입니다."

"사무실?"

"주인님이 일하시는 방입니다."

"일하는 방? 그건 처음 듣는 말인걸. 일이라고 이름지을 만한 건 해본 적이 없는 사람이었는데."

"글을 쓰고 계십니다." 오드리는 점잖을 빼면서 말했다. 내용이야 어찌 되었든 주인이 '글을 쓴다'는 사실은 하녀들의 크나큰 자랑이었다.

"나처럼 너절한 손님은 객실로 안내할 필요가 없다는 말인가?"

"아무튼 주인님께 알려 드리고 오겠습니다."

그녀는 손님을 남겨 두고 문을 닫았다.

빨리 큰어머니에게 말씀드려야지! 그녀는 갑자기 분주해져 손님과 주고받았던 말들을 머릿속에서 되씹기 시작했다. '저는요, 첫 눈에 바로 이렇게 생각했어요──.' 아무튼 오드리를 놀라게 하는 것은 하찮은 일이라도 충분했다. 그리고 또한 실제로 이런 일이 잘 일어나, 끊임없이 오드리를 놀라게 만들었다. 하지만 당장 급한 것은 주인을 찾는 일이었다. 그녀는 홀을 건너 서재를 들여다 보았다. 그리고 얼떨떨해진 얼굴로 돌아와서 케일리에게 조심스럽게 물었다.

"저어, 주인님이 지금 어디 계실까요? 로버트 씨가 오셨는데요."

"응? 누가?"

케일리는 얼굴을 들었다. 오드리는 다시 한번 물었다.

"사무실에 없어? 점심 식사를 마치고 성당 쪽으로 가셨는데 그 뒤엔 모르겠어."

"고맙습니다. 성당에 가 보겠어요."

케일리는 다시금 책을 들여다보았다.

성당은 벽돌로 지은 정자로, 본관에서 약 300미터쯤 떨어진 뒤뜰에 있었다. 흔히 마크는 여기서 구상을 해가지고는 사무실에 틀어박혀 펜을 들곤 하였다. 그 구상이란 별로 가치가 있는 것도 아니고 기껏해야 식탁에서 심심풀이로 이야기를 하다 보면 저절로 잊혀지기 일 쑤였다. 간혹 원고가 되는 수도 없지 않았으나, 인쇄물이 된 적은 거의 없다고 해도 무방하다. 그러면서도 이 '빨강 집' 주인은 성당을 신성하게 다루지 않으면 언제나 얼굴을 찡그렸다. 보통 건물인 줄 알고 장난을 치거나 담배를 피우는 것을 못마땅하게 여겼다. 언젠가는 이 성당에서 두 손님이 파이브즈(핸드볼과 흡사한 구기)에 열중하고 있는 현장을 보았다. 그러자 마크는 평소와 다름없는 말투로 더 좋은 장소는 없었느냐고 말했을 뿐이지만, 그 뒤로는 이 예의 없는 친구들을 두 번 다시 초대하지 않았다.

오드리는 천천히 성당으로 다가가 안을 들여다 보고는 여전히 같은 걸음으로 다시 돌아왔다. 결국 헛걸음이었다. 아마 2층에 계실 거야. "나처럼 너절한 손님은 객실로 안내할 필요가 없다는 건가?"라니, 당연하지 않아요? 아주머니라도 새빨간 수건을 목에다 걸치고 크고 더러운 장화를 신은 사람을 객실로 안내하지는 않을 거에요, 게다가 ……어머? 잠깐만 들어봐야지. 지금 누가 토끼를 쐈네. 큰어머니는 토끼고기에 양파를 넣은 스프라면 사족을 못 쓰는데. 아유, 더워. 차나 한 잔 마셨으면. 그건 그렇고, 로버트 씨는 오늘 밤 묵으시지 않을 거야. 짐이 하나도 없었으니. 갈아 입으려면 그야 주인님 옷을 빌릴 수는 있겠지만. 옷을 여섯 사람치나 가지고 계시니까요, 아무튼 얼굴만은 첫 눈에 형제분이라는 걸 알 수 있었어.

그녀는 집 안으로 들어갔다. 홀로 가려고 하녀 방 앞을 지나치려는데 별안간 문이 열리면서 놀란 듯한 얼굴이 나타났다.

"아아, 너였구나."

또 다른 하녀 엘시였다. 그녀는 방 안을 돌아다보면서 "오드리에요" 하고 말했다. 큰어머니의 목소리가 들렸다.

"들어오너라, 오드리."

"무슨 일이라도 생겼어요?"

오드리는 문 어귀에서 들여다보았다.

"네가 어디로 갔나 하고 걱정했단다. 어디 갔었니?"

"성당에요."

"아무 소리도 못 들었니?"

"무슨 소리요?"

"탕 하는 그 무서운 소리 말이다."

오드리는 아아, 그거냐는 듯이 말했다.

"그건 토끼 사냥을 하는 총소리에요. 저는 돌아오면서 이렇게 생각했어요. 큰어머니는 토끼 요리를 무척 좋아하신다고요. 그래서 무섭지 않았어요."

큰어머니는 코웃음쳤다.

"토끼? 무슨 소릴 하고 있니. 그건 집 안에서 들린 소리야."

"정말이야." 엘시가 맞장구를 쳤다. "아까 말했어요, 아주머니. 집 안에서 난 소리였다구요."

오드리는 큰어머니와 엘시의 얼굴을 번갈아 보면서 소리를 낮추어 말했다.

"그분이 권총을 가지고 계셨을까?"

엘시가 흥분하여 물었다.

"형님이라는 사람 말이야! 오스트레일리아에서 돌아왔다는. 나는 보자마자 곧 나쁜 사람이라고 생각했어, 말도 해보기 전에. 불량배인가 봐!"

그녀는 큰어머니에게로 얼굴을 돌리고 장담하듯이 말했다.

"그게 틀림없어요."

"그러니까 나도 말하지 않았니, 오드리. 오스트레일리아에서 돌아온 사람치고 변변한 이는 없다고."

스티븐즈 부인은 숨을 크게 쉬면서 의자에 기대었다.

"나는 이제 이 방에서 한 발자국도 나가지 않기로 했다. 10만 달러를 준다고 해도 난 싫다고 하겠어."

"아유, 아주머니두!"

그러자 5실링짜리 구두를 사고 싶어 안달하는 엘시가 말했다.

"저는 그렇게까진 생각하지 않는데……"

"쉿!"

큰어머니는 흠칫하면서 엉거주춤 허리를 폈다. 여자들은 불안스러운 얼굴로 귀를 기울였다. 그리고 젊은 두 사람은 겁에 질려 나이가 지긋한 여자한테로 모여들었다. 어디선가 문을 흔들고 차며 손잡이를 덜거럭거리는 소리가 들려 왔다.

"저 소리!"

오드리와 엘시는 벌벌 떨면서 서로 마주보았다. 성난 사나이의 굵은 목소리가 외치고 있었다.

"문 열어! 문을 열어요! 빨리, 열어요!"

"열어선 안돼!" 스티븐즈 부인이 부르짖었다. 그녀는 마치 자기들 방문에서 소리가 나기라도 하듯 잘라 말했다.

"오드리도 엘시도 그 사람에게 문을 열어 주어선 안돼!"

또 소리가 났다.

"왜 열지 않는 거죠?"

"몰살되고 말겠어."

부인의 목소리가 떨렸다. 그녀는 공포에 떠는 어린 하녀들을 끌어안으면서 숨을 죽인 채 앉아 있었다.

등장한 방랑 청년

마크 애블레트가 쉴새없이 보잘 것 없는 이야기로 듣는 이들을 마냥 진저리치게 하는 사랑인지 아닌지는 생각하기 나름이지만, 아직껏 한 번도 자신의 어린시절 추억담으로 남을 괴롭힌 적이 없다는 것은 확실했다. 그러나 쓸데없이 아는 척하고 다니는 사람들은 어디에나 있는 법이다. 그의 아버지는 시골 목사였다고 하는데, 이것만은 마크 자신도 부인하지 않았다. 소문에 의하면, 마크는 어렸을 때부터 근처에 사는 부잣집 노처녀가 뒤를 보살펴 주어 대학도 마쳤다고 한다. 캠브리지 대학을 졸업할 무렵에 아버지가 죽었다. 남은 것은 가족들에게 훈계가 될만한 작은 빚과 후계 목사에게 본보기가 되는 짤막한 설교를 잘했다는 평판뿐이었지만, 결국에는 그 훈계도 본보기도 아무런 효과가 없었다. 마크는 그 노처녀의 후원으로 런던으로 떠났지만 그곳에서 만난 친구들은 고리대금업자들뿐이었다. 후계 목사나 다른 마을 사람들에게는 '저술'을 하고 있는 것으로 되어 있었으나, 그가 글을 쓴 것은 빚의 지불을 늦춰 달라고 애원하는 편지를 제외하고는 별로 찾아볼 수 없었다. 그러면서도 극장이나 연주회같은 모임에는 어김없이 나타났었는데——이것도 오직 '영국 연극의 쇠퇴'라는 글을 〈스펙테이터〉지에 싣고 싶었기 때문이었다.

다행히도(마크의 입장에서 볼 때) 그가 런던에 간 지 3년째 되던 해에 후원자인 노처녀가 죽어, 막대한 그녀의 유산이 굴러들어왔다. 이때부터 그의 전설적인 애매한 생활은 뚜렷한 역사적인 사실의 성격을 띠게 된다. 고리대금업자들과 거래도 끊었다. 자신의 방탕한 생활을 남이 대신 청산해준 셈이긴 했지만 이번에는 스스로 후원자의 입장에 섰다. 학문 및 예술의 후원자를 자처한 것이다. 그가 글을 쓰는 목적이 돈이 아니라는 것이 고리대금업자들 이외의 세계에도 알려지기 시작했다. 편집자들은 점심 대접을 받은데다 무료 원고까지 얻을 수 있었으며, 출판업자들도 모든 비용을 저자가 부담하고 인세도 지불하지 않는다는 약속 아래 이따금 얇은 저서의 출판 계약을 맺었다. 유망한 젊은 화가나 시인들과 식사를 함께 하는 일도 있었고, 지방 순회 극단을 따라다니면서 기꺼이 물주와 주연 배우를 겸하는 경우도 있었다. 그렇다고 속물은 아니었다. 속물이라는 것은 한 마디로 귀족자만 들어가도 사족을 못 쓴다거나, 좀 더 친절하게 설명하자면 쓸데없는 것에 목을 매는 하찮은 인간을 가리킨다. 하기야 전자의 정의가 옳다면 귀족 여러분들에게는 죄송스러운 이야기이긴 하지만……. 물론 마크에게도 허영심은 있었다. 그러나 백작 각하와의 회견보다 시골 극단 단장과의 약속을 더 중시하는 편이었고, 공작과 교제하기보다는——예를 들어 말하자면——단테와의 친교를 자랑하고 싶어 했다. 그를 속물이라고 보는 것은 여러분의 자유지만, 최저 부류의 속물이라고 단정하는 것은 잘못이다. 그를 둘러싸고 있는 사람만 해도 사교계의 단골들이 아니라 어디까지나 예술의 여신의 발밑에 모여든 자들로, 기어오른다는 점에서는 같을지라도 세속적인 헤이 힐이 아니라 문학적인 파르나서스가 목표였다.

그의 패트런 취미는 학문과 예술의 세계에만 국한된 것이 아니었다. 후원의 손길은 13살 난 어린 사촌동생인 케일리에게까지 뻗쳤다. 그 동생의 환경은 과거에 마크 자신이 겪었던 것처럼 매우 어려웠다. 그는 사촌동생이 캠브리지 대학을 졸업할 때까지 보살펴 주었다. 물론 처음에는 이해타산을 초월했었다. 자신이 진 빚을 갚아 기록의 장부를 맞춰 놓으려는——다시 말해서 천당에다 예금을 해 두자는 정도의 생각이었다. 그러나 케일리가 자람에 따라 자신의 이해와 케일리를 관련시켜 보게 되었다. 정상적인 교육을 받은 23살의 젊은이가 자기같이 실무에 전혀 무능한 사람에게는 다시없이 귀중한 사유물처럼 여겨졌다.

이리하여 23살의 케일리는 사촌형의 비서 역을 맡게 되었다. 그즈음 이미 마크는 '빨강 집'과 거기에 부속된 광대한 땅을 사들이고 있었기 때문에 실무를 맡아보는 케일리의 일은 여러 방면으로 아주 복잡했다. 단순한 비서나 토지관리인도 아니면서 그렇다고 사업 고문이나 친구라고도 할 수 없는, 말하자면 그 네 가지를 다 겸한 처지였다. 마크도 그를 믿음직스럽게 여겨 매슈라고 딱딱하게 부르지 않고 케이로 통하고 있었다. 억세 보이는 네모진 턱과 건장하고 큼직한 체격의 케이가 그에게는 말할 수 없이 믿음직스럽게 생각되었다. 그리고 또 자기 혼자만 일방적으로 지껄이고 싶어하는 사람에게 말이 없는 케이는 더없이 좋은 상대였다. 그 케일리가 지금은 28살이 되었는데, 언뜻 보기에는 주인과 비슷한 40대 장년으로 보였다.

'빨강 집'에서는 가끔 생각난듯이 갑자기 많은 손님들을 초대한다. 손님은 주인의 취향대로——호의든 허영이든 상관없지만——초대에 대한 인사를 갚을 수 없는 친구들만이 선택되었다. 이미 하녀 스티븐즈의 이야기를 들어서 알겠지만, 아침 식사 광경을 묘사함으로써 그 손님들을 소개해 보기로 한다.

식당에 처음 들어선 사람은 육군 소령 랜볼드 씨였다. 머리도 수염도 희끗희끗한 키가 크고 조용한 인물인데, 사냥할 때 입는 노픽 코트에다 잿빛 바지를 입고 있었다. 연금으로 살면서 신문에다 박물사(博物史) 같은 글을 쓰고 있다. 그는 옆 테이블 위에 놓인 음식을 훑어보고는 아침 식사인 인도 요리 케쟈리를 먹기로 작정했다. 그가 소시지 접시를 끌어당길 즈음에 다음 인물이 등장했다. 빌 베벌리라는 쾌활한 젊은이로, 그는 흰 바지에 블레이저 코트를 걸치고 있었다.

"아아, 소령님. 풍은 좀 어떠십니까?" 청년은 들어서자마자 소리를 질렀다.

"풍증이 아니네." 소령은 무뚝뚝하게 대답했다.

"그렇다면 더 안묻겠습니다."

소령은 금세 얼굴을 찡그리고 투덜댔다. 베벌리는 자기 접시에다 폴럿지(물이나 우유로 걸죽하게 끓인 오트밀)를 가득 퍼담으면서 말했다.

"아침 식사는 예의 바르게 해야 한다고 생각합니다. 법도가 없는 사람들이 많으니까요. 그래서 여쭙기는 했습니다만, 설마 소령님의 병이 비밀스러운 것은 아니겠지요? 커피는?"

그는 자기의 잔에 따르면서 소령에게도 권했다.

"생각없네. 나는 식사를 한 뒤 커피를 마시니까."

"하하하. 소령님다우시군요――원칙은 고수하시겠다?"

젊은이는 소령의 맞은편에 자리를 잡고 계속 말했다.

"어쨌든 오늘은 골프를 하기에 정말 좋은 날씨가 아닙니까. 기온은 계속 오를 모양이지만, 베티나 저에겐 오히려 그편이 좋지요. 하지만 당신에겐 별로겠군요. 5번 그린에서는 옛날 국경의 작은 전투에서 입은 상처가 쑤시고, 8번 그린에서는 오랫동안 카페 요리로 해친 간장이 찢어질 듯 아파 오고, 12번 그린에서는……."

"그만 좀 해 두게!"

"건강에 유의하십사고 드리는 말씀일 뿐입니다. 아아, 밤새 안녕하십니까, 노리스 양. 지금 소령님에게 오늘 일을 예상하던 중입니다. 요리는 제가 담아 드릴까요, 아니면 손수 하시겠습니까?"

"어서 드세요, 제가 하겠어요." 이렇게 말하고 루스 노리스는 "안녕히 주무셨어요, 소령님?" 하고 상냥하게 인사했다. 소령은 고개 숙여 답례하면서 말했다.

"오늘은 무척 더울 것 같습니다."

"지금도 이야기하고 있었지만, 더운 편이……." 베벌리는 말하다 말고 식당문 쪽을 보았다. "안녕히 주무셨습니까, 베티 양, 케일리."

베티 캘러더인과 케일리가 나란히 들어왔다. 베티는 18살 된 처녀였다. 어머니는 작고한 존 캘러더인 화백의 미망인인데, 마크의 부탁으로 이 모임의 여주인역을 맡아 보고 있었다.

루스 노리스는 여배우지만 휴가 중에는 훌륭한 골퍼라고 굳게 믿고 있었다. 두 가지 일에 모두 소질이 상당해서 무대에서는 배짱이 좋고, 식욕 또한 왕성했다.

편지에 눈을 팔고 있던 케일리가 얼굴을 들고 말했다.

"차는 10시 반에 출발합니다. 점심은 거기서 들고 곧 돌아오도록 하겠습니다. 의견이 없으신지요?"

베벌리가 말했다.

"2라운드쯤 해도 괜찮을 텐데요."

소령도 한 마디 했다.

"오후에 무척 더울걸. 일찍 돌아와서 차를 마시는 편이 좋겠군."

그때 마크가 나타났다. 그는 언제나 마지막에 등장한다. 모두에게 인사를 마치고 그는 홍차와 토스트를 담아 자리에 앉았다. 아침에는 간단하게 먹는 것이 그의 습관이었다. 다른 사람들이 잡담을 하고 있는 동안에 그는 편지를 살펴보고 있었다. 그런데 마크가 갑자기 큰 소리를 질렀다.

"이거 큰일났군!"

모두 일제히 그 쪽을 보았다.

"아아, 실례했습니다."

노리스 양은 괜찮다는 듯이 엷은 웃음을 입가에 띠었다. 그녀 자신도 역시 무대 연습을 할 때, 가끔 그와 같은 사과의 말을 던지고 싶을 때가 있었다.

"여보게, 케이! 이 편지가 누구한테서 온 거라고 생각하나?"

골치 아픈 일이 생겼다는 듯한 얼굴로 눈살을 찌푸리면서 마크는 한 통의 편지를 흔들어 보였다. 식탁 끝머리에 자리잡고 있던 케일리는 어깨를 움츠렸다. 그걸 어떻게 상상할 수 있겠느냐는 듯한 몸짓이다.

"로버트한테서 온 걸세."

"로버트 씨한테서요? 그래요?"

케일리는 웬만한 일에는 놀라지 않는 사람이다.

"태평스럽게 앉아 있을 때가 아니야. 오후에 이리로 찾아온다는 걸세."

마크는 불쾌한 얼굴을 했다.

"오스트레일리아엔가 어디에 계셨지요?"

"물론 그런 줄로 알고 있었는데……."

마크는 소령을 돌아보며 물었다.

"당신에겐 형제분이 계신가요?"

"없습니다."

"충고해 드립니다만, 형제는 없는 게 좋습니다."

"다행히 이 나이가 되었으니 생길 수도 없지요."

베벌리가 웃음을 터뜨렸다. 루스 노리스가 정중하게 물었다.

"애블레트 씨도 형제분이 안 계신가요?"

"한 명 있습니다." 마크는 얼굴을 찌푸렸다. "여러분들이 골프에서 일찍 돌아오시게 되면 소개해 드릴 수 있을지도 모릅니다. 5달러쯤 빌려 달라고 할지도 모르지만 상대해선 안됩니다."

잠시 어색한 공기가 감돌았다. 베벌리가 말했다.

"저에게도 한 사람 있는데, 귀찮게 구는 편이지요."

마크가 말했다.

"로버트와 똑같군."

케일리가 물었다.

"그분은 언제 영국을 떠났던가요?"

"벌써 15년쯤 될 거야. 물론 자네가 어렸을 때지."

"그때 한 번 만나본 적이 있습니다. 그 뒤의 일은 모르겠습니다만."

마크는 아직도 흥분이 가라앉지 않는지 다시 한번 편지로 눈을 돌렸다.

"제 생각엔," 베벌리가 말했다. "친척 관계는 없는 게 제일 좋겠더군요."

"하지만 가정의 비밀도 좀 있는 편이 재미있지 않을까요?"

베티가 용기를 내어 말했다. 마크는 씁쓸한 표정으로 말했다.

"그처럼 재미있다면 로버트를 맡겨 드리지요. 그 양반이 옛날과 다름없고, 가끔 날아온 편지와 똑같은 인간이라면 무슨 꼴을 당하게 되는지는 나중에 천천히 케이한테 물어보십시오."

그러자 케일리가 불만스럽게 중얼거렸다.

"글쎄요, 아무도 그 분에 대해서 묻지 않았던 것 외에는 아는게 없으니."

그는 별 뜻 없이 사실대로 말한 것뿐이었는데, 호기심이 근질거리기 시작한 손님들은 부질없는 질문은 사양해 달라는 뜻으로, 마크는 실없는 이야기는 하지 말라는 경고로 받아들여진 듯했다. 화제는 바꾸어 여러 사람들이 기대하고 있는 포섬(골프에서 네 사람이 두 조로 갈려서 겨루는 경기)으로 옮겨갔다. 캘러더인 부인이 골프장 근처에 사는 친구와 점심을 들기로 약속했다고 하여 그들의 자동차에 편승하기로 했다. 마크와 케일리만은 볼일 때문에 집에 남아 있었다. '볼일'이라는 것은 오로지 방탕자인 형을 기다리는 일이다. 그렇다고 그런 일쯤 다른 사람들에게서 골프의 흥취를 빼앗지는 못하였다.

소령이 16번 그린에서 티샷을 실패하고 있을 무렵, 그리고 빨강 집에서는 마크가 사촌동생과 함께 일에 여념이 없을 무렵, 앤토니 길링검이라는 매력적인 한 신사가 웃덤 정거장에서 내려 마을로 들어가는 길을 묻고 있었다. 방향을 대충 알게 되자 신사는 짐을 역장에게 맡기고 슬슬 걷기 시작했다. 이 사람은 소설에서 매우 중요한 역할을 맡고 있는 인물이기 때문에 사건의 소용돌이 속에 말려들기 전에 어느 정도는 소개해 둘 필요가 있다. 그러니 무슨 구실이고 만들어 언덕 위에 그를 올려놓고 관찰해 보기로 하자.

무엇보다도 먼저 머리에 떠오르는 것은 관찰을 당하고 있는 것은 그가 아니라 오히려 우리들이 아닌가 하는 생각이다. 짧게 깎은 머리와 말쑥하게 면도를 한 얼굴은 해군 장교라고 해도 될 만큼 산뜻하지만, 번뜩이고 있는 잿빛 눈만은 상대방의 속셈까지도 꿰뚫어보는 날카로운 힘을 지니고 있었다. 처음 그를 보는 사람은 우선 눈빛에서 섬뜩함을 느끼지만, 조금 지난 뒤에는 마음이 아주 다른 곳에 있다는 것을 알게 된다. 이를테면 눈은 외계의 보초로 삼고 있으면서 머리는 엉뚱한 상념을 쫓고 있는 격이다. 물론 이러한 재주를 부릴 수 있는 사람은 그만이 아니다. 다른 사람과 이야기를 하면서도 한쪽 귀는 다른 사람에게로 기울어지는 경우가 있지만, 그런 경우에도 눈만 들여다보면 손쉽게 간파 할 수 있다. 그러나 이 길링검에게만은 그런 방법이 통하지 않는다.

그는 선원은 아니었지만 널리 세계를 유람했다. 21살 때 어머니가 남겨 준 연간 400파운드의 돈이 들어오게 되자, 〈목축신문〉을 읽고 있던 아버지가 얼굴을 들고 앞으로 무엇을 하겠느냐고 물었다. 길링검은 대답했다.

"세계를 보고 오겠습니다."

"그래, 미국이건 어디건 편지만은 보내 주렴."

"알겠습니다."

아버지는 다시 신문으로 눈을 돌렸다. 길링검은 둘째아들이었지만 아버지는 다른 둘째아들인 챔피언 바키트의 새끼만큼은 애착을 느끼고 있지 않았다. 그도 그럴 것이, 챔피언 바키트는 그가 키운 가장 우수한 헬레포드 종의 암소이다.

그러나 세계를 보고싶다던 길링검에게는 멀리 떠난다고 해야 런던이 고작이었다. 드넓은 세상을 보고싶어한 것은 관광이 아니라 온갖 인간들이 만나고 싶었던 까닭이다. 그것도 어지간하면 여러 각도에서 그러니까 보는 방법만 터득하고 있으면 잡다한 여러 사람들의 소굴인 런던에서도 충분히 목적을 달성할 수 있었다. 그래서 길링검은——하인, 신문기자, 급사, 점원 등등으로 모습을 바꿔가면서——온갖 관점에서 관찰을 진행시켰다. 해마다 400파운드라는 적지 않은 자금이 있었으므로 번거로운 세상일도 하나의 즐거움이었다. 이리저리 직업을 바꾸고 다니면서 그만둘 때에는 고용주에게——보통 주종 관계와는 정반대지만——사람을 부리는 요령을 훈계하고 물러섰다. 새로운 직업은 얼마든지 얻을 수 있었다. 경력이나 추천장 같은 것을 문제삼지 않고 사나이의 떳떳한 기상을 사 줄 것을 신조로 삼고 있었다. 처음 한 달동안 급료는 필요없다. 그대신 마음에만 들면 두 달째에는 그 곱절을 요구하는 식으로 흥정을 하고는 늘 어김없이 두 배를 받아 내었다.

지금은 그도 이미 30살이 되었다. 웃덤에서 기차를 내린 것은 역 근처의 경치가 마음에 들었기 때문이었는데, 여기서 하루 묵을 작정이었다. 차표는 더 갈 수 있지만 마음내키는 대로 하는 것이 그의 방식이었다. 그는 갑자기 웃덤에 매력을 느꼈다. 손에는 여행 가방, 호주머니 속에는 넉넉한 여비가 있다. 그러므로 훌쩍 내린 것뿐이었다.

조지 여관의 주인 마누라는 그의 숙박을 환영하면서, 오후에는 자기 남편을 역에 보내 짐을 찾아오게 하겠다고 말했다.

"점심도 드셔야지요 ? "

"네, 따로 만들 건 없고 있는 대로 주세요. "

"쇠고기 같은 건 어떨까요 ? "

마치 100가지의 고기 중에서 제일 좋은 것만을 골라 내는 것 같은 말투였다.

"고맙군요. 그리고 맥주도 한 병. "

점심 식사가 끝날 무렵, 주인이 짐에 대한 것을 알아보러 왔다. 길링검은 다시 맥주를 주문해 놓고 주인을 상대로 지껄이기 시작했다.

"시골에서 여관을 하는 것도 재미있지요 ? "

이렇게 말하고 자기 자신도 이제는 직업을 바꿀 때가 왔다고 생각했다.

"남들이야 어떻게 볼지몰라도 덕분에 먹는 살고, 어쩌다 재미난 일도 더러 생기곤 합죠. "

길링검은 주인의 얼굴빛을 찬찬히 살피면서 말했다.

"가끔 쉬는 편이 좋지 않겠습니까 ? "

주인은 빙그레 웃더니 느긋하게 대꾸했다. "괜한 말씀 마십쇼, 손님. 그러고보니 바로 어제 '빨강 집'에서 오신 분도 자기가 대신 맡을까 하고 바람을 넣으시더군요." 주인은 껄껄 소리높여 웃었다.

"빨강 집이라니? 스탠튼 마을의 빨강 집 말이오?"

"그렇지요. 스탠튼은 다음 정거장이지만 빨강 집까지는 1마일 남짓 됩니다. 애블레트 씨의 소유물이지요."

길링검은 한 통의 편지를 꺼냈다. 발신인 주소는 '스탠튼 마을 빨강 집'으로 되어 있고, '빌'이라는 서명이 있었다.

"베벌리라……그립구만!" 그는 중얼거렸다. "여전하겠지."

길링검은 2년 전 어떤 담배가게에서 베벌리를 처음 만났다. 손님과 점원으로 이야기를 주고받았다. 베벌리에게 넘쳐나는 발랄한 청춘의 입김이 길링검의 마음을 끌었는지도 모른다. 주문한 담배를 전해주기 위하여 시골 집에서 베벌리의 백모 뻘 되는 사람을 만났던 일이 생각났다. 그 뒤 두 젊은이는 어떤 식당에서 다시 만났다. 그들은 모두 예복 차림이었으나 한 사람은 냅킨을 사용하는 손님, 또 한 사람은 그것을 정돈하는 종업원이었다. 알고보면 길링검이 훨씬 번듯한 처지였지만 베벌리에 대한 호감에는 변함이 없었다. 길링검이 식당을 그만두자 두 사람을 모두 아는 친구를 통해 휴일에 베벌리를 정식으로 소개받았다. 베벌리는 그간의 상황을 듣고는 좀 놀란 듯했으나 이내 어색한 공기가 가시고 급속도로 친해졌다. 베벌리가 편지를 보낼 때에는 늘 첫머리에 '친애하는 광인(狂人)'이라고 쓰는 것을 잊지 않았다.

길링검은 점심을 먹고는 '빨강 집'으로 이 친구를 찾아가기로 했다. 여관 침실을 슬쩍 들여다보니, 라벤더 향기 물씬한 시골여관까지는 아니지만 그럭저럭 청결하고 꽤 아늑한 방이었다. 한바퀴 휙 둘러보고는 들판을 지나 친구를 만나러 갔다.

자동차길을 따라 붉은 벽돌로 지은 그 집에 가까이 가자 꽃밭에서 꿀벌들이 날아 다니는 소리가 들려 왔다. 느릅나무에서는 귀여운 비둘기의 울음 소리, 저편 잔디밭에서는 윙윙거리는 벌초기 소리가 들려와 전원의 분위기를 한결 돋구고 있다. 그리고 홀에서는 어떤 사람이 문을 세게 두드리며 소리 높이 외치고 있었다.

　"문 열어요！ 이봐, 빨리 열라니까！"

　"여보세요——." 길링검은 놀라서 소리를 질렀다.

시체를 둘러싼 두 사나이

그 소리를 듣고 케일리는 흘끔 돌아다봤다.

"무슨 일이라도 생겼습니까?" 길링검은 점잖게 물었다. 케일리는 가쁘게 숨을 몰아쉬면서 말했다.

"무슨 일이 있는 모양입니다. 저는 서재에 있었기 때문에 잘 모르겠지만, 총소리 같은 것이 들렸어요. 탕 하고 굉장히 큰 소리가 났는데 문이 이렇게 잠겨 있군요."

그는 또 손잡이를 잡고 문을 흔들었다.

"열어 주세요! 마크 씨, 어떻게 된 겁니까? 문을 열어 줘요!"

"일부러 잠갔다면 부른다고 열겠소?" 길링검이 말했다. 케일리는 깜짝 놀라며 그를 돌아다보았으나 다시 얼굴을 돌리고 문에다 어깨를 들이댔다.

"부수는 수밖에 없겠군요. 좀 도와 주십시오."

"창문은 없습니까?"

케일리는 어리둥절한 표정이었다.

"창문? 창문 말입니까?"

"창문을 부수는 편이 더 쉽겠죠." 길링검은 웃는 얼굴로 말했다.

그는 현관 앞으로 성큼성큼 다가와 스틱에 기대어섰다. 태연자약한 모습이었다. 자기는 그 총소리를 듣지 못했기 때문에 하찮은 일로 떠들어 대는 거라고 비웃고 있음이 분명하다.

"창문……? 그렇군! 잊고 있었어."

케일리는 찻길로 뛰어나갔다. 길링검도 뒤를 쫓았다. 집의 정면을 따라 달리다가 왼쪽으로 돌아서, 작은 길을 또 한 번 왼쪽으로 돌면 잔디밭으로 나간다. 그동안 길링검은 줄곧 케일리의 뒤를 쫓아서 달렸다. 케일리는 별안간 발길을 멈추고 돌아다보았다.

"여깁니다."

그들은 이미 그 방의 창가에 이르러 있었다. 뒤뜰 잔디밭으로 난 프랑스식 창문이었는데, 지금은 닫혀 있었다. 케일리가 하는 대로 길링검도 얼굴을 창문에 갖다댔다. 참을 수 없는 흥분이 온 몸을 휘감았다. 이렇게 창문으로 들여다보니 아리송한 방 안의 상황이 조금 전에 진짜로 총이 발사된 현장처럼 느껴졌다. 그런데 만약 한 방이 발사되었다면 두 방, 세 방 연거푸 발사되지 말라는 법이 없었다. 그렇다면 이처럼 콧등을 창문에 대고 있는 자기들의 꼴이 그 얼마나 어리석어 보이랴!

"아아, 보입니까? 저기, 저 마룻바닥입니다!"

케일리가 떨리는 목소리로 말했다.

다음 순간 길링검도 그것을 보았다. 방 한구석에 한 남자가 이쪽으로 등을 돌리고 나뒹굴어져 있었다. 살아 있을까? 시체일까?

"저게 누구죠?"

길링검이 묻자 상대방은 나직이 대답했다.

"모르겠습니다."

"어쨌든 들어가 봅시다."

그는 창문을 살펴보고 있었다.

"문설주 쪽을 밀면 열릴 겁니다. 그렇지 않으면 유리가 깨어지니까요."

케일리가 말없이 힘껏 밀자 창문이 열렸다. 그들은 재빨리 방으로 뛰어들어갔다. 케일리는 날쌔게 시체 옆으로 달려가 무릎을 꿇었다. 그리고 좀 망설이다가 시체의 어깨에 손을 얹고 거칠게 뒤집었다.

"아아, 다행이군."

그는 입 속으로 중얼거리며 일어섰다. 길링검이 물었다.

"누굽니까?"

"로버트 애블레트입니다."

길링검이 혼잣말처럼 중얼거렸다.

"네? 마크라는 이름이 아니었던가요?"

"네, 이 집 주인은 마크 애블레트이고 로버트는 그의 형님입니다. 저는 또 마크 씨가 아닌가 하고 걱정했었지요."

케일리는 온 몸을 떨었다.

"마크라는 분도 이 방에 계셨습니까?"

"네."

무심결에 대답하면서도 그제서야 케일리는 상대방이 낯선 사람이라는 것을 깨달았다.

"그런데 당신은 누구십니까?"

그러나 길링검은 이미 잠긴 문앞에 가서 손잡이를 만지작거리고 있었다.

"열쇠는 호주머니에 넣은 모양이군."

그는 다시 시체 옆으로 돌아왔다.

"누구 말입니까?"

길링검은 어깨를 움츠리며 마루 위의 시체를 가리켰다.

"이런 일을 저질러 놓은 놈 말입니다. 정말 숨은 끊어졌나요?"

케일리가 퉁명스럽게 말했다.

"도와 주시오."

그들은 시체를 반듯이 눕히고는 용기를 내어 얼굴을 들여다보았다. 로버트 애블레트는 양미간이 뚫려 있었다. 결코 유쾌하다고는 할 수 없는 얼굴이었다. 무서움도 무서움이려니와 길링검은 갑자기 죽은 이 사람이 가엾다는 생각이 들었다. 아까부터 취해 온 자기의 태도가 너무나 경박했다고 뉘우쳐졌다. 그러나 인간은 누구나, 남이야 어떻든 자기 자신의 몸에는 이러한 재액이 찾아오지 않을 것이라고 믿고 있다. 찾아올 때까지는 그것을 믿을 수 없는 법이다.

"당신은 이 사람과 가까운 사이였습니까?"

길링검이 조용히 물었는데 그 말에는 '이 사람을 좋아합니까?'라는 의미도 섞여 있었다.

"전혀 모른다고 해도 좋을 정도입니다. 저는 마크의 사촌이니까 마크 씨에 대해선 잘 알고 있지만……."

"사촌이라구요?"

"그렇습니다" 하고 그는 주춤거리면서 말했다. "죽었을까요? 하긴 죽은 것 같군요. 이런 경우엔 어떻게 하면 될까요? 가르쳐 주시지 않겠습니까? 어쨌든 물이나 가지고 오지요."

이 방에는 잠긴 문 반대쪽에 문이 또 하나 있었다. 길링검도 짐작했지만 그 문을 열면 밖에는 작은 복도가 있어 다른 방으로 가게끔 되어 있었다. 케일리는 복도로 나가 오른쪽 문을 열었다. 사무실문은 열려 있는 상태였다. 작은 복도 끝에 있는 문은 닫혀 있었다. 길링검은 시체 옆에 쭈그리고 앉아 케일리의 움직임을 눈으로 쫓고 있었다. 케일리가 자취를 감춘 뒤에는 복도의 벽을 멍하니 바라보고 있었다.

죽은 사람한테 물이 무슨 소용이람? 하기야 할 일이 없을 때엔 분주히 돌아다니기만 해도 마음이 편해지는 법이지만……그의 마음은 발밑에 쓰러진 사나이에 대한 동정으로 가득했다.

케일리가 사무실로 돌아왔다. 스펀지와 손수건을 들고 길링검을 내려다보았다. 길링검은 고개를 끄덕여 보였다. 케일리는 알 수 없는 말을 중얼거리면서 주저앉아 죽은 사람의 얼굴을 닦고 손수건으로 덮어 주었다. 길링검의 입에서는 저도 모르게 한숨이 새어나왔다. 두 사람은 일어서서 서로 마주보았다. 길링검이 말했다.

"제가 할 수 있는 일이 있다면 도와 드리겠소."

"죄송합니다. 경찰이나 의사한테도 알려야겠구……여러 가지로 일이 많겠지만 더 이상 폐를 끼칠 순 없습니다. 당신의 도움을 무척 많이 받았으니까요."

"저는 베벌리를 만나러 왔습니다. 그 사람과는 오래 전부터 친구지요."

"골프하러 갔습니다. 곧 돌아올 겁니다." 그리고 비로소 깨달은 듯이 케일리는 다시 덧붙였다. "그렇군, 이제 곧 돌아올 시간이 되었습니다."

"도와 드리면서 기다리도록 할까요."

"그렇게 하시죠. 아무튼 지금은 여자들밖에 없어서 불안합니다."

케일리는 좀 망설이면서 수줍은 듯한 웃음을 보였다. 이처럼 건장한 사람이 가엾게 생각될 지경이었다.

"그저 곁에 계셔 주기만 해도 마음이 든든하겠습니다."

"다행이군."

길링검도 웃는 얼굴로 대답하고 힘차게 제안했다.

"그럼, 이제 경찰에 전화를 거시는 게 어떨까요?"

"경찰에요? 그, 그렇군요. 하지만……."

케일리는 얼떨떨해 하며 상대방의 얼굴을 바라보았다. 길링검이 시원스럽게 말했다.

"그런데 당신은 성함이 어떻게 되십니까?"

"저는 케일리라고 합니다. 마크 애블레트의 사촌동생으로 이 집에 함께 살고 있습니다."

"인사가 늦어 실례했군요. 저는 길링검이라고 합니다. 그런데 케일리 씨, 체면을 생각하면 안됩니다. 사람이 사살되었다면 으레 범인도 있을 테니까요."

케일리가 자신 없는 목소리로 말했다.

"자살일지도 모르지요."

"생각할 수 없는 건 아니지만 그렇지 않을 겁니다. 비록 자살이라 하더라도 역시 누군가가 여기에 있었을 겁니다. 그리고 그 사람은 권총을 갖고 자취를 감추었소. 경찰이 잠자코 있을 리가 있겠습니까?"

케일리는 한 마디도 하지 않고 고개를 수그렸다.

"당신의 마음은 이해합니다. 동정은 합니다만, 어설픈 조치로는 해결할 수 없습니다." 길링검은 마룻바닥 위의 시체를 가리키면서 덧붙였다. "만일 마크 씨가 이 방에 계셨다고 하면 이 사람은——."

불현 듯 케일리가 머리를 쳐들었다.

"마크 씨가 있었다고 누가 말합디까?"

"당신이지요."

"저는 서재에 있었습니다. 마크는 일단 이 방으로 들어오긴 했습니다만, 곧 나갔을지도 모르는 일이구……."

"그럴 테지요." 길링검은 어린아이를 달래듯 끈덕지게 설명했다. "저는 당신만큼 사촌형되는 분을 모르니까요. 어쨌든 이 일과 아무런 관계도 없다고 칩시다. 그러나 이 사람이 사살될 때에 누군가 틀림없이 이 방 안에 있었습니다. 그럼 경찰 역시 가만 있지 않을 겁니다. 어떻습니까 ? "

그는 전화기를 보면서 덧붙였다.

"뭣하면 제가 걸어 드릴까요 ? "

그러나 케일리는 어깨를 움츠리며 전화기 앞에 섰다. 길링검은 열려 있는 문을 턱으로 가리키며 말했다.

"방을 좀 보고 싶은데요. "

"네, 그러십시오. "

케일리는 의자에 앉아 전화기를 앞으로 끌어당겼다.

"하지만 길링검 씨, 저의 심정을 헤아려 주십시오. 마크와는 오랫동안 한집안 식구처럼 지내고 있었으니까요. 그렇지만 물론 당신의 말씀이 옳다고 봅니다. 저는 그런 일에는 머리가 잘 돌지 않는 사람이라서……. "

그리고 그는 수화기를 들었다.

여기서 '사무실'이라고 불리는 방을 소개해 둔다. 우선 우리가 정면 홀에서 들어간 것으로 가정하자. 사무실문은 잠겨 있지만 지금은 편의상 요술을 써서 열기로 한다. 문을 열고 들어서면 방은 오른쪽으로 길게 뻗어 있다. 더 정확하게 말하면, 오른쪽으로만 뻗어 있다. 왼쪽은 문 어귀에서 팔을 뻗으면 벽에 닿을 것 같다. 문의 바로 맞은편에 15피트 사이를 두고 또 다른 문이 있다. 아까 케일리가 드나들던 문이다. 오른쪽으로 30피트 가량 가면 프랑스 식 창문. 방을 가로질러 정면에 있는 문으로 나가면 작은 복도가 있고 두 개의 방으로 연결되어 있다. 가까운 데 있는 것이 조금 전 케일리가 들어갔던 방인데, 길이는 사무실의 절반밖에 되지 않고 네모반듯하다. 그전에는 침실로 사용하던 것 같았다. 침대는 없지만 한구석에 더운 물과 찬물이 나오는 수도꼭지가 달린 세면대, 그밖에 몇 개의 의자와 식기대, 장롱 등이 놓여 있다. 창문은 사무실의 프랑스 식 창문처럼 뒤뜰을 바라보고 있었다. 그 창문을 열고 얼굴을 내밀어도 오른쪽은 바깥벽에 막혀 내다보이지 않는다. 옆의 사무실이 15피트나 더 길게 잔디밭 위로 뻗어 나와 있기 때문이다.

　침실 저쪽 방은 욕실이었다. 다시 말하면 이 세 개의 방이 짝지어져 있는 셈이었다. 아마 그전 주인이 있었을 때에는 층계를 오르내릴 수 없는 환자가 사용하고 있었을지도 모른다. 마크가 산 뒤로는 아래층에서 잠을 자지 않았기 때문에 사무실을 제외한 나머지 방은 사용하지 않았다. 길링검은 욕실을 훑어보고 케일리가 조금 전 들어간 침실로 발길을 옮겼다. 창문은 열린 채였고, 거기서 바라보니 말끔히 손질한 잔디밭이 정원 가득히 펼쳐져 있었다. 이처럼 굉장한 저택의 소유자가 이제부터 비극의 구렁텅이 속으로 휩쓸려 들어가다니 인생사가 절로 속절없이 느껴졌다.

　케일리는 마크가 저질러 놓은 일이라고 생각하는 것 같았다. 그러니까 그렇게 오래도록 문을 두드리고 있었지. 손쉽게 창문으로 들어갈 수 있는데 구태여 문을 부술 것까지는 없지 않는가? 몹시 놀랐기 때문이라고 생각할 수도 있지만 그보다도……그렇다, 사촌형에게 도망갈 시간을 주려는 것은 아니었을까. 경찰에 알리자는 데도 망설였고……수상한 점이 얼마든지 있었다. 창문 있는 데로 갈 때 일부러 멀리 돌아서 간 것도 이상하다. 홀의 끝머리에 바로 뒤로 가는 길이 있을 것이다. 이것은 나중에 확인해 둘 필요가 있겠지. 앞으로 이야기가 진행됨에 따라 자연히 알게 되겠지만 길링검은 결코 침착성을 잃지는 않았다.

　작은 복도에서 발자국 소리가 들렸으므로 돌아다보니 문 어귀에 케일리가 보였다. 그를 바라보며 마음속으로 스스로에게 물었다. 묘한 의문이었다. 왜 문이 열려 있었는지 그것도 이상했다. 아니, 왜 문이 열려 있었는가 하는 문제가 아니었다. 그런 일이라면 쉽게 설명될 것이다. 문제는 문이 닫혀 있었다고 생각했던 점에 있다. 확실히 닫은 기억은 없는데 열린 문 앞에서 케일리를 보고는 어찌 된 까닭인지 놀란 것이다. 잠재의식 같은 것이 작용을 한 것이다…… 그것은 무엇 때문일까? 그렇지만 그 문제를 우선 머리 한구석으로 쫓아 버리기로 했다. 어차피 그것도 해결이 될 것이다. 그에게는 기억력이 있었다. 보거나 듣거나 한 것은 그대로 머릿속에 새겨둘 수 있었다. 의식적으로 기억하지 않은 것도 그대로 남아 있다. 그리고 사진 못지않은 뚜렷한 영상이 필요할 때면 언제든지 현상할 수 있게끔 되어 있었다.

케일리는 창가로 다가왔다.

"전화를 걸었습니다. 미들스턴에서 경감이 출장을 오고, 스탠튼의 분서(分署)에서도 경관과 의사가 올 겁니다. 정말 어쩔 수 없이 큰 변을 당하게 되었군요." 그는 어깨를 움츠려 보였다.

"미들스턴까지는 얼마나 됩니까?"

길링검은 바로 여섯 시간 전에 그곳까지 가는 차표를 샀다. 지금 생각하면 뉘우쳐지기도 했다.

"20마일 가량 됩니다. 이제 여러분들도 곧 돌아오실 겁니다."

"베벌리 말입니까?"

"네, 그분들도 모두 틀림없이 도망칠 정도로 놀랄 겁니다."

"오히려 잘되지 않았습니까?"

"글쎄요." 케일리는 잠시 입을 다물고 있더니 덧붙였다. "당신은 이 근처에 묵고 계십니까?"

"웃덤의 조지 여관에 묵고 있습니다."

"혼잣몸이라면 이 집으로 옮겨오시지 않겠습니까?"라고 말한 뒤 청년은 조금 거북한 듯 말을 이었다. "아니, 결국엔 옮겨오시게 될 겁니다. 검시 심문도 있고 하니까요. 만일 이 집 주인의 호의를 받아

들여 주신다면……아니, 벌써 마크는, 그……."

길링검은 고맙게 호의를 받아들이기로 했다.

"그렇게 해주십시오. 베벌리 씨도 친구분과 함께 계시게 된다면 더 묵으실 겁니다. 참 좋은 분이니까요."

케일리의 말투가 더듬거리는 것으로 보아 길링검은 마크가 형의 마지막 현장을 틀림없이 보았을 거라고 확신하고 있었다. 그렇다고 마크를 범인이라고 단정할 수 없는 것도 사실이다. 권총은 폭발되는 경우도 있다. 공교롭게도 폭발되는 순간에 그 자리에 있었던 사람은 자기가 의심을 받을까봐 겁이 나서 헐레벌떡 도망칠 가능성도 적지 않다. 또 그렇게 되면 유죄건 무죄건 도망친 사람의 행방을 찾아 내는 것 또한 당연한 이야기이다. 길링검은 창문으로 목을 내밀고 큰 소리로 말했다.

"나는 이쪽으로 도망쳤다고 생각합니다."

"누구 말입니까?"

길링검은 웃었다.

"누구랄 것도 없지요. 범인 말입니다. 그렇지 않으면 로버트 애블레트가 살인된 뒤에 문을 잠가 버린 인물이라고 말해도 되겠지요."

"그건 의문스럽습니다."

"그럼, 어떻게 해서 도망쳤다는 겁니까? 사무실의 프랑스 식 창으로는 나갈 수 없지요. 그 문은 닫혀 있었으니까요."

"하지만 묘한 일이 아닙니까?"

"처음엔 나도 그렇게 생각했습니다. 그러나……." 하고 길링검은 오른손으로 막혀 있는 벽을 가리키면서 말했다. "이 창문으로 달아나면 어디서도 보이지 않으니까요. 게다가 관목숲도 가까운 곳에 있구. 프랑스 식 창으로 나가면 간단하게 들키고 말 것이지만, 댁의 이쪽은 ……." 그는 오른쪽을 가리켰다. "서쪽이라기보다는 서북쪽, 다시 말해 부엌이 있는 근방이지요. 이리로 나가면 그쪽에선 보이지 않습니다. 누구인지는 알 수 없지만 범인은 이 집 구조를 잘 알고 있는 사람이고, 틀림없이 이 창문으로 달아났을 겁니다. 그리고 곧 저 숲 속에 숨었을 테지요."

케일리는 길링검의 얼굴을 유심히 바라보고 있었다.

"당신은 처음 오시는 분치고 이 집 사정을 아주 자세히 아시는군요?"

길링검이 웃으며 말했다.

"천만에요. 저는 본디 기억력이 좀 좋은 편이지요. 아무튼 도망간 경로에 관해서는 제 생각이 옳다고 봅니다."

"그럴 겁니다." 케일리는 관목숲을 바라보았다. 그는 턱을 움직이며 말했다. "어떻습니까, 저리로 가서 그 주의력을 구사해 보시는 것이?"

길링검이 조용히 말했다.

"경찰에 맡겨 두는 편이 좋을 것 같습니다. 그다지 바삐 서두를 필요는 없지요."

케일리는 숨을 죽이고 그의 태도를 살피고 있었기라도 하듯이 소리 없이 한숨을 쉬었다.

"고맙습니다. 길링검 씨."

오스트레일리아에서 돌아온 형

빨강 집의 손님은 이치에 맞는 일이라면 무엇을 해도 괜찮다——물론 이치에 맞고 안맞고는 주인 마크 한 사람의 판단에 달려 있었다. 그러나 일단 하기로 결정한 이상에는 주인 마크일지라도 끝까지 하지 않으면 안되는 방침이었다. 이와 같은 일들을 잘 알고 있는 캘러더인 부인은 2라운드까지 하고 차라도 마신 다음에 돌아가자는 베벌리의 제안을 정면으로 반대했다. 다른 사람들은 모두 찬성하는데 그녀만이 고개를 끄덕이지 않았다. 애블레트 씨의 비위를 거슬리게 된다고는 말하지 않았지만, 4시라고 정해 놓았으면 4시에 돌아가야 한다고 주장했다.

"우리가 없어도 마크 씨는 상관없을 거야." 육군 소령 랜볼드가 말했다. 그는 오전 중에 성적이 좋지 않아 오후에나 명예를 만회해 보려는 생각이었다. "오스트레일리아에서 오랜만에 형님이 방문하신다니까 우리는 천천히 돌아가는 편이 오히려 예의가 될 겁니다."

"그렇습니다, 소령님." 이번에는 베벌리가 말했다. "노리스 양, 당신도 찬성이겠지요?"

루스 노리스는 켈러더인 부인의 눈치를 살폈다.

"돌아가고 싶으시다면 억지로 말리진 않겠어요. 골프를 하지 않는 분은 따분하실 테니까요."

"9홀만 더 쳐요, 어머니" 베티가 애원했다.

"자동차를 타고 가셔도 좋습니다. 돌아가시면 저희들은 한 라운드를 더 한다고 말씀드리고 자동차를 보내 주십시오." 베벌리가 서슴지 않고 말했다. 소령도 입을 열었다.

"여기도 뜻밖에 선선한걸."

부인은 하는 수 없이 고집을 포기했다. 골프장은 의외로 선선했고, 마크도 지금쯤은 형과 단둘이 만나 마음껏 즐기고 있을 것이다. 9홀을 치고 난 결과 쌍방이 비겼는데, 모두 오전 보다는 좋은 성적이었으므로 그들은 한결같이 만족하면서 빨강 집으로 돌아갔다. 집으로 가까이 오자 베벌리가 갑자기 소리를 질렀다.

"여어, 앤토니가 아닌가."

앤토니 길링검은 그 집 앞에서 그들을 맞이했다. 베벌리가 손짓을 하자 그도 손을 흔들어 대답했다. 자동차가 멈춰서기도 전에, 운전수 곁에 앉아 있던 베벌리는 뛰어내려 다정한 친구의 손을 굳게 잡았다.

"여어, '광인', 참 잘 왔어!"

이렇게 말하다 말고 문득 생각난 듯이 덧붙였다.

"자네라는 사람은 정말 괴상한 인간이니까 무슨 일이 생긴대도 이상할 건 없지만…… 설마 자네가 그 오스트레일리아에서 돌아온다는 형은 아닐 테지?"

베벌리는 장난스럽게 웃어 보였다.

길링검은 조용히 말했다.

"오래간만일세, 베벌리. 어서 여러분들을 소개해 주게나. 공교롭게도 실은 불길한 소식을 전해야 하니까."

그제서야 진지해진 베벌리는 여러 사람에게 그를 소개했다. 소령과 캘러더인 부인이 자동차 옆에 있었기 때문에 길링검은 나직한 목소리로 말했다.

　"놀라지 마십시오, 실은 마크 씨의 형님이라는 로버트 씨가 조금 전에 살해되었습니다. 장소는 저기입니다."

　그는 엄지손가락을 뒤로 세워 집 쪽을 가리켰다.

　"호오!" 하고 소령이 말했다.

　"자살입니까? 방금 죽었나요?" 캘러더인 부인도 다그쳐 물었다.

　"제가 여기에 왔을 무렵이니까 두 시간 전쯤일 겁니다." 그는 친구 베벌리에게로 얼굴을 돌리고 말했다. "자네를 만나러 왔는데 운이 나쁘게도 마침 사건이 일어난 직후였네. 시체는 케일리 씨와 내가 발견했지. 케일리 씨는 지금 경찰과 의사를 응대하느라 분주하니 나더러 알려 달라는 이야기였네. 이런 비참한 사고가 생겨 모처럼의 모임도 재미가 없을 걸세. 여러분들도 일찌감치 물러가시고 싶을 거라고 하더군."

　그리고 변명이라도 하는 것처럼 밝은 미소를 띠면서 다시 덧붙였다.

　"나는 말솜씨가 없어 탈이지만, 아무튼 사양하시지 말고 여러분들이 타고 갈 기차를 택하시면 거기까지 자동차로 태워다 드리라는 것이었네. 아마 오늘 밤차도 하나 있을 거야."

　베벌리는 얼른 말이 나오지 않아 우두커니 길링검을 바라보고 있었다. "흠!" 감탄사 말고는 적당한 말을 찾아 낼 수가 없었지만 그것마저 소령한테 선수를 빼앗겼다. 베티가 루스에게로 다가서면서 "죽은 건 누구에요?" 하고 떨리는 목소리로 물었다. 루스는 직업이 직업인 만큼 어두운 표정을 지으면서 해야 할 말을 속으로 생각하고 있었다. 캘러더인 부인만이 동요하는 빛을 보이지 않았다. 그녀는 말했다.

"어차피 돌아가야 할 것이지만 사건이 생겼다고 허둥지둥 돌아가는 것은 이상하다고 생각해요. 어쨌든 마크 씨를 만나서 인사라도 드리고 싶군요. 그 뒤의 행동은 그런 다음에 결정되겠지요. 그리고……."

말 끝을 맺지 못하고 부인은 망설였다.

베벌리가 말했다.

"소령님과 저는 남자니까 도움이 될 거라고 말씀하고 싶으신 거지요?"

소령이 날카로운 눈을 길링검에게로 돌렸다.

"마크 씨는 어디 계십니까?"

길링검은 태연하게 시선을 돌리고 대답하지 않았다. 소령은 캘러더인 부인을 보고 위로하듯이 말했다.

"캘러더인 부인, 당신은 베티 양과 함께 오늘 밤에라도 런던으로 돌아가시는 게 좋겠습니다."

부인은 조용히 고개를 끄덕였다.

"그렇겠군요. 노리스 양은 어때요?"

베벌리가 부드러운 목소리로 말했다.

"제가 모셔다 드리겠습니다."

베벌리로서는 아직도 무슨 일이 일어났는지 뚜렷이 알 수가 없었다. 빨강 집에는 1주일 더 묵을 예정이었으므로 런던으로 돌아갈 생각은 없었지만, 여러 사람들이 간다고 하면 따라가는 것도 좋을 것이다. 어쨌든 길링검과 단둘이 있게 되면 사정을 알아보자. 아무튼 그 사람이라면 설명해 줄 수 있을 것이다.

"빌, 자네는 남아 달라는 케일리 씨의 부탁이었네. 소령님은 어차피 내일 떠날 예정이시지요?"

"나는 당신과 함께 가겠소. 그렇지요, 캘러더인 부인?"

길링검은 웃으면서 말했다.

"하여튼 케일리 씨가 다시 말씀드릴 테지만 전보나 전화가 필요하신 분은 서슴지 말고 말씀해 주십시오. 주제넘는다고 생각하실지도 모르지만, 모처럼 케일리 씨로부터 대리역을 부탁받았으니까요."

길링검은 고개를 숙여 인사하고는 뒤도 돌아보지 않고 집 안으로 사라졌다.

"어쩌면 이럴 수가!" 하고 루스 노리스가 연극조로 탄성을 올렸다.

길링검이 홀에 들어서자 미들스턴 시에서 파견된 경감이 케일리와 서재로 가는 중이었다. 케일리는 발길을 멈추고 길링검을 턱으로 가리켰다.

"경감님, 길링검 씨가 들어왔습니다. 함께 가실까요?" 그리고 길링검을 보면서 "이분은 버치 경감입니다" 하고 소개했다. 경감은 의아스럽다는 듯이 두 사람의 얼굴을 번갈아 보았다. 케일리가 설명했다.

"저희들 둘이서 시체를 발견했던 겁니다."

"그랬군요. 그럼, 이리로 오십시오. 여러 사실들을 조금 정리해 보기로 하겠습니다. 도대체 어떻게 된 일입니까?"

"저희들도 알고 싶군요."

"허허허!"

경감은 흥미로운 눈초리를 길링검에게 던졌다.

"그럼, 당신은 이 사건에서 자신의 입장을 알고 계십니까?"

"적어도 당장은 예상할 수 있습니다."

"그건 무슨 뜻이지요?"

길링검은 빙그레 웃으면서 말했다.

"우선은 버치 경감한테 심문을 받아야겠지요."

경감은 껄껄 웃음보를 터뜨렸다.

"재빨리 끝내고 풀어 드리겠습니다. 어서 들어가시지요."

세 사람은 서재로 들어갔다. 경감은 책상 앞에 자리를 잡고 케일리는 그 옆에 있는 의자에 앉았다. 길링검은 팔걸이의자에 앉아 흥미진진하게 형세를 살폈다. 경감은 수첩을 꺼내며 말했다.

"우선 피해자의 신원부터 시작합시다. 이름은 로버트 애블레트 씨지요?"

"네, 이 집 주인 마크 애블레트 씨의 형입니다."

버치 경감은 연필을 깎으면서 물었다.

"그럼, 이 집에서 살고 있었던가요?"

"아니, 그렇지 않습니다."

케일리가 피해자 로버트의 신변 사정을 이야기하고 있는 동안 길링검은 잠자코 듣고만 있었다. 로버트가 이 집의 가족이 아니었다는 것은 그에게 새로운 발견이었다.

"친족의 불명예라고 국외로 추방되었군요. 대체 뭘 했답니까?"

"자세히는 모릅니다. 어쨌든 그 즈음에 저는 12살 난 소년이었으니까 쓸데없는 질문은 허용되지 않았습니다."

"아이들은 잠자코 있어라——그 말이지요?"

"그렇습니다."

"그렇다면 그가 단순한 건달이었는가, 아니면 정말 악한이었는가는 모르시겠군요."

"네. 아버지가 목사였으므로, 세상 사람들의 눈엔 건달이라고밖에 보이지 않는 사람도 그 아버지가 볼 때는 범죄자로 보였을는지 모릅니다."

경감은 빙그레 웃었다.

"어쨌든 뭡니까, 오스트레일리아까지 쫓아보내는 것이 온당하다고 생각되는 사정이었군요?"

"네."

"마크 씨는 형의 이야기를 더러 했습니까?"

"거의 없습니다. 집안의 수치라고 생각했는데. 아무튼 오스트레일리아로 가주어서 대단히 만족스럽게 생각하시는 것 같았습니다."

"편지는 왔었습니까?"

"어쩌다 한 번씩 왔습니다. 최근 5년 동안에 서너 번 정도였지요."

"돈을 보내라는 내용이었던가요?"

"그런 거였지요. 하지만 마크 씨도 일일이 답장을 보내지는 않았습니다. 제가 아는 바로는 한 번도 송금한 적이 없었던 것 같습니다."

"케일리 씨, 숨김없이 말씀해 주셔야겠는데……마크 씨는 형에게 특히 지나치게 하지 않던가요? 너무 가혹한 일이라도?"

"어렸을 적부터 형제 사이가 나빴던 모양입니다. 정이 없었던 게지요. 그것이 누구 때문이었는지는 잘 모르겠습니다만."

"하지만 마크 씨가 도움을 좀 주었어야 했을 텐데요."

"저도 그렇게 생각합니다. 로버트라는 사람은 한평생 남을 의지하는 수밖엔 별도리가 없었던 이였으니까요."

경감은 고개를 끄덕였다.

"흔히 있는 타입이지요. 그럼, 오늘 아침의 사건에 대해 이야기합시다. 마크 씨가 받았다는 편지를 당신도 보셨습니까?"

"나중에 봤습니다."

"발신인의 주소는?"

"없었습니다. 절반으로 자른 지저분한 종이였습니다."

"그건 지금 어디 있습니까?"

"글쎄요, 아마 마크 씨의 주머니 속에 있겠지요."

경감은 턱수염을 만지작거렸다.

"어차피 알게 되겠지만, 편지의 내용은?"

"이런 식이었다고 기억하고 있습니다——'마크, 오스트레일리아의 형이 오래간만에 너를 찾아간다. 갑자기 찾아가면 놀랄 것 같아서 미리 알려 둔다. 부디 웃는 얼굴로 맞아 다오. 도착은 내일 3시쯤 될 것이다.'"

경감은 정성껏 받아 쓰더니 물었다.

"소인은 어디였던가요?"

"런던이었습니다."

"마크 씨의 반응은?"

"골치 아파하는 눈치였습니다만……."

말을 하다 말고 케일리는 머뭇거렸다.

"불안해 하는 것 같은 기색은?"

"별로 보이지 않았습니다. 만나는 일 자체는 싫어하는 것 같았습니다만, 이렇다할 만큼 걱정하고 있지는 않는 듯했습니다."

"다시 말해 폭행이나 무리한 요구를 염려하지 않았다는 거지요?"

"그런 것 같았습니다."

"그리고 도착하신 것이 3시쯤이었나요?"

"대체로 그 무렵이었습니다."

"댁에는 누가 있었지요?"

"마크와 저와 그리고 고용인들이었습니다. 고용인들에게는 직접 물어 보십시오."

"그건 그렇게 하기로 하고, 손님들은 외출하셨군요?"

"골프하러 갔습니다." 말하고 나서 케일리는 문득 생각 난 듯이 덧붙였다. "그런데 손님들은 어떻게 할까요? 만나 보시렵니까? 구차스러운 말 같습니다만, 이런 불미스런 사건이 생겨서……. "

길링검이 고개를 끄덕이는 것을 보고 말을 이었다.

"손님들께서는 오늘 밤차로 런던을 떠나실 겁니다. 상관없을까요 ? "

"만일을 위해 주소와 이름을 적어둬야 합니다. "

"물론입니다. 한 분은 더 묵으실 예정이니까 언제든지 만나실 수 있습니다. 아무튼 손님들은 방금 돌아오셨습니다……. "

"그건 알고 있습니다. 이야기를 3시로 돌립시다. 로버트 씨가 도착했을 때 당신은 어디 계셨습니까 ? "

케일리는 자기가 현관 홀에 앉아 있었다는 것, 하녀 오드리가 주인이 어디 있는지 물었다는 것, 성당으로 가는 것을 봤다고 대답했다는 것 등을 진술했다.

"하녀가 물러간 다음 다시 책을 읽기 시작했습니다. 층계에서 발자국 소리가 나기에 그쪽을 보니 마크가 내려오고 있었습니다. 그대로 사무실로 들어갔기 때문에 다시 책으로 눈을 돌렸지요, 얼마 뒤 참고서를 가지러 서재에 들어갔는데 그때 총소리가 들렸습니다. 권총 소리인지는 알 수 없습니다만, 하여튼 탕 하는 큰 소리였습니다. 얼른 문 앞으로 나와 홀을 내다보았습니다. 그리고 서재로 도로 들어갔습니다만 마침내 결심하고 사무실 앞에까지 갔습니다. 어떻게 된 영문인지 알아보아야겠다고 생각했습니다. 손잡이를 돌려봤지만 잠겨 있어 열리지 않았습니다. 놀란 나머지 문을 쾅쾅 두들기면서 소리를 질렀습니다. 그러는데 길링검 씨가 나타났습니다. "

케일리는 계속해서 시체를 발견했을 때의 이야기를 했다. 경감은 웃음을 지어 보였다.

"그렇습니까. 다음에 더 자세한 걸 묻게 되겠지만, 지금은 마크 씨에 대해 이야기해 주십시오, 당신은 그가 성당에 가 있다고 생각하고 계셨다지요? 거기서부터 당신의 눈에 띄지 않게 본관에 돌아와 2층으로 올라갈 수 있습니까?"

"평소에는 사용하지 않습니다만, 뒤에 층계가 있습니다. 그리고 저 역시 오후에 줄곧 홀에 있었던 것은 아니므로 제가 모르는 사이에 2층으로 돌아올 수 있었을 겁니다."

"그래서 마크 씨가 2층에서 내려오는 걸 보고도 당신은 놀라지 않았군요?"

"그렇습니다."

"그때 마크 씨는 당신에게 무슨 말을 건네지 않았습니까?"

"'형이 왔군?' 하는 것 같았습니다. 벨이 울리는 소리나 이야기하는 소리라도 들었던 게지요."

"마크 씨의 침실은 어느 쪽을 향해 있습니까? 형이 한길을 걸어오는 것이 보였을까요?"

"보려고만 하면 보입니다. 거기서 봤는지도 모르지요."

"그래서?"

"제가 '네, 오셨습니다' 하고 대답하니까 '멀리 가지 말게. 볼일이라도 생기면 곤란하니까' 하고 말씀하시고는 곧장 사무실로 들어가셨습니다."

"볼일이라는 건 짐작할 수 있는 것이었습니까?"

"글쎄요. 저는 무슨 일이건 의논하는, 말하자면 집안의 고문 변호사 같은 위치에 있으니까요."

"형제의 재회라기보다는 오히려 사무적인 회견이었군요?"

"네, 적어도 마크의 생각은 그랬습니다."

"총소리가 들린 건 언제쯤이었습니까?"

"이내 들렸습니다. 2분쯤이나 지났을까요."

경감은 메모한 뒤 케일리의 얼굴을 잠시 엿보고 있더니 갑자기 물었다.

"로버트 씨의 죽음을 어떻게 생각하십니까?"

케일리는 어깨를 움츠렸다.

"당신이 오히려 더 잘 아시겠지요. 직업이시니까요. 저는 제삼자로 마크 씨의 친구라는 입장에서 말씀드릴 따름입니다."

"듣고 싶군요."

"로버트는 귀찮게 굴려고 권총을 가지고 왔을 겁니다. 마크를 보자마자 권총을 꺼냈겠지요. 마크가 빼앗으려고 다투는 사이에 권총이 폭발하지 않았을까요? 마크는 몹시 놀랐을 겁니다. 어느 새 권총이 자기 손에 쥐어져 있고 발 밑에는 시체가 뒹굴고 있었기 때문에 흥분한 나머지 머리에 떠오른 것은 어서 달아나야겠다는 생각뿐이었을 테지요. 저도 모르게 문을 잠그고, 제가 문을 두들기는 걸 알자 프랑스 식 창문으로 뛰어나간 것이 아닐까요?"

"아주 그럴 듯한 생각이시군요. 길링검 씨는 어떻게 생각하십니까?"

길링검은 일어서서 두 사람에게로 다가갔다.

"몹시 흥분했을 때의 판단은 이성적이라고 할 수 없겠지요."

경감은 말했다.

"이성적이라고 말하는 건 아닙니다. 일단 이치에 맞는 이야기라는 뜻이지요."

"그건 그렇습니다. 달리 설명한다면, 사정은 오히려 더욱더 혼란을 일으킬 뿐일 테니까요."

"그럼, 다르게 생각하고 계십니까?"

"아닙니다."

"케일리 씨의 설명에 대해 바로잡고 싶은 점이라도 있으십니까? 당신이 오신 뒤에 일어난 일 가운데 케일리 씨가 보지 못한 사실이라도?"

"없습니다. 모두 정확한 말씀이었습니다."

"그럼, 이번에는 당신 차례입니다. 길링검 씨, 당신은 이 댁에 묵고 계시지 않다고 들었는데요?"

길링검은 지금까지의 경위를 이야기했다.

"그럼, 당신은 총소리를 들으셨습니까?"

길링검은 고개를 조금 갸웃했다.

"네, 이 집이 보이기 시작했을 때였습니다. 그때엔 별로 이상하게 생각되지 않았습니다만, 지금 갑자기 생각이 나는군요."

"장소는 어디쯤이었습니까?"

"한길을 걷고 있었습니다. 이 집이 보이기 시작했을 때였지요."

"총소리가 난 다음에 현관으로 나온 사람은?"

"없었습니다."

"단언할 수 있습니까?"

"물론입니다."

두 번이나 거듭 묻는 바람에 길링검은 못마땅한 표정을 지었다.

"죄송합니다. 그건 그렇고, 혹시 용건이 생기는 경우엔 조지 여관으로 연락하면 됩니까?"

케일리가 설명했다.

"길링검 씨는 조사가 끝날 때까지 여기에서 묵으실 예정입니다."

"그거 잘됐군요. 자아, 그럼 다음엔 하녀들 차례에요."

길링검의 새로운 직업

케일리가 벨을 울리려고 하자 길링검이 일어서서 문 쪽으로 나갔다.

"경감님, 저에 대한 볼일은 끝나셨겠지요?"

"수고하셨습니다. 길링검 씨, 멀리 가시지는 않겠지요?"

"물론입니다."

그리고 경감은 조금 망설이듯이 말했다.

"케일리 씨, 하녀들과는 혼자 만나는 편이 좋을 것 같습니다. 다른 사람이 있으면 떨려서 아무 말도 하지 못할 테니까요. 아무래도 혼자 만나는 편이 나을 것 같습니다."

"그렇겠지요. 그렇지 않아도 저도 실례하려던 참입니다. 손님들을 내버려 둘 순 없으니까요. 하기야 이 길링검 씨가 여러 가지로 친절하게……."

케일리는 문 어귀에서 기다리고 있는 길링검에게 미소를 던지며 입 안에서 말 끝을 얼버무렸다. 경감은 문득 생각난 듯이 말했다.

"손님들 가운데 베벌리 씨——길링검 씨의 친구 되시는 분이 당분간 이 댁에 묵으실 거라고 하셨지요?"

"네, 만나 보시겠습니까?"

"나중에 만나지요."

"그렇게 연락해 두겠습니다. 저는 2층 제 방에 있을 테니 필요하다면 불러 주십시오. 하녀가 안내할 겁니다. 아아, 마침 잘 왔어, 스티븐즈. 버치 경감님이 지금 너를 만나려고 하신다."

"네." 오드리는 태연스럽게 대답했지만 가슴은 불안에 떨고 있었다.

하녀 방에서도 이미 사건을 대충 알고 있었다. 조금 전까지도 오드리는 동료를 붙잡고 자기와 그 남자가 주고받은 대화를 설명하며 수다를 떨고 있었다. 상세한 내막은 알 길이 없었지만 적어도 다음과 같은 점은 움직일 수 없는 사실이라고 생각되었다. 즉 주인님의 형님이 자살하고 주인님 자신은 도망쳐 버렸다는 것, 형님이라는 사람은 결국 오드리가 처음 대했을 때 꿰뚫어보았던 그대로의 인물이었다는 점이다. 스티븐즈 부인은——오드리도 기억하고 있겠지만——오스트레일리아에까지 갔다면 틀림없이 무슨 곡절이 있었을 거라고 입버릇처럼 말했었다.

엘시도 역시 두 사람의 의견에 동감이었지만 그녀에게는 그 나름대로의 자료가 또 있었다. 그녀는 마크의 사무실에서 주인이 형이라는 사람을 협박하고 있는 현장을 엿들었다.

"로버트 씨의 목소리였겠지." 다른 하녀가 말했다. 이 여자는 자기 방에서 낮잠을 자다가 총소리를 들었다고 했다. 무엇인가 넘어지는 소리를 듣고 깨어났다.

"아니. 주인님의 목소리였어." 엘시는 과감하게 단언했다.

"용서해 달라고 말씀하셨지" 하고 부엌일을 보는 하녀가 호기심에 찬 눈으로 문 어귀에서 얼굴을 들이밀었지만 곧 다른 패들한테 쫓겨

났다. 이럴 바에는 가만히 듣고만 있을 걸 잘못했다고 뉘우쳤지만 이미 늦었다. 평소에 읽고 있는 통속 소설에서 이러한 사건의 진전을 상상할 수 있었던 만큼 참견하지 않고는 견딜 수 없었던 것이다.

"쯧쯧, 하여간 꼭 매를 번다니깐. 그래서 어떻게 됐니, 엘시?" 스티븐즈 부인이 재촉했다.

"주인님은 이번엔 내 차례야 하고 똑똑히 말씀하셨어요. 아주 뽐내면서 말이에요."

"그것만으로 협박했다고 보는 건 좀 너무하네."

그러나 지금 버치 경감 앞에 서니 엘시의 말이 오드리의 머리에 뚜렷이 떠올랐다. 같은 이야기를 연거푸 하고 있었기 때문에 진술을 거침없이 할 수 있었다. 경감의 심문하는 요령은 매우 좋았다. '로버트를 보고 너가 무슨 생각을 했는지 하는 것까지는 말하지 않아도 돼'라고 몇번이고 목구멍까지 차오르는 것을 꾹 누르고 끈기있게 귀를 기울이고 있었다. 오드리도 차츰 경감의 말투나 표정에 익숙해졌지만 그녀의 증언은 결국 기정 사실의 범위를 벗어나지 못했다.

"그럼, 너는 마크 씨를 전혀 보지 못했니?"

"네, 주인님은 그전에 주인님 방으로 돌아가셨겠지요. 아니면 제가 뒷문으로 나갔을 때 현관으로 돌아오셨는지도 모르겠어요."

"그만 됐어. 수고했다. 다른 사람들의 생각은 어떻든?"

그녀는 기다렸다는 듯이 말했다.

"엘시가 주인님과 로버트 씨가 이야기하시는 걸 엿들었대요. 그런데……."

"그래? 그럼, 엘시한테 직접 듣기로 하지. 그 엘시란 누구지?"

"하녀에요. 불러올까요?"

"그래, 그렇게 해 다오."

엘시는 덕분에 한시름 놓았다. 그 호출 때문에 오늘 자기가 저지른 실수에 대한 스티븐즈 부인의 꾸지람이 중단되었기 때문이다. 그녀는 경감의 심문이 한결 나았다. 스티븐즈 부인은, 오후에 저지른 엘시의 실수야말로 사무실의 범행과는 비교도 안될 만큼 큰 죄라고 생각하였다.

엘시는 오늘 오후, 홀에서 있었던 일을 말하지 않았더라면 좋았을 거라고 생각했지만 엎지른 물을 다시 그릇에 담을 수는 없었다. 천성이 숨기는 솜씨가 서툰데다 상대방인 스티븐즈 부인은 캐내는 재간이 아주 대단했다. 엘시에게는 층계를 내려올 만한 볼일이 없었다. 그것은 스티븐즈 부인도 잘 알고 있었기 때문에 그 점을 추궁당하자, 그녀는 2층 끝머리에 있는 루스 노리스의 방에서 나온 것도 고백하지 않을 수 없었다. 홀에 아무도 없었기 때문이라는 말은 변명이 되지 못했다. 손님 방에서 대체 뭘 하고 있었니? 잡지를 돌려 주러 갔다고? 노리스 양에게 이야기하고 빌렸니? 그렇지 않아요, 엘시! 이 훌륭한 집에서 그런 짓을 어떻게 할 수가 있어! 엘시는 표지에 좋아하는 작가의 이름이 보이고 악한이 절벽에서 떨어지는 삽화가 있었기 때문에 문득 보고 싶어졌다고 변명했지만 효과는 전혀 없었다.

"너무 조심하지 않다간 절벽에서 굴러떨어지게 되는지도 몰라."
스티븐즈 부인은 으르댔다.

물론 버치 경감에게는 이런 죄를 고백할 필요가 없었다. 경감의 흥미는 홀을 지나쳤을 때 그녀가 엿들은 말소리에만 쏠려 있었다.

"몰래 엿들을 작정이었나?"

"아닙니다." 그녀는 엄연히 말했으나, 아무도 자기를 이해해 주지 않는 것이 원망스러웠다.

"저는 홀을 지나갔을 뿐이었어요. 누구든지 하는 일이에요. 비밀 이야기를 하고 계시리라곤 생각지도 못했습니다! 몰래 엿듣다니, 그건 정말 천만의 말씀이에요."

이렇게 말하고 그녀는 콧물을 한 번 훌쩍였다.

"용서해라. 나는 뭐……." 경감은 달랬다. 그래도 그녀는 흐느끼면서 말했다.

"모두 저를 못 살게 굴어요. 가엾게도 저기에 사람이 쓰러져 죽어 있지만, 만일 그 사람이 저라면 여러분들은 틀림없이 모두 저를 못 살게 굴었던 것을 뉘우칠 거에요."

"무슨 소리를 하는 거냐? 어쨌든 너는 우리가 칭찬해 주게 될 거야, 알겠나? 네 증언이 매우 중대한 의미를 품게 되는지도 모르니까. 그때 무슨 이야길 들었지? 솔직하게 말해 봐."

항해 중 뱃삯 대신 일을 해주었다──라는 말을 문득 엘시는 생각해 냈다.

"누가 그렇게 말했니?"

"로버트 씨에요."

"어떻게 알았지? 그전에 목소리를 들은 적이 있었니?"

"로버트 씨의 목소리를 들은 적이 없었으니까 확실하게 말씀드릴 수 없어요. 하지만 주인님이나 케일리 씨나, 그 밖의 손님들의 목소리하고는 아무래도 달랐어요. 게다가 로버트 씨가 사무실에 들어가신 지 5분도 되지 않았으니까요."

"그럼, 로버트 씨임에 틀림없을 거야. 뱃삯 대신 일을 해주었다구?"

"그런 뜻이었다고 생각합니다."

"호오, 뱃삯 대신에 배 안에서 내내 일을 했다는 뜻이로군."

엘시가 힘차게 대답했다.

"그렇습니다. 뱃삯 대신에 항해하는 동안 일했다는 말입니다."

"그래서?"

"그러니까 주인님이 큰 소리로 말씀하셨어요. 아주 위세당당한 말투로, '자아, 이번엔 내 차례야. 기다리고 있어'라고요."

"위세당당하게?"

"이제야 간신히 그토록 기다리던 기회를 얻게 되었다, 뭐 그런 느낌으로요."

"그뿐이야, 네가 들은 건?"

"네, 일부러 엿들은 게 아니라 홀을 지나다가 우연히 들었으니까요."

"수고했다. 픽 참고가 되겠어."

엘시는 웃는 얼굴로 고개를 꾸벅 하고는 바쁘게 물러갔다. 스티븐즈 부인이건 누구이건 이제는 무서울 게 없었다.

그 동안 길링검은 나름대로 조사를 하고 있었다. 아무래도 한 가지 아리송한 문제가 있었다. 그래서 홀에서 현관으로 나오자 문 어귀에 서서 한길 쪽을 바라보았다. 사건 직후 그와 케일리는 왼쪽으로 집 주위를 돌았었는데 오른쪽으로 돌아가는 편이 훨씬 빨랐을 것이다. 현관은 정면 복판에 있는 것이 아니라 약간 한쪽으로 치우쳐 달려 있다. 그러니까 그들이 달려간 길은 아주 멀리 도는 것이었다. 그러나 오른쪽으로 돌면 벽 같은 장애물이 있을는지도 모른다.

길링검은 오른쪽 작은 길을 따라 돌아갔다. 장애물은 아무것도 없었고 거리는 왼쪽으로 도는 것의 절반밖에 되지 않았다. 아까 뛰어들어갔던 프랑스 식 창을 지나가니 곧 문이 나타났다. 그곳으로 들어가자 작은 복도가 있고 복도 끝머리에 문이 또 하나 있었다. 그 문을 여니 길링검은 어느 새 홀에 돌아와 있었다.

이것이 세 가지 중에서 제일 가까운 길이라고 생각했다. 홀에서 뒷문으로 나가 왼쪽으로 돌기만 하면 그 프랑스 식 창이다. 그럼에도 불구하고 우리는 제일 먼 길을 택했다. 무엇 때문일까? 마크에게 도망칠 시간적 여유를 주기 위해서인가? 그렇다면 왜 달려갔는가? 케일리는 왜 도망친 사람이 마크라고 단정했을까? 누가 총을 쏘았는지 알 수 없는 경우, 알 수 없다기보다도 두려워했을 것이지만 로버트가 마크를 쏘았다고 생각하는 편이 타당할 것이다. 케일리도 그것은 인정했다. 시체를 반듯이 눕혔을 때 맨 먼저 케일리의 입에서 나온 말은 '아아, 다행이군! 마크가 아닌가 했는데……'라는 것이 아니었던가. 그런데 그는 무엇 때문에 로버트에게 도망칠 여유를 주었을까? 거듭 말하지만 달아나게 할 속셈이었다면, 왜 달려갔는가?

길링검은 다시 뒤뜰의 잔디밭으로 나와 사무실의 창문이 보이는 벤치에 앉았다. 케일리의 생각을 하나하나 검토해서 그 도달점을 따져 보기로 하자.

로버트가 사무실에 안내되었을 때 케일리는 홀에 있었다. 마크가 2층에서 내려와 볼일이 생길지도 모르니까 멀리 가지 말라고 말해 두고 자기는 사무실로 들어갔다. 케일리는 그때 어떻게 생각했을까? 볼일이 있을 게 뭔가를 생각했을지도 모른다. 또 무슨 귀찮은 일이라도 생겨서——로버트의 부채를 책임진다거나 그를 오스트레일리아로 돌려보내게 되기라도 한다면 자기를 부를지도 모른다. 로버트는 불량배이기 때문에 폭력 소동이라도 벌어지면 마땅히 자기가 나서야 할 판이겠지——라고 생각했을는지도 모른다. 하여튼 얼마 뒤에 케일리는 서쪽으로 갔다. 가지 않고는 견딜 수가 없었다. 그러자 별안간 총소리가 들렸다. 이런 시골의 외딴집에서 총소리가 난다는 것은 좀 상상하기 어려운 일이다. 그 순간 어리둥절했을 것이다. 귀를 기울였지만 쥐죽은 듯 잠잠하기만 했다. 역시 총소리가 아니다. 그렇지만 다시 한 번 서재의 문 어귀로 가 봤다. 아주 조용한 것이 더욱 무시무시하였다. 역시 그것은 총소리였던가? 믿을 수 없다! 하지만 너무나 조용하다. 핑계를 대고 사무실을 엿보는 것도 나쁘지는 않을 것이다. 그래서 손잡이를 잡아 보고서——잠겨 있는 것을 깨닫는다.

그때의 기분이 어땠을까? 놀라는 동시에 안절부절 못했을 것이다. 틀림없이 무슨 일이 생겼다. 도저히 믿을 수 없는 일이지만 역시 그건 총소리였다. 그래서 마구 문을 두드리면서 마크를 불렀지만 대답이 없었다. 더욱더 초조해질 뿐이다. 물론 마크의 신변을 걱정하는 초조감이다. 로버트는 알지 못하는 남이나 마찬가지지만 마크는 사촌 형이자 이 집 주인이다. 오늘 아침에 로버트의 편지 내용으로도 일촉즉발의 위험한 인물임은 짐작이 간다. 로버트는 불량배지만 마크는 점잖은 신사. 만일 그들 사이에 분규가 생긴다면 로버트가 가해자이며, 마크는 습격을 당하는 피해자일 것이다. 케일리는 더욱 세차게 문을 두들긴다. 그런 장면에 불쑥 나타난 길링검이 창문으로 들어가자고 하자 케일리는 이내 동의했다. 그리고 자기가 앞장서서 창문으로 달려갔다. 그것도 제일 먼 길을 택해서.

목적이 뭘까? 범인에게 도망칠 여유를 주기 위해서일까? 그때 케일리가 마크를 범인이라고 짐작했다면 이치에 맞는다. 그러나 로버트를 범인이라고 생각하고 있었다. 또 그렇게 생각하는 것이 당연하기도 하다. 사실 방 안으로 뛰어들어가 죽은 사람이 로버트라는 것을 알고는 '마크가 아니어서 다행이다'라는 의미의 말을 입밖에 내지 않았던가. 그렇다면 시간 여유를 주려했다는 것은 생각하기 어렵다. 그렇다면 본능적인 충동으로 한시바삐 현장에 가서 악한 로버트를 붙잡는 것이 옳을 것이다. 그런데 일부러 먼 길을 택했다. 그리고 세 번이나 묻지만——빙 둘러서 갈 바에는 왜 달려갔는가? 이것이 중요한 일이다. 길링검은 파이프에 담배를 담으면서 생각했다. 반드시 이 어려운 문제를 해결할 필요가 있다. 케일리가 단순한 겁쟁이라고 생각할 수 있다. 로버트의 권총을 겁내면서도 겉으로는 충성을 보이고 싶었기 때문인지도 모른다. 그렇게 생각하면 이야기가 되지 않는 것도 아니지만, 그렇다면 케일리는 언제나 겁쟁이라고 생각하지 않으면 안된다. 과연 그럴까? 그처럼 대담하게 얼굴을 창문에다 댔던 그를 겁쟁이라고 생각할 순 없다. 좀더 알맞은 해석이 있을 것이다.

파이프에 불을 붙이는 것도 잊어버린 채 그는 생각에 잠겼다. 머리 한구석에는 아직 몇 가지 미해결 문제가 검토를 기다리고 있었다. 그러나 지금은 그대로 덮어 두기로 했다. 언제고 저절로 떠오르게 될 것이다. 그는 갑자기 웃으면서 파이프에 불을 붙였다.

"겨우 여기서 내 직업을 새로 얻게 됐군. '사립 탐정 길링검'. 나쁘진 않은 걸. 당장 오늘부터라도 간판을 내걸어야겠어."

새로운 이 직업에 대해 다른 자격도 필요하겠지만 앤토니 길링검의 두뇌는 높이 평가해도 좋을 것이다. 그리고 그 명석한 머리로 이미 이 집 안에서 누구의 구속도 받지 않고 진상을 규명할 수 있는 것은 자기 한 사람뿐이라는 것을 알고 있었다. 경감이 도착했을 때는 이미 한 사람은 시체가 되고 다른 한 사람은 실종된 다음이었다. 실종된 사나이가 죽은 사람을 쏘았으리라는 것은 누가 보더라도 그럴 듯한 해석이다. 명백한 일이라고 생각하는 사람도 있을 것이다. 그러니까 경감이 보기에 명백한 것은 사실을 유일무이한 것으로 믿고 다른 어떠한 가설도 편견으로 배척하리라는 것은 확정적이다. 다른 사람들도 ——케일리, 손님들, 하녀들——역시 편견에 사로잡혀 있음을 부정할 수 없다. 주인 마크에 대해 서로 호의 아니면 악의를 품고 있을 수 있다. 오늘 아침 식사 때의 이야기에서 이미 로버트의 인품에 관해 선입견을 가졌을 것이다. 순수하게 담백한 입장에서 사건을 고찰할 수 있는 사람은 하나도 없다.

하지만 길링검만은 그렇지 않았다. 마크에 대해서나, 로버트에 대해서 전혀 백지로 대결할 수 있었다. 시체를 보고 나서 죽은 사람의 이야기를 들었다. 도착하자마자 사건에 휩쓸렸고 그 뒤 비로소 행방불명이 된 사실을 알게 되었다. 가장 중요한 그와 같은 확실한 인상을 있는 그대로의 모습으로 받아들인 것이다. 그와 같은 확실한 인상은 순전히 오감에 기초를 둔 것이며, 개인적인 감정이나 남의 감각이 개입할 여지가 없었다. 그러니까 진상 규명을 위해서는 경감보다 훨씬 유리한 위치에 있는 셈이었다. 그러나 그렇게 생각하기에는 버치 경감에게 좀 가혹한 점이 없지 않았다. 경감의 입장으로 말하자면 마크가 형을 쏘았다고 믿지 않을 수가 없을 것이다. 로버트는 사무실로 안내되었다(오드리의 증언). 마크는 로버트를 만나러 들어갔다(케일리의 증언). 마크와 로버트가 시비를 하는 말소리가 들렸다(엘시의 증언). 총소리가 났다(가정부의 증언). 방으로 들어가니 로버트의 시체가 있었다(케일리와 길링검의 증언). 그리고 마크는 행방을 감추었다. 이렇게 따지고 보면 케일리가 생각하고 있는 것처럼 과실이었건 또는 엘시의 증언이 암시하는 것처럼 고의였건 어쨌든 마크가 형을 쏘아 죽였다는 것은 틀림없는 결론인 것이다. 흠잡을 데가 없는 해답이 눈앞에 있는데도 일부러 애써 가면서 복잡한 해답을 찾는 바보가 있을 리 없다. 그러나 버치 경감에겐 헛된 명예를 위해 일부러 복잡한 해답을 찾아 내려 하는 방법도 없는 것은 아니었다. 평범하게 논밭을 뛰어다니면서 마크를 수색하기보다는 집 안에서 생각지도 않았던 범인을 체포하는 편이 훨씬 센세이셔널하기도 하고 경감의 면목도 설 것이다. 마크는 범인이건 아니건 어차피 붙잡힐 사람이다. 그러나 거기에는 아주 다른 가능성도 있었다. 길링검이 이처럼 편견을 가진 경감보다는 자기가 낫다고 은근히 자랑스럽게 생각하고 있을 무렵, 경감 쪽에서도 그의 신변에 주의를 기울이고 있다는 것을 안다면 어떤 얼굴을 할까?

경감은 이런 생각을 하고 있었다. 그처럼 길링검이 난데없이 현장에 나타난 것을 우연이라고만 볼 수 있을 것인가? 친구 베벌리에게 그의 신분을 심문해 봤지만, 그 기묘한 대답에 놀라지 않을 수 없었다. 담배가게 점원이라고 하는가 하면 급사라고도 한다. 길링검이라는 친구는 아무리 생각해도 보통 녀석이 아니야. 주목할 만한 인물이다.

안이냐, 밖이냐?

빨강 집의 손님들은 케일리에게 저마다 성품대로 작별 인사를 했다. 소령은 순박한 말투로 "볼일이 있을 때엔 알려 주게. 도와 줄 테니. 그럼, 실례하겠네" 하는 식이었고, 베티는 할 말도 잊어 버린채 그 큰 눈에 감개무량한 빛을 보이고 있을 뿐이었다. 켈러더인 부인은 "어떻게 말씀드려야 좋을지 모르겠어요." 말하면서도 풍부한 어휘를 구사하고 있었다. 루스 노리스의 슬픔을 나타내는 제스처는 사뭇 열의에 넘쳐, 한결같이 "감사합니다"라고 말하는 케일리의 인사마저 그때만은 그녀의 박진감 넘치는 예술에 대한 찬사로밖에 생각되지 않을 지경이었다.

빌 베벌리는 손님들을 자동차가 있는 데까지 전송했다. 작별 인사를 나누면서 유달리 베티의 손을 꽉 움켜쥐고는 다시 발길을 돌려 벤치에 앉아 빈둥빈둥 있는 길링검에게로 다가갔다. 베벌리는 곁에 앉으며 말했다.

"괴상한 사건에 걸려들었군?"

"정말 묘한 인연이야, 빌."

"자네는 이 사건에서 어떤 입장에 놓여 있는가?"

"한복판에 있지."

"그렇다면 자네야말로 내가 의지해야 할 사람이군. 여러 가지 소문과 수수께끼가 뒤섞인 이때에 그 경감이라는 작자는 내가 살인——이렇게 말할 수 없을지도 모르지만——사건에 관해서 물어 봐도 빈둥빈둥 딴전만 부린단 말이야. 그리고는 한다는 소리가 길링검과 언제 어디서 알게 되었느냐는 둥 아무것도 아닌 이야기만 묻는 거였어. 대체 어떻게 일어난 사건인가?"

길링검은 이미 경감에게 했던 이야기를 요령있게 대충 들려 주었다. 베벌리는 이따금 "호오!" 맞장구를 치기도 하고 휘파람을 불기도 하면서 듣고 있었다.

"일이 아주 귀찮게 됐군. 그럼, 내 입장은 어떻게 되는 건가?"

"입장?"

"다른 사람들은 모두 돌아갔어. 혼자 뒤에 남은 나를 붙잡고 경감은 마치 내가 사건의 내막을 알고 있기라도 한 것처럼 자꾸 캐묻는단 말이야. 대체 무엇 때문일까?"

길링검은 웃으면서 대답했다.

"걱정하지 말게. 경감은 자네들 일행의 동정을 알고 싶어 자네를 선택했을 뿐일 걸세. 케일리는 케일리대로 우리들 사이를 알고 있으니까 이렇게 자네가 남아 있도록 한 걸 거야. 그것뿐이네."

"그럼, 자네도 얼마 동안 이 집에 있을 작정이군. 그거 정말 재미있겠는데."

베벌리는 못내 기뻐했다. 길링검은 말했다.

"그 아가씨와 헤어져도 괜찮겠나?"

베벌리는 얼굴을 붉혔다.

"뭘, 다음 주일에 또 만나기로 약속했어."

"축하하네. 상당한 미인이더군. 그리고 잿빛 옷이 썩 잘 어울리던데. 호감이 갈 만한 여자야."

"그렇게 덤비지 말게. 그건 그녀의 어머니야."

"그런가, 그럼, 실례했네. 착각을 했군. 어쨌든 당분간은 내가 자네의 상대야. 참아 주게나."

"정말 그렇게 생각하나?"

베벌리는 무척 기뻤다. 믿고 있는 상대로부터 호의에 넘친 말을 들었기 때문에 굉장히 기분이 좋았다.

"정말이구말구. 이제 보게나, 여러 가지 일이 생길 걸세."

"검시 심문이니 뭐니 하는 일 말인가?"

"그것 말고도 뭔가 있을 거야. 저기 케일리가 오는군."

케일리는 잔디를 밟으면서 가까이 왔다. 어깨가 떡 벌어지고 키가 아주 컸다. 딱딱한 얼굴은 면도한 자국이 말끔하긴 해도 어지간히 못생겼다. 베벌리가 말했다.

"저 양반도 불쌍한 사람이야. 위로의 말이라도 해줄까. 그렇다고 어떻게 되는 것도 아니겠지만."

"마음대로 하게나."

케일리는 그들의 옆에까지 오자 멈춰서서 가볍게 고개를 숙였다. 베벌리가 자기 자리를 비켜 주었다.

"앉으시지요."

"아니, 괜찮습니다. 별로 볼일이 있는 것도 아니니까." 케일리는 길링검에게로 얼굴을 돌리며 말했다. "부엌에서 일이 생겼기 때문에 저녁 식사는 8시 반쯤에나 들게 되겠습니다. 물론 평복이라도 상관없습니다. 그런데 짐을 어떻게 할까요?"

"베벌리와 함께 산책삼아 슬슬 걸어가서 찾아오겠습니다."

"자동차가 역에서 돌아오는 대로 여관으로 찾으러 보낼까요?"

"고맙습니다만 그렇게 할 것까진 없습니다. 계산 관계도 있고 산책하기에도 좋은 밤이니까요. 빌, 자네도 가 줄 테지?"

"물론."

"아무튼 짐은 그냥 두십시오. 자동차를 보낼 테니까요."

"미안하군요."

말을 마치고 케일리는 돌아갈까말까 망설이고 있었다. 길링검은 오늘 일어난 일에 대해 이야기하고 싶어하는 건지, 반대로 꺼리는 건지 판단할 수 없었다. 그래서 슬그머니 경감은 돌아갔느냐고 물어 보았다. 케일리는 고개를 끄덕이며 문득 생각난 듯이 말했다.

"마크 씨의 체포장을 신청할 모양입니다."

베벌리는 안됐다고 중얼거리고, 길링검은 있을 법한 일이라는 듯이 어깨를 움츠리며 말했다.

"경감으로서는 어쩔 수 없는 일이겠지요. 그렇다고 아직 결정적이라고는 말할 수 없을 겁니다. 흑백은 별문제로 하고라도 마크 씨를 체포하는 것은 당국의 의무일 테니까요."

케일리는 상대방에게 날카로운 시선을 던지면서 말했다.

"길링검 씨는 어느 편이라고 생각하십니까?"

"마크 씨를 의심하다니 터무니없는 이야기야!" 베벌리가 말했다.

"빌은 우정이 두터운 사람이니까요, 케일리 씨."

"당신은 이 집의 누구와도 관계가 없는 셈이군요."

"그렇습니다. 그러니까 거리낄 것이 없습니다."

베벌리가 잔디밭에 앉자 케일리는 벤치에 걸터앉아 무릎 위로 세운 팔에 턱을 괴고 물끄러미 발목을 내려다보았다.

"솔직한 의견을 좀 말씀해 주십시오. 저는 어떻게 되든 마크 편입니다. 자연히 그렇게 되지 않을 수 없습니다. 그러니까 저의 생각을 기탄없이 공박해 주십시오. 누구에게나 편견은 있으니까요."

"생각이라니요?"

"경감에게도 이야기했지만, 만일 마크가 형을 죽였더라도 우연한 과실로 밖에는 생각할 수 없는 것이 저의 의견입니다."

베벌리는 흥미를 느낀 듯 문득 얼굴을 들고 말했다.

"로버트가 권총으로 위협하려고 했다. 그래서 격투가 벌어지는 도중에 권총이 폭발했다, 마크 씨는 앞 뒤 살필 겨를도 없이 도망쳤다……이런 이야기지요?"

"말씀하신 그대로입니다."

"그건 있을 듯한 일이군요."

베벌리는 길링검을 보며 말했다.

"어떤가, 무리한 이야기가 아니지 않나? 마크의 인간성을 알고 있는 사람이라면 아주 타당한 해석이라고 생각할 걸세."

길링검은 파이프를 빨면서 말했다.

"나도 동감이네만, 한 가지 납득이 가지 않는 점이 있네."

베벌리와 케일리가 동시에 물었다.

"어떤 점이?"

"열쇠 말일세."

"열쇠라니?" 베벌리가 말했다. 케일리도 얼굴을 들고 길링검을 바라보았다.

"열쇠가 어떻게 되었는데요?"

"아니, 사실은 아무것도 아닐는지 모릅니다. 그저 저에게는 좀 이상하게 생각된 겁니다. 당신 말씀대로 로버트가 죽고 엉겁결에 마크는 도망치려고만 생각했겠지요. 그렇다면 문을 잠그고 그 열쇠를 주머니 속에 넣어 둔다는 것도 물론 가능성이 있는 일입니다. 시간을 다툴 때엔 그것이 본능적인 동작이 아니겠습니까?"

케일리가 말했다.

"저도 그렇게 말씀드리고 싶습니다."

"당연한 일이지" 베벌리도 입을 열었다. "무의식적으로 그렇게 할 걸세. 성공적으로 도망칠 가능성이 더 많을 테니까."

"그렇지, 물론 열쇠를 가지고 있었다면 문제는 없어. 하지만 없었 을 경우엔 어떻게 되는가?"

없다는 것을 전제로 삼고 있는 말투였기 때문에 두 사람은 그만 놀 라고 말았다. 그들은 의아스러운 듯이 길링검을 지켜보았다. 케일리 가 물었다.

"어떤 의미입니까?"

"평소에 우리는 열쇠를 어디다 두고 있었나? 그 점을 생각해 보기 로 합시다. 누구든지 침실에서, 양말은 한 짝만 신고 바지도 입지 않았을 경우에는 다른 사람이 들어오지 못하도록 문을 잠가 놓지 요. 이건 당연한 일입니다. 그러니까 어떤 집에서든지 2층 침실에 는 이내 쓸 수 있는 장소에 열쇠를 두고 있습니다. 하지만 아래층 방에는 안으로 문을 잠가 둘 필요가 없습니다. 이건 거의 절대적이 라 할 수 있지요. 베벌리도 역시 식당에서 셰리 주를 훔쳐 마실 때 안으로 문을 잠그지는 않을 겁니다. 또 부인네들, 특히 하녀들은 무척 강도를 무서워하지요. 비록 창문으로 들어오는 경우가 있더라 도 다른 방의 피해를 막기 위해 열쇠를 문 밖에 놓아두고는 자기 전에 문을 전부 잠가 버립니다. 저의 어머니도 그렇게 하셨었지 요."

이렇게 말하고 길링검은 파이프의 재를 털었다. 베벌리는 흥분하여 말했다.

"그럼, 마크 씨가 있었던 사무실의 열쇠는 문 바깥쪽에 있었다는 건가?"

"그런 것 같네."

케일리가 말했다.

"당구실과 서재도 살펴보셨습니까?"

"여기 앉아 문득 그렇게 생각했을 뿐입니다. 당신은 오래 전부터 이 댁에서 사셨지요, 뭐, 생각나시는 일이 없습니까?"

케일리는 고개를 갸우뚱했다.

"맥빠진 이야기지만, 기억에 없는 것 같습니다."

그리고 그는 베벌리에게 물었다.

"당신은?"

"전혀 모르겠습니다. 거기까진 생각해 본 적이 없어요."

"자네같이 태평스러운 사람은 알 수 없을 걸세." 길링검은 소리내어 웃었다. "나중에 조사해 보면 알 수 있을 테지. 다른 방 문이 바깥쪽으로 잠겨 있다면 사무실 열쇠 역시 바깥에 있었다고 봐도 좋겠지. 그렇게 되면 더욱 의미심장해지는데."

케일리는 잠자코 있었다.

베벌리는 잔디 잎사귀를 씹으면서 말했다.

"안이냐, 밖이냐 하는 문제가 그렇게 중대한가?"

"열쇠가 바깥에 있었다고 하면, 방 안에서 일어난 사건의 해석이 매우 곤란해지네, 자네의 과실설도 역시 그렇단 말이야. 무의식적으로 문을 잠갔다는 설명은 성립되지 않네. 열쇠를 손에 넣기 위해서는 문을 열지 않으면 안되지. 열면 또 누군가에게 들킬 위험성이 있거든. 케일리 씨에게 어쩔 수 없이 얼굴을 보이게 되었을 거야. 아무리 흥분했다 하더라도 범행 현장에 있기 싫은 나머지 그런 무모한 짓을 할 수 있을까?"

케일리가 말했다.

"마크로선 저를 두려워할 필요가 없습니다."

"그렇다면 차라리 당신을 부르는 편이 나았을 겁니다. 가까운 데에 있다는 걸 알고 있었으니까요, 당신한테 의논하면 좋은 생각도 떠올랐을 겁니다. 그럼에도 불구하고 마크 씨는 도망쳤소, 역시 그는 당신들 모두의 눈을 두려워했다고 할 수 밖에 없습니다. 당신이나 하녀들을 방 안에 들여놓지 않고 되도록 몰래 달아나려고, 그것만을 생각하고 있었던 겁니다. 만일 열쇠가 안쪽에 있었다면 망설일 것 없이 잠갔을 겁니다. 반대로 바깥에 있었을 경우엔 절대로 잠그지 않았을 거라 생각됩니다. "

베벌리는 알겠다는 듯이 고개를 끄덕였다.

"자네 말이 옳겠네. 하기야 처음부터 열쇠를 가지고 있었다면 이야기가 다르지만. "

"그렇게 되면 다시 새로운 설을 생각해 내야 할 걸세. "

"다시 말하면 계획적인 범행의 혐의가 짙어진다는 건가. "

"결국은 그렇지. 하지만 마크라는 사람은 어리석기 짝이 없는 꼴이 되는 거야. 생각해 보게나. 그리고 할 수 없는 사정에 쫓겨 형을 죽이지 않으면 안되게 된 경우, 그런 방법을 취하는 것이 과연 정당할까. 죽이기만 하고 그냥 도망친다는 건 자살 행위나 다름없지 않은가, 정신착란자의 자학 행위라고밖엔 볼 수 없지. 아무리 생각해도 부자연스러워. 달갑지 못한 형제를 없애기 위해서라면 좀 더 나은 방법이 있지 않을까. 우선 의심을 받지 않기 위해 사이좋게 지내다가 죽었다면 과실사나 자살, 혹은 제삼자의 범행으로 보일 수도 있을 거야, 그렇지 ? "

"즉 앞뒤를 계산해 놓고 한다는 의미인가 ? "

"내가 말하고 싶은 건 그걸세. 처음부터 계획적으로 열쇠를 가지고 들어갔다면……그렇게 하지 않은 것이 이상하다는 거지. "

케일리는 잠자코 있었지만 이 새로운 의견에 귀를 기울이고 있는 것이 분명했다. 이윽고 눈을 내리뜬 채 말했다.

"저는 역시 과실로 생긴 사고로, 마크가 겁에 질려 달아났다고밖엔 생각할 수가 없습니다."

베벌리가 물었다.

"그럼, 열쇠의 문제는?"

"열쇠가 바깥에 있었다고는 단정할 수 없습니다. 아래층 방 열쇠가 늘 바깥에 있었을 거라는 길링검 씨의 설에는 찬성할 수 없습니다. 그런 경우도 있겠지만 보통은 안에 있었을 거라고 생각합니다."

"안에 있었다면 물론 당신의 생각이 옳겠지요. 저는 일반적으로 바깥에 있는 거라고 생각되었기 때문에 그렇게 말했을 뿐입니다. 또 당신도 솔직히 의견을 말해 달라고 부탁했으니까요. 아마 당신 말대로 열쇠는 안에 있었던 거겠지요."

케일리는 고집을 세웠다.

"만일 열쇠가 바깥에 있었더라도 저는 역시 과실 사건이라고 생각합니다. 불미스런 장면을 예상하고 있었던 마크는 다른 사람이 들어오는 걸 꺼려 열쇠를 가지고 들어갔는지도 모르지요."

"그렇지만 그는 무슨 일이 생길는지도 모르니까 가까이에 있으라고 말했다지요? 그러면서도 잠가 버린다는 건 이상하지 않습니까. 귀찮은 상대방과 단둘이 방 안에 갇혀 있다는 건 누구든지 싫을 겁니다. 그보다는 문이라는 문을 모두 열어젖히고 '나가라!'고 소리치고 싶을 겁니다."

케일리는 잠자코 있었지만 입가에는 불만의 빛이 떠올랐다. 길링검은 미안한 듯 가볍게 웃어 보이며 일어섰다.

"그럼, 슬슬 가 볼까."

그는 베벌리에게 손을 내밀어 일으키고는 케일리를 돌아다보면서 말했다.

"지나치게 이야기해서 죄송합니다. 저는 편견을 갖고 있지 않은 제삼자의 입장에서 이 사건을 고찰해 보고 싶었습니다. 다시 말하면 어느 사람의 운명에도 관계가 없는 하나의 명제로서 말입니다."

"걱정하실 건 없습니다." 케일리도 일어섰다. "용서를 바라고 싶은 건 오히려 제 편입니다. 지금 짐을 찾으러 가시는 거지요?"

"네."

길링검은 하늘을 쳐다보고 그 집을 둘러싼 널따란 풀밭으로 눈을 돌렸다. 그리고 남쪽을 가리키면서 말했다.

"여관은 이쪽 방향에 있지요? 이 길로 가면 마을로 나갈 수 있습니까, 아니면 한길로 가야 할까요?"

베벌리가 말했다.

"그건 나에게 맡기게."

"베벌리 씨가 아실 겁니다. 여긴 사냥터인데 마을로 이어져 있습니다. 30분 뒤 자동차를 보내겠습니다."

"고맙습니다."

케일리는 고개를 끄덕이고 발길을 돌려 집 쪽으로 사라졌다. 길링검은 베벌리의 팔을 잡고 반대쪽으로 걷기 시작했다.

어느 신사의 초상화

　말없이 걷고 있는 동안에 집도 뜰도 뒤로 물러가 버렸다. 앞쪽과 오른쪽은 널따란 사냥터의 기복이 멀리 바라다보이는 풍경을 가로막고 있었다. 왼쪽에는 울창한 수풀이 계속되어 그들은 좀처럼 한길로 빠져나올 수 없었다. 문득 길링검이 물었다.

　"그전에도 온 적이 있나?"

　"늘 왔었지."

　"내가 말하는 건 여기, 지금 걷고 있는 이 길 말일세. 자네는 밤낮 집에 틀어박혀서 당구만 치고 있었던 게 아니었나?"

　"어리석은 소리 작작하게!"

　"아니, 테니스 같은 것도 했을 테지. 이렇게 훌륭한 사냥터를 갖고 있는 친구들치고 이런 길을 이용하는 법이 없지. 그렇지만 먼지투성이인 길을 걸어 다니는 가난뱅이들은 이처럼 아름다운 정원을 갖고 있는 주인을 부러워하고, 이 안에서는 자못 여러 가지 즐거운 오락이 있을 거라고 상상하는 법이야."

　그리고 그는 오른쪽을 가리키면서 물었다.

"저쪽에는 가 봤는가?"

베벌리는 멋쩍은 듯이 웃었다.

"별로 가 보지 못했네. 이 길은 마을로 가는 지름길이라. 자주 다녔어."

"그런가……? 헌데 여보게, 마크의 이야기를 들려 주지 않겠는가?"

"무슨 이야기 말인가?"

"자네가 그의 손님이라든가 신사 체면이라는 건 제쳐놓고 말일세, 예의범절을 제쳐놓고 자네가 마크라는 사람을 어떻게 생각하는가, 그 집에서의 생활이 즐거웠는가, 이번 주일엔 몇 번이나 같이 떠들어 댔는가, 자네와 케일리 사이는 어떤가. 이런 걸 생각나는 대로 말해 주게."

베벌리는 물끄러미 상대방의 얼굴을 바라보았다.

"놀라운데, 제법 탐정 역할이 몸에 배었구먼."

길링검은 웃으면서 대답했다.

"그렇지 않아도 새로운 직업을 찾고 있던 중이라네."

"그거 걸작인걸!" 베벌리는 말했으나 이내 그 말을 취소했다.

"사람이 죽었다는데 걸작이라니 너무 경솔한 것 같군. 게다가 초대해 준 주인이……. 아니야, 아무튼 묘하게 되고 말았어!" 그는 말을 얼버무렸다.

"그런 거야 어떻든, 마크의 이야기나 들려 달라니까."

"내가 받은 인상을 말하면 되나?"

"그래."

베벌리는 얼마 동안 잠자코 생각했다. 별로 의식하지 않았던 일이기 때문에 얼른 대답할 수 없는 모양이었다——나는 마크를 어떻게 생각하고 있었을까……? 생각에 잠겨 있는 꼴을 보다못해 길링검이 말했다.

"일러두지만 신문기자한테 이야기하는 건 아니니까 구태여 말의 순서나 문법 같은 걸 명심할 필요는 없네. 좋아했는가 싫어했는가, 그 이유는 뭔가 하는 걸 생각나는 대로 이야기해 주면 되는 걸세. 뭣하면 내가 물어 봐 줄까? 자네는 주말을 보낸다면, 이 집과 예를 들어 벌링턴 집안 중 어느 편을 택하겠나?"

"그야 물론 때와 장소에 따라 다르지."

"어느 쪽이든 그 아가씨를 데리고 가도 좋아."

"딴소리 말게." 베벌리는 상대방의 옆구리를 팔꿈치로 살짝 치고는 말했다. "어느 편이 더 낫다고는 말할 수 없네. 이 집 대우도 이만저만이 아니니까."

"그래?"

"이만큼 친절하게 보살펴 주는 집도 드물 거야. 방, 식사, 술, 담배……무엇이건 불평할 것이 없다네. 다시없이 융숭한 대우라고 말할 수 있지."

"허어."

"정말 그렇다네." 베벌리는 또 한 번 긍정하고 나서 갑자기 생각난 것처럼 말했다.

"마크라는 이는 어디까지나 손님들의 시중을 들어 주는 그런 사람이야. 오히려 그것이 결점이라고 할 만큼 병적인 버릇이지. 남의 시중만 들어 주고 있는 걸세."

"가려운 데를 긁어 주는 것처럼 친절하단 말이군?"

"그렇지, 정말 유쾌한 집이야. 온갖 게임과 스포츠 설비가 되어 있어서 심심할 것도 없어. 기분이 최고로 좋지. 이렇게 말하면 무턱대고 칭찬하는 것 같지만, 어떨 땐 이런 생각도 안드는 것은 아니네. 말하자면 손님 쪽이 인형이 된 것 같은 느낌이 든단 말일세.

뭐든지 시키는 대로 하지 않으면 안되거든."

"그건 무슨 뜻이지?"

"마크는 앞장서기를 좋아하네. 손님들 편에서 자기가 정한 계획대로 움직여 주지 않으면 불쾌해 하거든. 언젠가도 베티가, 캘러더인 부인의 딸일세, 나더러 테니스의 싱글 시합을 요청한 적이 있었네. 차를 마시기 전에 겨루어 보자는 것이었지. 그녀는 원래 테니스광이어서 노핸디로 나한테 이겨 보려는 것이었어. 물론 나도 쾌히 응해 둘이 라켓을 옆구리에 끼고 나가려는데, 뭘 할 참이냐고 마크가 물어 왔어. 왜냐하면 마크는 차를 마신 다음에 토너먼트를 할 예정이었거든. 핸디도 그의 생각대로 결정되었고, 붉은 것과 파란 잉크로 짝도 정해졌으며 상품까지 마련되어 있었지. 잔디도 일부러 손질했고 라인도 말끔히 그어졌다네. 베티와 나는 물론 그 잔디를 소중히 여기고 있었고, 차를 마시고 나서는 사람들과 시합──언제나 즐거운 일이었지──을 하려고……. 단 내가 베티에게 1파운드 주기로 하고 마크가 정한 핸디에 따라 그녀를 상대하기로 한 거야. 그런데 어떻게 된 셈인지……."

베벌리는 말을 멈추고 어깨를 움츠렸다.

"말썽이 생겼나?"

"그렇지, 모처럼 마련해 둔 토너먼트의 흥이 깨어졌다는 거겠지. 경기는 당장에 취소되었다네."

그리고 베벌리는 웃으면서 덧붙였다.

"하지만 결국 우리들의 입장은 실제로 한 거나 다름없이 되어 버렸네."

"이제는 두 번 다시 그 댁에 초대 받지 못한다는 건가?"

"글쎄, 아무튼 당분간은 초대하지 않을 걸세."

"그런 사람인가?"

"화를 내게 했다간 큰일이지. 조금 전 자네도 본 노리스 양 말일세, 그녀도 실수를 했네. 역시 출입 금지를 당할걸."

"어떻게 했는데."

베벌리는 쓴웃음을 지으며 말했다.

"사실은 우리들 모두가 합세했다네. 적어도 베티와 나는. 전부터 이 집에는 유령이 있다는 소문이 떠돌았었네. 앤 패튼이라는 여자 귀족의 망령인데, 이름을 들은 적이 있는가?"

"모르겠어."

"어느 날 저녁 식사 때 마크가 이 유령 이야기를 했어. 자기는 유령이 있다는 소문이 마음에 들었던 모양이야. 우리들한테 그 존재를 믿게 하려 했는데, 베티 모녀가 그걸 곧이곧대로 믿는 걸 보고는 오히려 불쾌해 하는 거였네. 알 수 없는 사람이야. 그래서 노리스 양이 여배우다운 솜씨를 발휘해서 유령 분장으로 장난을 했네. 마크란 녀석, 굉장히 놀라 법석이었지. 시간으로 치면 한순간밖에 되지 않았지만."

"다른 사람들은?"

"베티와 나는 미리 알고 있었어. 나는 노리스 양에게 실없는 짓은 하지 말라고 충고까지 했네만. 마크의 성격을 잘 알고 있었으니까. 캘러더인 부인은 마침 그 자리에 없었지. 아마도 베티가 그렇게 시켰을 거야. 소령은 무서움을 모르는 사람이니까 끄떡없었지."

"유령은 어디서 나왔는가?"

"구기장 잔디밭이야. 거기서 나타난다는 소문이었지. 우리는 그곳에서 달빛을 구경하면서 유령의 등장을 기다리기로 했네. 자네는 구기장을 봤나?"

"아직 보지 못했네."

"저녁 식사 뒤에 안내해 주지."

"부탁하네. 그래서 마크가 노발대발했겠군."

"물론이지, 꼬박 하루 동안은 무뚝뚝한 표정이었어. 그런 사람일세."

"손님들한테 심술을 부리던가?"

"응. 말도 하지 않았어."

"오늘 아침에는?"

"오늘 아침엔 아무 일도 없었지. 그런 때도 있네. 꼭 어린애 같아. 이렇게 말하고 보니 정말 어린애 같은 점이 있었네. 오늘 아침엔 웬일인지 아주 유쾌해하더군. 어제도 그랬지만."

"어제도?"

"으음, 그렇게 유쾌해하는 건 드문 일이라고 우리들끼리 서로 이야기했을 정도니까."

"평소엔 어떤가?"

"이쪽의 태도에 따라서는 마음이 좋은 사람일세. 허영심이 많고 어린애 같은데다가 자만심이 강한 것이 흠이지만 그런대로 유쾌한 점도 있고." 베벌리는 갑자기 말을 끊었다.

"이 정도로 해 두겠네. 초대해 준 집 주인을 이러쿵저러쿵 비평하는 건 언짢은 일이니까."

"주인이라는 생각은 잊어야지. 체포장이 나와 있는 살인 용의자라고 생각하게나. 베벌리."

"당치도 않은 소리."

"하지만 그것이 사실이야."

"내가 말하는 건, 진상은 그렇지 않다는 거야. 도저히 그는 살인을 저지를 사람이 못돼. 묘한 말 같지만, 그처럼 대담한 인물이 아닐세. 우리들처럼 결점은 있지만 살인과 결부시킬 만한 그런 부류는 아니야."

"하지만, 어린아이같이 화를 잘 낸다니까 어떤 충격으로 무슨 짓을 저질렀는지도 모르지."

베벌리는 마지못해 고개를 끄덕이기는 했지만 마크에 대한 선입견은 버릴 수 없는 모양이었다.

"역시 믿을 수 없는 걸. 계획적인 살인을 할 수 있는 사람은 아니야."

"그럼, 케일리가 말한 대로 우연한 사고였다면 겁을 집어먹고 달아났다 하더라도 이상하지 않을까?"

베벌리는 잠시 생각하고 있다가 대답했다.

"그렇지, 그렇다면 이야기가 되네. 유령이 나왔을 때에도 도망치려고 하더군. 물론 그것과는 문제가 다를는지도 모르지만."

"글쎄……? 하지만 이성보다도 본능에 따른다는 의미에서는 같은 현상일는지도 모르지."

두 사람은 사냥터를 빠져나와 외부와 경계를 이루고 있는 숲 속의 작은 길로 접어들었다. 나란히 걸을 수 있을 만큼 넓지 않았으므로 베벌리가 앞장을 서고 길링검이 뒤를 따랐다. 이야기가 중단되었으며 이윽고 울타리를 지나 한길에 나섰다. 길은 가파르지 않은 내리막이었으며 웃덤 마을 쪽으로 뻗어 나가 있었다. 초록빛 수풀 위로 빨간 지붕의 주택과 교회의 잿빛 뾰죽탑이 이따금씩 보였다. 걸음을 빨리 옮겨 놓으면서 길링검이 다시 말했다.

"그럼, 이번엔 케일리에 대해서 말해 주게."

"어떤 걸 말하면 되나?"

"케일리 자신을 방불케 하도록 말일세. 덕분에 마크라는 사람은 자세히 알게 됐네. 이야기 솜씨가 여간 아닐세, 빌. 그런 식으로 케일리도 부탁하네. 케일리의 내면을 말일세."

베벌리는 만족해 하면서도 마음이 내키지 않는 듯한 웃음을 지으며

"유명 작가도 아닌데" 하고 변명했다. "그리고 마크 씨라면 간단하지만 케일리는 그렇지 않다네. 말수도 적고, 도무지 뱃속을 알 수가 있어야지. 도대체 뭘 생각하고 있는지 알 수가 없는 사람이라네. 마크 씨는 처음부터 엉덩이를 드러내 놓고 있는 셈이지만, 이건 턱이 떡 벌어진 추남이라는 것뿐이어서……."

"추남을 좋아하는 여자도 있는 법이지."

"오오, 그렇다네. 이건 말하면 안되네만, 사실 그런 여자가 근처에 있다네. 잘랜드장(莊)에 있는 미인일세."

"잘랜드 농장이라니?"

"아마 그전에는 잘랜드라는 사람이 갖고 있었던 농장이었겠지만, 지금은 미망인 노벨리의 별장이야. 마크 씨와 케일리는 자주 놀러 갔었지. 그런데 딸이 하나 있네. 가끔 테니스하러 오곤 했는데, 케일리에게 마음이 있는 모양이었네. 그러나 케일리는 분주한 사람이야. 그래서 그럴 틈도 없는 걸세."

"그럴 틈이라니, 뭘 말인가?"

"데이트지. 미인과 산책을 한다거나 연극에 대한 이야기를 하면서 말일세. 아무튼 그는 늘 일에 쫓기고 있는 사람이어서……."

"마크 때문인가?"

"마크 씨는 케일리가 없으면 아무 것도 못한다네. 그러니 개인적인 일까지 모두 해줘야 하지. 게다가 케일리 역시 마크 씨가 없으면 일이 손에 잡히지 않는 모양이더군."

"케일리는 마크를 좋아하나?"

"그럴 거야. 어떤 의미에선 마크 씨를 보호하고 있으니까 말이야. 물론 그의 허영심이나 자만심이나 주인이라고 뽐내는 듯한 태도는 가소롭게 여기겠지만 어쨌거나 자진해서 성심으로 일을 본다네. 게다가 마크 씨를 다루는 법도 터득하고 있으니……."

"손님들과의 관계는 어땠는가? 자네나 노리스 양이나 그밖의 사람들에 대해서는?"

"늘 은근하면서도 말이 없었지. 본디 사람들과 별로 사귀지 않는 사람이네. 식사 때 이외에는 잘 보이지도 않았고, 하기야 우리는 놀러 온 사람들이고, 그는 일해야 하니까."

"유령 장난을 했을 때엔 거기 없었는가?"

"응, 없었어. 마크는 집에 돌아가자마자 케일리를 부르더군. 아마 케일리가 달래 주면서 경솔한 여자의 장난이 아니냐고 말했을 거야. 벌써 다 왔군."

그들은 여관으로 들어갔다. 베벌리가 주인 아줌마를 붙잡고 이야기하고 있는 동안 길링검은 2층으로 올라갔다. 짐은 간단했다. 마지막으로 옷솔을 가방에 넣고, 잊은 것이 없는 것 같아 아래층으로 내려와 계산을 마쳤다. 방은 2, 3일 더 빌리기로 했다. 갑자기 떠나서 주인 부부를 낙심시키지 않으려는 생각도 있었지만 만일 빨강 집이 마땅치 않을 때에는 옮겨 오려는 생각이었다. 그가 탐정업을 하게 된 것은 멋이나 변덕으로 결심한 것이 아니기 때문이었다. 그는 지금까지 어떤 일에 종사하든지 되도록 즐겁고, 그리고 진지하고 성의껏 일에 열중해 왔다. 그는 앞으로 베벌리의 친구이며 빨강 집의 손님으로 머무르게 되어 어차피 검시 심문이 끝나면, 마크건 케일리건 누가 주인이 되는지는 모르지만 환대를 받게 될 것이다. 그런 경우에 과연 엄정 중립의 자세를 무너뜨리지 않을 수 있을지 그것을 믿을 수 없기 때문에 취하는 행동이었다. 지금은 증인인 이상 당당히 그 집에 묵을 수 있다. 그러나 일단 검시 심문이 끝나면 그가 공평무사한 태도를 지키면서 날카로운 눈빛으로 수사를 계속하는 것을 주인측이 눈감아 줄까? 그렇게 되면 어쩔 수 없이 주인과 담판을 하거나, 또는 전혀 관계가 없는 여관으로 옮기거나 둘 중의 하나를 택해야 한다. 이것이 조지 여관이 필요하게 되는 까닭이었다.

길링검에게는 오직 하나 흔들릴 수 없는 확신이 있었다. 케일리가 아직도 고백하지 않는 사실을 알고 있다는 것이다. 그것은 물론 케일리가 다른 사람은 모르기를 바라는 일일 것이다. 케일리에게는 분명 길링검이 '남'이다. 그러한 남이 제멋대로 수사하는 것을 케일리가 아무렇지도 않게 내버려 둘 수는 없다. 그러므로 검시 심문이 끝난 뒤에는 아무래도 조지 여관이란 존재가 필요하게 될 것이다.

그럼, 진상은 어떠한가? 뭔가 숨기고 있다는 정도로 케일리에게 혐의를 둘 수는 없다. 구태여 꼬집어 말한다면 기껏해야 사무실 창문으로 가기 위해 제일 먼 길을 택했다는 것, 그리고 그것이 경감에게 진술한 내용과 모순되어 있는 정도뿐이다. 그러나, 케일리가 사실은 종범이어서 급히 서두르는 체하면서 마크에게 도주할 여유를 주기 위해서였다면 이치에 맞는 이야기다. 이것이 진상이라고 단정할 수는 없지만 하나의 단서임에는 틀림없는 것 같다. 그렇다면 그가 경감에게 한 진술은 거짓말이 되는 셈이다. 검시 심문까지는 아직 하루 이틀의 여유가 있으므로 빨강 집에서 묵으면서 천천히 이 문제를 검토할 수도 있을 것이다. 여관 현관에 자동차가 도착했다. 베벌리와 길링검이 타고 주인이 여행 가방을 조수석에 실어 주었다. 그들은 다시 빨강 집으로 돌아가게 되었다.

왓슨의 협력

길링검의 침실에서는 뒤편의 널따란 사냥터가 바라다보였다. 저녁 식사를 하기 위해 옷을 갈아입으면서, 하나씩 벗을 때마다 창 밖을 바라보고 이날 하루 동안에 보고 들은 일들을 머릿속에 떠올리며 기쁨과 걱정이 뒤범벅이 된 야릇한 표정을 짓고 있었다. 이윽고 셔츠와 바지만 입고 침대에 걸터앉아 검고 숱많은 머리를 습관처럼 빗질하고 있었다.

"여어!" 베벌리가 들어왔다.

"빨리 하게나, 배가 고파서 못 견디겠네."

길링검은 손을 멈추고 물끄러미 상대방의 얼굴을 바라보았다.

"마크는 어디 있나?" 베벌리가 말했다. "마크? 케일리겠지?"

길링검은 웃으며 고쳐 말했다.

"그래, 착각했네, 케일리야. 아래층에 있는가? 곧 준비하지."

침대에서 일어서서 재빨리 옷을 입기 시작했다. 베벌리가 대신 침대에 앉으며 말했다.

"그런데 아까 열쇠 이야기는 역시 자네가 잘못 생각한 걸세."

"흐음, 왜?"

"방금 아래층에 가서 조사해 봤어. 돌아오자마자 조사했어야 하는 건데 잊고 있었네. 서재의 열쇠만은 바깥에 있었지만 다른 방은 모두 안에 있더군."

"그럴 거라고 생각했어."

"그럼, 자네는 처음부터 알고 있었나?"

길링검은 미안하다는 듯이 말했다.

"알고 있었지."

"그래? 나는 또 자네가 잊고 있는 줄만 알고 있었지. 하여튼 이것으로 자네의 가설은 무너진 셈일세."

"가설이랄 것도 없지. 만일 다른 방 열쇠가 바깥에 있다면 사무실의 것도 역시 바깥에 있을 거고 그렇게 되면 케일리의 과실설은 깨어진다고 말했을 따름일세."

"하지만 사실은 그렇지 않으니까 다시 오리무중으로 돌아간 셈일세. 어쨌든 열쇠는 안에도 바깥에도 있는 것으로 되어 있네. 이렇게 되면 도무지 알 수가 없군. 아까 잔디밭에서 자네 이야기를 들었을 때에는 틀림없이 열쇠가 바깥에 있었는데 마크 씨가 가지고 들어간 거라고 생각했거든."

"하지만 역시 그건 흥미있는 사실이야."

길링검은 조용히 말하면서 예복 호주머니에 파이프와 담배를 옮겨 넣었다.

"자아, 식사나 하러 가세."

홀에서는 케일리가 기다리고 있다가 방은 지낼만 하냐고 겸손하게 물었다. 자연스럽게 세 사람의 화제는 빨강 집을 중심으로 다른 집 구조에 대한 비평과 같은 이야기로 옮겨갔다.

"열쇠에 대해서는 당신 말씀이 옳았습니다."

이야기가 잠시 멈춰졌을 때 베벌리가 말했다. 다른 두 사람도 잊고 있었던 것은 아니었지만 제일 나이가 어린 베벌리는 역시 언제까지나 참고 있을 수 없었다. 케일리는 놀란 듯 되물었다.

"열쇠라구요?"

"안이냐, 밖이냐 이야기하던 그 열쇠 문제 말입니다."

"아아, 그거 말입니까." 케일리는 여기저기 문을 돌아보면서 길링검에게 다정한 웃음을 던졌다.

"우리들 모두 틀리진 않은 셈이었군요. 그 문제는 이것으로 결말을 맺은 걸로 해 둡시다."

길링검은 어깨를 움츠리며 말했다.

"네, 나는 다만 좀 마음에 걸려 그렇게 말했을 따름입니다."

"그렇겠지요. 그러나 저로서는 엘시의 증언처럼 역시 납득할 수 없는 것도 사실입니다."

"엘시라니요?"

베벌리가 다그쳐 물었다. 길링검도 엘시가 대체 누구냐는 듯이 의아스러운 눈초리를 했다. 케일리가 설명했다.

"하녀의 한 사람입니다. 그애가 경감에게 어떤 진술을 했는지 아직 모르십니까? 그런 여자애들은 흔히 터무니없는 이야길 곧잘 하는 법이지요. 그런데 경감은 그걸 믿어 버린 모양입니다."

베벌리가 물었다.

"어떤 이야길 했는데요?"

케일리는 엘시가 그날 오후에 홀을 지나치다가 들었다는 이야기를 털어놓았다. 길링검은 혼잣말처럼 중얼거렸다.

"그때 당신은 물론 서재에 계셨겠지요. 그럼, 그 하녀는 당신이 발자국 소리를 듣지 못하는 사이에 홀을 지나갔다는 겁니까?"

"네, 하녀가 홀을 지나면서 말소리를 들었다는 점은 저도 사실이라고 믿습니다."

케일리는 말을 끊었다가 사뭇 못마땅하다는 듯이 다시 계속했다.

"우연입니다. 네, 우연이고말고요. 마크를 범인으로 몰려 해도 별 수 없을 것입니다."

그때 식사 준비가 다 되었다는 소리가 들렸다. 케일리는 식당으로 걸어가면서도 이야기를 그치지 않았다.

"비록 하녀의 이야기가 사실이더라도 이렇게 된 이상에는 이러니저러니 말해 봐야 아무 소용 없을 겁니다."

길링검은 고개를 끄덕였다.

"그야 물론 그렇겠지요."

식사 중의 화제는 서평(書評)이나 정치 이야기만 되풀이되었기 때문에 베벌리는 못내 실망했다.

식사를 끝내고 시가를 피우자 케일리는 일이 있어서 먼저 자리를 떴다. 자연히 주인 역은 베벌리에게로 돌아왔다. 베벌리로선 반가운 일이었다. 당구는 어떤가, 트럼프나 해볼까, 달빛을 구경하면서 산책하는 것도 나쁘지 않지, 아무거나 함께 해주겠다면서 길링검을 꾀었다.

"자네가 있어 다행이야. 혼자라면 정말 못 견딜 거야." 베벌리는 솔직히 고백했다. 길링검이 대답했다.

"밖으로 나가지 않겠나? 무더운 밤일세. 어딘가 집에서 떨어진 곳에서 쉬고 싶군. 자네한테 할 이야기도 있구."

"그럼, 구기장의 잔디밭이 좋겠네."

"참! 자네가 안내해 주겠다고 했지. 엿들을 사람은 없을 테지?"

"안심할 수 있네. 꼭 알맞은 장소야. 어쨌든 가 보면 알 걸세."

두 사람은 현관으로 나가 찻길에서 왼쪽으로 붙어 갔다. 오후에 웃덤에서 돌아올 때에는 이와 반대 방향으로 온 셈이었다. 지금 걷고 있는 길을 곧장 나가면 넓은 정원을 지나 3마일 가량 떨어진 스탠튼으로 통하는 큰길로 빠져야 한다. 그런데 흔히 중개인들이 말하는 일명 '풍치지구'의 한계가 되는 문을 지나 문지기의 집앞을 지나치자, 눈앞에 갑자기 끝도없는 정원이 펼쳐졌다. 지금 두 사람이 서있는 도로 양 옆으로 고즈넉한 달빛만 가득한 이 정원은 나아갈수록 더욱더 아득해지는 묘한 착각을 일으켰다.

길링검이 말했다.

"길을 잘못 들어서진 않았겠지?"

"이상한 기분이지? 사실 구기장으로는 괴상한 장소지만 늘 이 근방에서 하고 있었던 것 같은데……?"

베벌리가 말했다.

"그래? 헌데 어디쯤인가? 골프하기엔 좀 좁은 것 같은데. 어? 이럴 수가!"

별일은 아니었다. 하지만 놀랍게도 어느새 두 사람은 이미 목적지에 이르러 있었다. 길은 오른쪽으로 구부러져 있었으나, 널따란 풀밭을 20야드쯤 곧장 질러가자 구기장이 나타났다. 풀밭 둘레에는 입구를 빼놓고 넓이 10피트, 깊이 16피트 가량 되는 도랑이 통로를 제외하고는 구장을 빙 감싸고 있었다. 잔디를 덮은 층계를 내려서자 경기장이 펼쳐지고 나무 벤치도 하나 있었다.

"아주 훌륭한 장소를 택했군. 여기라면 밖에선 보이지 않겠어. 공은 어디다 놓아 두고 있나?"

"저길 돌면 기가 막힌 오두막이 있지."

풀밭 둘레를 따라가니 과연 웅덩이 벽을 파서 나무로 짜맞춘 낮은 시렁 같은 것이 있었다.

"잘 생각했는걸!"

베벌리는 웃으면서 말했다.

"여긴 휴식하는 데가 아니야. 비를 맞지 않도록 도구를 간수해 두기 위해 만든 걸세."

길링검이 말했다.

"누가 웅덩이에 숨어 있으면 곤란해."

그들은 잔디밭을 한 바퀴 돌아보고 벤치에 앉았다.

"완전히 우리들뿐이야. 무슨 이야길 해도 좋아" 하고 베벌리가 말했다. 길링검은 잠시 담배 연기 속에서 생각에 잠겨 있었으나 이윽고 파이프를 내려놓으며 친구 쪽으로 고개를 돌렸다.

"왓슨 역을 맡을 각오는 되어 있나?"

"뭐, 왓슨?"

"셜록 홈즈가 늘 하는 말 '따라오려는가, 왓슨?'의 그 왓슨 말이야. 지극히 당연한 이야기를 듣거나, 귀찮게 질문하거나, 얼간이처럼 비웃음을 받거나, 내가 이미 캐낸 일을 며칠 뒤에야 간신히 발견하고는 기뻐하는……그런 각오가 되어 있느냐 말이야? 그걸 맡아 주면 크게 도움이 되겠네만."

베벌리는 자못 기쁜 듯이 말했다.

"즉, 도와줄 사람이 필요하다는 말이지?"

상대방이 입을 다물고 있었으므로 베벌리는 더욱 신이 나서 혼자 지껄이기 시작했다.

"자네의 와이셔츠에 묻은 딸기 얼룩을 보고 자네가 식사 뒤에 딸기를 먹었다고 추리하면 되는 거지? 여어, 홈즈, 자네에게는 완전히 놀랐는걸? 뭘 그래, 내가 늘 하는 방법을 알고 있으면서. 담배는 어디 있나? 페르시아 비단 슬리퍼 속이야. 에에, 그 환자는 1주일 동안 내버려 둬도 괜찮을까? 괜찮겠지, 내버려 두기로 하세. 이런 식으로 하면 되는 거지?"

길링검은 싱글벙글 웃으면서 담배를 피우고 있었다. 얼마 뒤에 베벌리는 용기를 내어 물었다.

"그럼, 홈즈, 어디 자네의 추리를 좀 들어 볼까? 자네는 대체 누구한테 혐의를 두고 있는가?"

길링검이 입을 열었다.

"자네는 기억하고 있나? 베이커 거리의 하숙집 층계 수 때문에 홈즈가 왓슨을 곯려주는 장면이 있었지. 가엾게도 왓슨은 늘 오르내리긴 했지만 한 번도 그걸 세어 본 적이 없었어. 물론 홈즈는 세어 두었기 때문에 17단이라는 걸 알고 있었지. 그런 점이 주의가 있나 없나 하는 차이지만, 왓슨은 번번이 골탕을 먹고는 홈즈라는 사나이의 머리에 경탄해 마지않는 걸세. 하지만 이런 경우에 나는 아무래도 홈즈가 어리석고 왓슨 편이 오히려 훌륭해 보인단 말이야. 그따위 하찮은 일을 기억해 둬서 뭘 한다는 건가. 층계 수를 알고 싶으면 하숙집 아주머니를 불러서 물으면 되는 거지. 나 역시 늘 클럽의 층계를 오르내리지만 몇 단이냐고 묻는다면 대답할 수 없을 걸세."

"나 역시 그렇지."

그러자 길링검은 말투를 바꾸어 말했다.

"하지만 자네가 꼭 알고 싶다면 나는 가르쳐 줄 수 있네. 구태여 급사를 불러오지 않더라도 말일세."

베벌리는 무엇 때문에 클럽의 층계가 문제되는지 도무지 이해할 수가 없었지만 아무튼 물어 볼 의무가 있는 것처럼 생각되었다.

"좋아, 어디 한 번 알아맞춰 보게."

길링검은 눈을 감았다.

"지금 나는 센트 제임스 거리를 걷고 있네. 자아, 클럽에 도착했어. 끽연실의 창가를 지나가네. 한 걸음, 두 걸음, 세 걸음, 네 걸음. 어느 새 층계 앞에 닿았네. 올라가기 시작했어. 하나, 둘, 셋,

넷, 다섯, 여섯. 여기는 넓은 층계야. 여섯에서, 일곱, 여덟, 아홉, 여기도 넓지. 아홉에서, 열, 열 하나. 열 하나째에서 나는 방 안으로 들어가네. '여어, 로저즈, 오늘도 날씨 좋군' 하면서."

그는 베벌리에게 웃음을 던졌다.

"결국 11단이야. 다음에 가거든 꼭 세어 보게. 틀림없이 11단일 걸세. 그럼, 이젠 이 숫자는 잊어버리기로 하겠네"

베벌리는 흥미가 느껴졌다.

"대단한걸! 설명해 주지 않겠나?"

"글쎄, 뭐랄까, 나는 이상한 버릇이 있네. 육안인지 뇌세포인지는 몰라도 무의식 중에 뭐든지 기억해 두지. 여러 가지 물건을 담아 놓은 그릇을 3분 가량 보여주고는 뒤에 그 물건의 이름을 알아맞추게 하는 놀이가 있네. 그런 경우 정확하게 하려면 보통 사람들은 정신 통일이 아주 필요하지. 그러나 나는 그럴 필요가 없네. 다시 말하면 머리로 기억하려고 애쓰지 않고 눈만을 그것으로 돌리는 걸세. 자네와 골프 이야기를 하고 있을 때에도 눈으로 그릇을 보고만 있으면 나중에 어김없이 맞출 수 있는 걸세."

"직업적인 탐정에게는 편리한 재능이 아닌가! 더 일찍이 이런 일을 했어야 했어."

"확실히 편리하네. 모르는 사람은 깜짝 놀라지. 케일리를 한 번 놀라게 해줄까?"

"어떤 식으로?"

길링검은 우스꽝스러운 얼굴로 말했다.

"사무실 열쇠를 어떻게 처리할 작정이냐고 묻는 거야."

베벌리는 이내 알아차릴 수가 없었다.

"사무실 열쇠라니? 그건 대체 무슨 뜻인가? 설마 그 케일리가……그럼, 마크 씨는 어떻게 되는가?"

"마크의 행방까진 알 수 없네. 알고 싶은 건 사실뿐이지. 하지만 마크는 사무실 열쇠를 가지고 있지 않네. 왜냐하면 케일리가 가지고 있으니까."

"정말인가?"

"그럼, 정말이지." 베벌리는 의심쩍은 눈으로 보았다.

"설마 자네는 남의 호주머니 속까지 꿰뚫어보는 건 아니겠지?"

길링검은 소리내어 웃으며 간단히 부정했다.

"그럼, 그걸 어떻게 아나?"

"아주 왓슨 역답게 되어 가는걸. 빌, 미안하네. 해결은 본디 마지막 대목까지 덮어두는 거지만, 내 생각으로는 그건 불공평하네. 그러니 지금 설명하지. 물론 그가 갖고 있는 걸 보지는 못했어. 하지만 틀림없이 갖고 있을 거라고 생각되는 점이 있네. 오늘 오후에 내가 그를 처음 만났을 때 그는 문을 잠그고 열쇠를 호주머니에 넣고 있었어."

"그럼, 뭔가? 그때 시각 영상을 지금 여기에서 재구성했단 말인가?"

"아니, 보지는 않았어. 하지만 나는 다른 걸 봤네. 당구실의 열쇠야."

"어디서?"

"당구실문 밖에서."

"그렇지."

"그럼, 누가 바꿔 놨군. 누굴까?"

"물론 케일리지."

"하지만……"

"이야기를 오늘 오후로 돌리세. 그때 나는 당구실의 열쇠를 봤다는 기억은 없으니까 아마 무의식적으로 눈을 던졌던 게지. 케일리가 문을 두드리고 있는 걸 보고 옆 방 열쇠로는 어떨까 문득 바라보았는지도 모르지. 아까도 자네가 오기 전 잔디밭 벤치에 앉아 하루 일을 뒤돌아보고 있는데 갑자기 당구실 바깥에 있는 열쇠가 눈앞에 떠올랐네. 그러자 사무실 열쇠도 바깥에 있었지 않았을까 생각되었지. 그러는데 케일리가 왔으므로 그런 의문을 말했더니 자네들 두 사람도 흥미를 보여 주었어. 특히 케일리의 관심은 대단했네. 이상할 정도로 열심이었지."

"그런가? 나는 미처 깨닫지 못했네만."

"그렇다고 곧 결과를 기대할 수 있는 건 아니네. 열쇠 문제만으로는 아무것도 증명할 수 없어. 마크는 자기 방만은 안으로 문을 잠그는 습관이 있는지도 모르지. 하지만 나는 그 열쇠에 대해 자못 중대한 것처럼 과장해서 사건의 양상마저 일변한 듯 생각하게 했네. 그리고 케일리가 불안해 하는 걸 보고 한두 시간 외출한다고 해두고는 멋대로 하게끔 내버려 두었던 거야. 짐작했던 것처럼 케일리는 유혹을 이겨내지 못하고 열쇠의 위치를 바꿔 놓았기 때문에 마각을 드러냈던 걸세."

"하지만 서재의 열쇠만은 바깥에 있었네. 왜 그것은 바꿔 놓지 않았을까?"

"케일리도 보통 친구가 아니야. 경감이 서재에 들어갔을 때 이미 봐 두었을지도 모르고, 또 하나는……."

말하다 말고 길링검은 주춤거렸다. 베벌리는 조금 뒤에 상대방을 독촉했다.

"뭔가?"

"이건 어디까지나 내 상상이지만, 케일리는 열쇠 때문에 적지않이 동요되었을 거야. 자신의 뜻하지 않았던 실책을 깨달았던 거지. 그래서 열쇠가 안에 있었는지 밖에 있었는지에 대해 결정적인 대답을 하는 건 재미없으니까 애매하게 얼버무리기로 했을 걸세. 그렇게 하는 것이 제일 무난하니까."

"그렇겠군."

베벌리는 끄덕이며 마음이 들떠 있었다. 지금껏 해왔던 케일리에 대한 생각이 별안간 흔들리기 시작했기 때문이었다. 지금까진 케일리를 보통 사람과 다름없는 평범한 사람이라고 생각하고 있었다. 사귀기 어려운 상대지만 그래도 농담을 주고받은 적도 있다. 식탁에서 소시지를 건네 주기도 하고 테니스를 함께 즐기기도 했다. 담배나 골프 도구를 서로 빌려 주고 빌려 쓰기도 했던 사이다…… 그러한 케일리를 길링검은 지금 수상한 녀석이라고 한다. 어쨌든 평범한 사람은 아닌 모양이다. 뱃속에 비밀을 간직한 사나이. 어쩌면 살인범? 설마 그렇지는 않겠지. 케일리가 그처럼 무서운 악인일 수가 있나. 함께 테니스도 한 사이가 아닌가.

문득 길링검이 말했다.

"그럼, 왓슨, 이번엔 자네의 의견을 듣고 싶네."

"지금 한 이야기가 정말인가?"

"뭐가?"

"케일리 말일세."

"물론 정말이지."

"그럼, 어떻게 되는 건가?"

"한 마디로 말하자면, 로버트 애블레트라는 인물이 오늘 오후 사무실에서 죽고 케일리가 그 경위를 알고 있을 거라는 걸세. 케일리가 죽였다고 단정하고 있는 건 아니야."

베벌리는 크게 숨을 내쉬며 가슴을 쓸었다.

"물론이지, 그가 죽였을 리는 없어. 그는 다만 마크를 감싸 주고 있는 거야. 그렇다고 생각하지 않나?"

"글쎄."

"그렇게 생각하는 것이 가장 타당하다고는 생각지 않는가?"

"케일리에게 호의를 갖고 있고 그 사람을 관대하게 생각하고 싶은 친구들한테는 그것이 제일 타당할 거야. 하지만 나는 그렇지 않네."

"하지만 아무튼 온당한 견해라고 생각하지 않는가?"

"그렇다면 우선 자네의 의견을 들려 주게나. 그러면 그 뒤에 내가 다시 자네가 납득할 수 있는 타당한 견해를 이야기할 테니. 그렇지만 열쇠가 바깥에 있어서는 안되네."

"좋구말구, 그런 건 내 알 바 아니니까. 어쨌든 마크 씨는 형을 만났어. 그런데 의견 충돌이 생겨 옥신각신했겠지. 거기까지는 케일리의 증언대로야. 케일리는 총소리를 듣고 마크 씨에게 도망칠 시간을 주기 위해 밖으로 문을 잠그고 그 열쇠를 호주머니에 넣었네. 언뜻 보기에 문이 잠겨서 못들어 가고 있는 척한 셈이지. 어떤가?"

"너무 무리한 이야기야, 왓슨."

"왜?"

"케일리는 뒤로 돌아가 프랑스 식 창으로 들여다보고 비로소 마크가 로버트를 쏘았다는 걸 알았으니까."

"그렇군!"

베벌리는 조금 풀이 죽었으나 곧 마음을 가다듬고 말을 이었다.

"그럼, 이건 어떤가? 케일리는 우선 방으로 뛰어들어가 로버트가 쓰러져 있는 걸 봤다고 하세."

"그래서?"

"그 뒤엔……."

"그가 마크를 보고 뭐라고 말했을까? '좋은 날씨입니다. 손수건이라도 빌려 드릴까요' 했을까? 그렇지 않으면 이것이 대체 어떻게 된 일이냐고 물었을까?"

"물론 그렇게 물었겠지." 베벌리가 흐리멍덩하게 대답했다.

"마크는 뭐라고 대답했을까?"

"격투가 벌어졌는데 권총이 폭발했다고 대답했겠지."

"그래서 케일리가 마크를 감싸줬다는 건가? '자아, 어서 달아나십시오, 하고 제일 얼빠진, 자백과 같은 행동을 권했다는 건가?"

"그것도 좀 이상한데?"

베벌리는 고개를 갸웃거리며 잔꾀를 짜냈다.

"그럼, 차라리 고의적으로 죽였다고 마크 씨가 고백했다면 어떨까?"

"그렇게 생각하는 편이 낫지. 과실설에 사로잡히지 말고 대담한 추리를 해야 되네. 그러면 자네의 새로운 의견은 이렇게 되는군. 마크는 고의적으로 형을 죽였다는 걸 케일리에게 고백한다. 케일리는 위증죄에 걸릴 것을 각오하고 협력해서 마크의 도주를 도와 주었다. 그렇지?"

베벌리는 끄덕였다.

"그럼, 자네한테 묻겠네. 문제는 두 가지야. 첫째로 이건 저녁 식사 전에도 한 말이지만 그처럼 어리석은 짓을 하는 범인이 어디 있겠는가? 자기 목에 스스로 밧줄을 거는 것과 같은 살인 방법이 아닌가. 둘째로 케일리가 위증죄도 겁내지 않을 배짱이라면……어차피 그렇게 하게 되겠지만, 차라리 자기도 사무실에 있었지만 분명히 과실이었다고 증언하는 편이 훨씬 낫지 않겠는가?"

베벌리는 곰곰이 생각하더니 다시 머리를 끄덕였다.

"가장 타당한 설이라고 생각했는데 역시 틀렸군. 이번엔 자네 생각을 들려 주게."

그러나 길링검은 아무 대답도 하지 않았다. 이미 그의 생각은 전혀 다른 것에 미치고 있었다.

달빛에 떠오르는 머리

"왜 말이 없나?" 베벌리가 날카롭게 물었다. 길링검은 놀란 듯 눈을 들고 상대방을 보았다.

"뭘 그리 심각하게 생각하고 있나? 뭔가 생각해 낸 일이라도 있는가?"

길링검은 웃음을 터뜨렸다.

"왓슨, 자네 역은 그렇게 성급히 서둘러선 안되네."

"그런 말로 얼버무리지 말게!"

"얼버무릴 생각은 없어…… 그저 자네한테 들은 유령 이야기를 생각하고 있었을 뿐이야. 그 유령은……."

베벌리는 낙심했다.

"왠 뚱딴지 같은 소린가? 그것과 이번 사건이 무슨 관계가 있다는 건가?"

"글쎄, 뭐가 어떻게 관계있는지는 아직 모르네. 다만 잊혀지지 않았던 걸세. 여기에 온 이상에는 어쩔 수 없이 유령이 머리에 떠오를 거야. 바로 여기인가, 유령이 나온 데란?"

"응." 베벌리의 대답은 김빠진 맥주 같았다.

"어떤 모양으로?"

"응?"

"어떤 모양으로 나왔느냔 말일세."

"아아, 유령 말인가? 그건 모르겠네. 하여튼 나타났었어."

"4, 500야드나 되는 벌판에 말인가?"

"그 진짜 앤 패튼이라는 유령은 여기서 어슬렁거리는 걸로 되어 있었으니까 노리스 양도 여기 말고는 나올 장소가 없었네."

"지금 앤 패튼은 문제가 아니야. 진짜 유령이라면 어디서 나타나건 이상할 게 없지. 하지만 노리스 양은 어떤 방법으로 나타났을까. 여기서는 500야드의 사냥터가 환히 내다보이지 않나?"

"글쎄, 그런 걸 생각해 본 사람은 아무도 없었네." 베벌리는 어처구니없다는 듯이 말했다.

"방금 우리가 지나온 길에서는 들켰을 테고."

"그렇게 되겠지."

"그러면 재미가 없지. 들어오는 걸 보인다면 말일세."

베벌리는 저도 모르게 이야기에 끌려들어갔다.

"생각해 보니 이상하군. 아무도 알지 못했다고 생각하네."

"모두 한눈을 팔고 있는 사이에 들판을 건너오지도 않았을 테고."

"절대로 그렇게 할 수는 없지. 베티와 나는 나타나기를 기다리면서 두리번거리고 있었으니까. 만일 나타나면 모두들 반대쪽을 보게 하고 경기를 계속하도록 할 계획이었다네."

"물론 자네와 베티 양이 짝이었겠지?"

"그걸 어떻게 알았나?"

"비길 데 없는 추리력 덕분이지, 하하! 그래, 노리스 양은 아무런 예고도 없이 훌쩍 나타났는가?"

"으음, 저 근처의 잔디밭을 걷고 있었지."

베벌리는 집에서 가까운 건너편을 가리켰다.

"웅덩이에 숨어 있지 않았을까? 그런데 저건 도랑이라고 부르나?"

"다른 사람은 모르지만 마크 씨만은 그렇게 부르고 있지. 하지만 도랑에 숨어 있었을 리는 없어. 베티와 나는 먼저 와서 살펴봤네. 노리스 양이 숨어 있었다면 그때 발견되었을 걸세."

"거기에도 공을 꺼내러 갔으니까 있었다면 물론 들켰을 거야."

"그렇군!"

베벌리는 생각에 잠겼다.

"확실히 이상하군. 하지만 그거야 상관없겠지, 로버트 사건과는 관계가 없으니까."

"정말 관계가 없을까?"

"그럼, 관계가 있다는 건가?" 베벌리는 또 흥분하기 시작했다.

"글쎄, 있는지 없는지 지금은 알 수 없지만…… 하여튼 노리스 양으로서는 문제가 되네. 게다가 노리스 양은."

길링검은 갑자기 입을 다물었다.

"그녀가 어쨌다구?"

"이건 말하자면 자네들 모두에게도 관계가 있는 일일세. 재미있지 않은가? 우선 한 손님의 신변에 이상한 사건이 생기고, 또한 하루 이틀 동안에 이 집 전체가 괴상한 사건 속에 휩쓸린다는 건 생각해 볼 만한 일이야."

의미가 깊은 말투였지만 그 이상 설명할 뜻은 없어보였다.

"그런가. 그래서?"

길링검은 파이프의 재를 털면서 천천히 일어섰다.

"이제부터는 노리스 양이 집에서 여기까지 온 경로를 조사해야겠어."

베벌리도 따라 일어섰다.

"비밀 통로라도 있다는 말투같군."

"비밀인지 아닌지는 몰라도 다른 사람들이 잘 모르는 통로가 있을 거야."

"재미있게 되었군. 나는 본디 그런 탐험이라면 끼니를 잊을 정도로 좋아하니까. 유쾌한 일이 아닌가. 낮에는 평범한 상인처럼 골프를 즐기고 있었는데, 인생은 정말 끝없이 재미있는 걸세 그려! 비밀 통로를 탐색하게 되다니!"

두 사람은 웅덩이로 내려갔다. 집으로 통하는 비밀 통로가 있다면 그 입구는 구기장에서 집에 제일 가까운 곳의 웅덩이 바깥쪽에 있어야만 한다. 그러니까 그 공을 보관해 두는 오두막부터 뒤져 보는 것이 순서일 것이다. 그 오두막도 마크가 지배하고 있는 다른 건물들처럼 역시 말끔히 정돈되어 있었다. 크리켓 도구를 넣은 상자가 두 개 있었다. 그 하나는 공이나 삼주문(三柱門)이 정돈은 되어 있었으나 최근에 사용한 듯 뚜껑이 열려 있었다. 그밖에도 공을 넣은 상자 하나와 작은 벌초기, 롤러 따위가 있었고, 소나기가 내릴 때 비를 피할 수 있게끔 안에는 벤치도 놓여 있었다.

길링검은 그 안의 벽을 두드려 봤다.

"이 근처에 굴 같은 것이 있을 것 같은데, 속이 빈듯한 소리는 나지 않는군."

베벌리는 허리를 굽힌 채 반대편 벽을 두드리러 갔다. 천장이 낮았으므로 키가 큰 그는 답답해 하였다.

"굴은 여기가 아니어서는 안되네. 이유 말인가? 여기에 있다면 다른 델 찾아다닐 수고를 면할 수 있지 않나. 그건 그렇고, 마크는 여기서 크리켓 하는 걸 좋아하지 않았겠지?" 말하면서 길링검은 도구가 든 상자를 가리켰다.

"한때는 불쾌해 했지만 올해는 자기가 오히려 하고 싶어했어. 사실 할 만한 장소도 달리 없으니까. 마크 씨는 이런 오락을 좋아하지 않았지만 골프장도 있다는 걸 뽐내고 싶었겠지."

길링검은 웃었다.

"자네의 마크 론(論)은 마음에 들었네. 아주 명석한 비판이 아닌가."

그는 호주머니에서 파이프와 담배를 꺼내려다 말고 귀를 기울였다. 손가락을 한 개 세워 베벌리더러 잠자코 있으라고 알리며 고개를 기울여 엿듣고 있었다. 베벌리가 나직이 물었다.

"왜 그러는가?"

길링검은 손짓으로 가만히 있으라고 이르고는 한참 귀를 기울였다. 갑자기 무릎을 꿇고 이번에는 마룻바닥에 귀를 댔다. 이윽고 일어서서 재빨리 먼지를 털고는 베벌리의 귀에다 입을 대고 속삭였다.

"발자국 소리야. 누가 오고 있네. 내가 말을 걸면 적당히 맞장구를 쳐 주게."

베벌리는 끄덕였다. 길링검은 기운을 내라는 듯이 상대방의 어깨를 톡 치고는 휘파람을 불면서 공이 담긴 상자 쪽으로 다가갔다. 그리고는 공을 몇 개 집어 내어 마룻바닥에다 떨어뜨리면서 소리를 질렀다.

"아차! 빌, 난 이런 게임은 싫어하네."

베벌리가 불평을 말했다.

"그럼, 왜 하자고 했나?"

길링검은 잘하라는 듯이 빙그레 웃어 보였다.

"아까는 하고 싶었지만 이제 싫어졌어."

"그럼, 어떻게 하자는 건가?"

"이야기나 하세."

베벌리는 얼른 찬성했다.

"좋아!"

"저 잔디밭에 벤치가 있었지. 또 생각이 달라질지 모르니까 이 도구는 일단 가지고 가세."

"좋아!"

베벌리는 같은 대답을 되풀이했다. 그러는 중에 좋은 이야깃거리가 생기겠지. 그때까지는 "좋아!"라는 대답이 제일 무난할 것이다. 잔디밭을 한참 들어오자 길링검은 공을 내던지고 파이프를 꺼내며 큰 소리로 물었다.

"성냥 있나?"

그리고 그는 성냥불 위에 파이프를 대면서 목소리를 낮춰 말했다.

"누군가 엿듣고 있는 놈이 있어. 자네는 케일리의 의견을 두둔해 주게."

이윽고 그들은 평소의 목소리로 돌아와, 벤치에 앉았다.

"빌, 엉터리 성냥을 가지고 있군." 길링검이 다시 켰다.

"참 상쾌한 밤이군."

"정말 기분 좋은데."

"가엾게도, 마크 씨는 어떻게 하고 있을까?"

"희한한 일일세."

"자네는 케일리 설에 찬성인가? 그 과실설에?"

"아무렴. 마크 씨의 인품을 잘 알고 있으니까."

"그렇겠군."

길링검은 종이와 연필을 꺼내 무엇인가를 쓰기 시작했다. 그러면서도 입은 여전히 놀리고 있었다. 분노에 불탄 마크가 형을 죽이고, 그것을 안 케일리가 사촌형을 도망치게 했다는 의미의 말을 뇌까리고 있었다.

"그렇다고 그를 비난하고 싶은 생각은 없네. 그런 경우엔 누구든지 그렇게 할 수밖에 없었을 거야. 그러나 공개할 생각은 없네만, 마크가 고의적으로 형을 죽였을지도 모른다는 자료를 한두 가지 가지고 있어. 과실설과는 어긋나는."

"계획적인 살인이라는 건가?"

"아무튼 고의적인 살인이라고 생각할 수 있네. 내가 잘못 생각했는지는 모르지만 어떻게 되었건 우리하고는 관계없는 일이야."

"하지만 무엇 때문에 그렇게 생각하는가? 열쇠 탓이야?"

"아니야, 그건 실패로 돌아갔어. 그러나 착안점으로선 나쁘지 않았잖은가? 만일 열쇠가 모두 바깥에 있었다면 내가 이겼을 텐데."

말을 마치자마자 길링검은 글을 쓴 종이 조각을 베벌리에게 주었다. 달빛이 밝은 데다 인쇄체로 또박또박 썼기 때문에 쉽게 읽을 수 있었다.

'내가 여기 있는 것처럼 혼자 이야기를 계속해 주게. 1, 2분 후에는 내가 뒤쪽의 잔디 위에 앉아 있는 것처럼 뒤를 돌아다보면서 이야기를 계속할 것.'

길링검은 단짝이 종이쪽지를 읽고 있는 동안에도 이야기를 멈추지 않았다.

"지금은 자네도 내 의견을 찬성하지 않는 모양이지만 곧 알게 될 거야."

베벌리는 얼굴을 들고 고개를 끄덕였다. 최근의 큰 관심사였던 골프도, 베티도 그밖의 모든 일도 지금은 머리에서 사라져 가고 있었다. 이것이야말로 현실이다. 인생인 것이다. 베벌리는 신중히 입을 열었다.

"어쨌든 나는 마크 씨의 인간성을 잘 알고 있으니까. 그러니까."

그러나 길링검은 이미 벤치에서 일어나 웅덩이로 들어가고 있었다.

웅덩이를 따라 오두막이 보이는 곳에까지 가 보려는 것이었다. 아까 들린 발자국 소리는 분명히 오두막 밑에서 들리는 것 같았다. 아마 마룻바닥에 여닫는 뚜껑이 있을 것이다. 발자국 소리의 임자가 누구이건 두 사람이 지껄이는 소리를 들으면 자연히 엿듣고 싶어질 것이다. 그는 아마 뚜껑을 슬며시 열어 놓고 엿듣고 있을 것임에 틀림없다. 그러니까 이쪽에서는 간단히 굴의 입구를 발견할 수 있다. 또 베벌리가 뒤돌아다보며 이야기하는 자세를 취하면 어차피 상대방은 목을 내밀 것이다. 덕분에 이 쪽에서는 상대방의 정체마저 알 수 있다. 그가 대담하게 숨어 있는 장소에서 나와 웅덩이에서 엿보고 있다가 벤치에서 뒤를 보고 이야기하고 있는 베벌리를 보면 길링검이 잔디밭에 앉아 웅덩이에 발을 내밀고 있는 거라고 믿을 것임이 분명하다.

길링검은 재빨리, 그리고 몰래 웅덩이 속을 걸어갔다. 첫 번째 모퉁이를 돌 때 주의깊게 앞을 살피고는 두 번째 모퉁이를 향해 더욱 더 신중히 전진을 계속했다. 그러는 동안에도 베벌리는 이래야 한다, 그렇지 않으면 안된다고 하며 마크의 성격에 관해 혼자 지껄이고 있었다. 길링검은 빙긋 웃었다. 베벌리는 꼭 알맞은 단짝이다. 왓슨 100명의 가치가 있다. 두 번째 모퉁이에 다가가자 길링검은 속도를 좀 늦추고는 4, 5야드의 거리를 두고 엎드렸다. 엎드린 채 조심스럽게 머리를 저쪽 모퉁이로 내밀었다.

오두막은 왼쪽 2, 3야드 가량 되는 웅덩이 밖에 있었다. 그가 있는 데서 그 안이 환히 들여다보였다. 모든 것은 그 전대로 있는 것 같았다. 공 상자, 벌초기, 롤러, 뚜껑을 열어젖힌 크리켓 도구 상자.

'역시!' 길링검은 마음속으로 외쳤다. 또 하나의 크리켓 상자도 뚜껑이 열려 있었던 것이다. 베벌리가 뒤를 돌아보며 이야기를 하는 바람에 목소리가 멀어졌다.

"나는 생각하네만, 만일 케일리가."

그때 두 번째 도구 상자에서 케일리의 머리가 거무스름하게 떠올랐다. 길링검은 큰 소리로 외치고 싶은 충동을 느꼈다. 계략은 영락없이 들어맞았다. 신파조로 상자에서 나타난 그 훌륭한 공을 길링검은 넋을 잃고 바라보았다. 그러나 아쉬워하면서 몸을 비틀어 뒤로 물러섰다. 더 이상 거기 있어봤댔자 백해무익하다고 판단했기 때문이었다. 베벌리의 독백 밑천도 거의 떨어지기 시작한 모양이다. 다시 재빨리 웅덩이를 돌아서 잔디밭 위의 벤치로 돌아왔다. 하품을 하고 기지개를 켜면서 슬그머니 말했다.

"그렇게 너무 따지고 들지 말게나. 아마 자네 말이 옳을 거야. 아무튼 나는 자네만큼 마크를 잘 알지 못하니까. 그런데 어떻게 하겠나? 한 번 더 해볼까, 그렇지 않으면 돌아가서 자기로 할까?"

베벌리는 살피듯 상대방의 얼굴을 들여다보고 곧 의도를 알아차렸다.

"한 번만 더 하세, 어떤가?"

길링검은 곧 응했다.

"좋아."

그러나 베벌리는 흥분한 나머지 승부에 열중할 수 없는 모양이었다. 그와 반대로 길링검은 마치 골프 이외는 머리에 없다는 듯이 10분 가량 열심히 승부를 겨룬 뒤 돌아가자고 말했다. 베벌리가 불안스러운 눈초리로 쳐다보자 길링검은 큰 소리로 웃기 시작했다.

"이제는 무슨 소릴 하건 상관없어. 하지만 우선 도구를 간수해 두세."

그들은 오두막으로 돌아갔다. 베벌리가 공을 넣고 있는 동안 길링검은 뚜껑이 닫힌 크리켓 도구 상자를 살펴보았다. 역시 잠겨 있었다.

집으로 돌아가는 길에 베벌리가 먼저 입을 열었다.

"이젠 가르쳐 줘도 괜찮겠지. 대체 누구였나?"

"케일리야."

"뭐? 어디 있었어?"

"크리켓 상자 안이야."

"그럴 리가 있나!"

"정말일세."

그는 본 대로 베벌리에게 말했다. 베벌리는 못내 낙심한 듯했다.

"그럼, 왜 더 조사하지 않았나? 이제부터 곧 탐험을 시작하세."

"내일로 미루지. 이젠 케일리도 저리로 나타날 때가 됐어. 그리고 나는 굴의 반대쪽 입구로부터 들어가 보고 싶네. 이쪽으로 들어가면 상대방에게 들킬 위험성이 있네. 보게나, 호랑이도 제 말 하면 온다더니 케일리가 오는군."

한길을 따라 걸어오는 모습이 두 사람의 시야에 들어왔다. 얼마 뒤에 손을 흔드니 저쪽에서도 손을 흔들어 대답해 주었다. 케일리는 가까이 오면서 말했다.

"어디로 가셨나 했지요. 혹시 이쪽으로 오시지 않았나 짐작은 했습니다만. 아직 주무시지 않으셨군요?"

길링검이 대답했다.

"곧 자려고 생각합니다."

베벌리도 옆에서 덧붙였다.

"골프를 하고 있었어요. 이야기도 하고 골프도 하며……매우 즐거운 밤이었습니다."

집에 돌아오기까지 케일리의 이야기 상대는 길링검에게 맡겨 놓고 베벌리는 혼자 생각에 잠겨 있었다. 이렇게 된 이상 케일리가 악한이라는 것은 결정적이다. 베벌리는 아직 한 번도 악한과 사귄 적이 없었다. 그러고 보니 케일리라는 사나이는 어딘지 보통 사람과는 다른 데가 있었다. 그뿐만 아니라 확실히 손님들보다 한 수 높은 느낌을 준다. 세상에는 괴상한 사람이 많다. 비밀을 간직하는 사람은 얼마든지 있는 법이다. 예컨대 길링검도 처음 담배가게 점원으로 만났을 때에는 어느 모로 보나 점원으로밖에는 생각되지 않았다. 케일리 역시 그렇다. 누가 보든 온후하고 독실하며 평범한 인물로밖에 생각하지 않았을 것이다. 그리고 마크도. 아아, 귀찮다! 사람이란 함부로 믿을 만한 것이 못된다. 그러나 로버트만은 다르다. 누구한테 물어 봐도 그늘이 많은 사나이라고 말한다……. 하지만 노리스 양은 이번 사건과 대체 어떤 관계가 있을까?

루스 노리스와 사건의 관계는, 이것은 길링검이 같은 날 오후에 남몰래 품고 있던 의문이었지만, 그 해답도 나온 것 같았다. 길링검은 그날 밤 침대에 누워 여러 가지 자료를 종합하여 그날 일어난 일에서 얻은 새로운 광명으로 머릿속을 샅샅이 비춰 보았다. 참극이 있은 직후 케일리가 재빨리 손님들을 쫓아 버린 것은 당연한 처사이다. 손님에 대한 배려와 집의 사정을 검토해 본 결과 내린 결론이겠지만, 다만 그러한 의향을 전하고 실행에 옮기게 할 때 어느 정도 성급했던 느낌이 없지 않았다. 그들은 짐을 꾸리기도 바쁘게 쫓겨가듯 떠났다. 손님들의 거취는 거의 케일리의 의사대로 결정 되었지만 사실은 응당 손님들의 의사에 맡겨야 하는 것이 아니었겠는가? 그러나 실제론 그들에게 아무런 선택권도 주어지지 않았다. 그 중에서도 루스 노리스 같은 사람은 날카로운 눈을 번뜩이는 형사가 등장하여 가차없는 반대심문을 던질거라는 기대에 부풀어 일부러 저녁 식사 뒤 환승역에서 승차하고 싶다고 제안했었는데, 케일리의 재치있고도 단호한 권고로 여러 사람들과 같은 기차를 타야했다. 갑자기 닥쳐온 재난이긴 하지만 그렇다고 루스 노리스가 그대로 머물건 떠나건 케일리가 상관하는 것은 아무래도 부자연스러웠다. 그런데 오히려 케일리의 행동을 보면 루스 노리스가 조금이라도 지체하지 못하게 서둘렀다고밖에는 해석할 수 없었다. 무엇 때문인가? 그 의문에 대한 해답을 금방 찾아 낼 수는 없었지만 길링검의 흥미를 돋구기에는 충분했다. 그러므로 그는 루스 노리스가 유령으로 분장했었다고 베벌리가 한 말의 꼬리를 추구해 볼 생각이었다. 빨강 집에 모여든 손님들 중 그녀가 어떤 역할을 맡고 있었는가, 그러한 점을 좀 더 파고들 생각이었다. 그런데 정말 행운이라는 상황에서 그 해답을 얻게 되었다. 루스 노리스는 비밀 통로를 알고 있었기에 이 집에서 급히 쫓겨갔음이 분명했다. 그렇다면 그 통로는 로버트의 죽음과 어떠한 관계가 있다고 생각할 수 있다. 루스 노리스는 유령으로 분장하고 극적인 등장을 하기 위해서 그 통로를 이용했을 것이다. 그녀 혼자 발견했을는지도 모르며, 혹은 마크가 나중에 악의로 사용되리라고는 생각지 못하고 그녀에게 가르쳐 줬는지도 모른다. 그렇지 않으면 케일리가 역시 유령극에서 무시무시한 효과를 내기 위해 그녀에게 알려 줬는지도 모른다. 어쨌든 그녀는 비밀 통로의 존재를 알고 있었다. 그 때문에 쫓겨갔음이 틀림없는 것이다. 만일 그녀가 집에 남아 있다면 어떤 경우에 그런 말을 입 밖에 낼는지도 모른다. 케일리는 그것이 불안했을 것이다. 또 통로 자체가, 아니 그것이 존재한다는 사실이 알려지기만 해도 단서를 제공할 위험성이 있음이 분명하다.

'마크는 그 속에 숨어 있는 것이 아닐까?'

길링검은 이런 생각을 하면서 깊은 잠에 빠져들었다.

딴청부리는 길링검

이튿날 아침 길링검이 상쾌한 기분으로 식당에 내려갔더니 주인 격인 케일리가 벌써 앉아 있었다. 그는 우편물에서 눈을 떼며 가볍게 고개를 숙여 보였다. 길링검은 커피를 따르면서 물었다.

"마크 씨의 행방을 알아 내셨습니까?"

"틀렸습니다. 경감님은 오후에 호수를 뒤져 보겠다고 하더군요."

"허어, 호수가 있습니까?"

케일리의 얼굴에 얼핏 미소의 그림자가 떠올랐지만 순식간에 사라져 버렸다.

'과연 마크다운 취미로군.'

길링검은 이렇게 생각하면서 말했다.

"뭘 찾으려는 겁니까?"

"실은 말입니다……."

케일리는 말하다 말고 어깨를 움츠렸다.

"이제는 볼장 다 봤다고 단념해서 투신 자살이라도 했을 거라는 겁니까? 도망쳤다는 건 스스로 죄를 고백한 거나 다름없으니까 그걸 깨닫고 결심했는지도 모른다는 건가요?"

케일리는 천천히 대답했다.

"그렇게 되겠지요."

"나는 마크 씨니만치 밑천을 넣은 만큼은 찾아낼 거라 생각했었지요. 권총을 갖고 있으니까 체포당하지 않기 위한 방법은 얼마든지 있을 테고, 경찰에서 알기 전에 런던 행 열차를 탈 수도 있었을 겁니다."

"어떻게든 탈 수야 있었겠지요. 그 시간에 열차가 한 대 있었으니까요. 웃덤 역에서 타면 사람들 눈에 띌 염려가 있으니 스탠튼에서 타면 되지요. 거기에서라면 아는 사람도 없을 테니까요. 경찰에서는 닥치는 대로 사람들한테 묻고 있습니다만, 마크를 보았다는 사람은 아직 한 명도 나타나지 않은 모양입니다."

"목격자는 반드시 나타나는 법입니다. 누군가가 실종되면 자기가 봤다고 나서는 이가 열 사람쯤은 나타나기 마련입니다. 다시 말하면 실종된 인물은 열 군데 이상의 다른 장소에 동시에 출현한 셈이 되지요."

케일리는 빙그레 웃었다.

"그렇겠지요. 하여튼 경감은 호수를 뒤질 모양입니다." 그는 퉁명스럽게 덧붙였다.

"저도 지금까지 무던히 추리소설을 읽었습니다만, 경감들은 반드시 맨 먼저 늪을 뒤지더군요."

"늪은 깊은가요?"

"네, 상당히 깊습니다."

케일리는 문 어귀까지 갔다가 다시 뒤돌아보았다.

"붙잡아 두어 죄송합니다만, 내일이면 모든 걸 알게 될 겁니다. 검시 심문은 내일 오후로 결정되었습니다. 그때까지 부디 자유스럽게 계십시오, 베벌리 씨가 상대해 드릴 겁니다."

"고맙습니다. 저 때문에 걱정하지는 마십시오."

길링검은 아침 식사를 들기 시작했다. 경감이 호수를 뒤져 보고 싶어하는 것은 사실이지만 문제는 케일리가 그것을 걱정하느냐, 태연히 무관심하느냐 하는 데 있다. 지금 태연한 것 같지만, 딱딱한 가면 밑에 감정을 쉽게 숨길 수 있는 사람이다. 꼬리를 드러내는 일은 결코 없을 것이다. 이따금 노골적인 표정을 보일 때도 있지만 오늘 아침에는 아무것도 알아 낼 수 없었다. 호수 속에 비밀이 있을 까닭이 없다고 이미 알고 있는지도 모른다. 어느 나라의 경감이건 아무튼 경감이라는 족속들은 흔히 늪 같은 것을 뒤지기 좋아하는 법이다.

베벌리가 황급히 들어왔다. 그의 얼굴은 언제나 활짝 열려 있었다. 펼쳐놓은 책은 아니지만 남김없이 그의 생각을 알아 낼 수 있었다. 식탁에 앉자마자 그는 활발하게 물었다.

"오늘은 또 무슨 일을 하려는가?"

길링검은 그를 나무랐다.

"그렇게 큰 소리 내지 말게나."

베벌리는 불안스레 사방을 둘러보았다. 테이블 밑에 케일리가 숨어 있기라도 한가? 어젯밤 같은 짓을 하는 놈이라면 어디 숨어 있을지 알 수 없을 것이다. 그는 눈썹을 치켜세우고 물었다.

"뭔가, 그……?"

"아니야. 큰 소릴 낼 필요가 없다는 의미야. 배꼽 아래에다 힘을 주고 호흡을 가다듬어 보게. 그러면 깡통 같은 소리를 내며 뱃속을 죄다 털어 내지 않아도 되네. 또 그건 거기 있는 토스트를 집어 달라는 뜻일세."

"연막은 치지 말게. 오늘 아침엔 무척 기운이 나는 모양이군?"

"그렇지. 기분이 상쾌하네. 케일리도 그걸 알고 이런 이야기를 했어. '내 몸이 한가하다면 그대와 호도를 줍고 꽃을 따리라. 흔연히 뽕밭을 지나 자그마한 언덕 위에 올라가리라. 그 요단 강의 흐름이 내 몸을 둘러싸는 곳, 버치 경감은 그물을 들고, 새우를 건져 내려고 기다리리라. 이윽고 나의 벗 빌 베벌리가 그대를 찾아가리. 잘 있거라. 잘 있거라, 모두들 잘 있거라.' 이렇게 말하며 케일리는 중앙의 문으로 퇴장, 오른쪽에서 빌 베벌리 등장."

"자네는 언제나 아침이면 이런가?"

"늘 그렇지" 하고 입에다 잔뜩 넣고 말한다. "베벌리 왼쪽으로 퇴장."

"날씨가 무더워서 머리가 돌았군."

베벌리는 구슬프게 고개를 저었다.

"태양, 달, 별들은 모조리 내 굶주린 창자를 채우도다. 베벌리 도련님, 그대는 별들을 잘 아는가. 오리온 별자리를 알고 있는가? 베벌리라는 별자리가 없음은 무슨 까닭인가? 또한 소설이라는 이름의 별자리는 있는가 없는가?" 하고 그는 입을 움직이며 말한다. "빌 베벌리 뚜껑을 열고 다시 등장."

"뚜껑이라면……?"

"말하지 말게." 길링검은 일어서면서 말했다. "알렉산더를 이야기함도 좋고 헤라클레스를 이야기함도 좋으나 뚜껑이라는 말은 라틴어로 뭐라고 하나? 멘사는 테이블이고……이만큼 말하면 알겠지. 그런데 빌." 그는 가볍게 베벌리의 어깨를 치면서 덧붙였다. "좀 있다 만나세. 케일리의 말로는, 자네는 포복절도하게 하는 사람이라는데 아직 한 번도 웃기지 않았잖은가. 식사를 마치고 어디 한 번 분발하여 신나게 웃겨 주게. 하지만 너무 급히 서둘러선 안되네. 지금은 위턱의 운동이 중요하니까."

베벌리는 얼떨떨해진 모습으로 식사를 계속했다. 그는 케일리가 등

뒤의 창 밖에서 담배를 피우고 있는 것을 알지 못했다. 별로 엿들을 생각은 아니었겠지만 길링검의 모습을 볼 수 있었다. 그래서 길링검은 위험한 대화를 피했던 것이다. 베벌리는 그대로 식사를 계속하면서 길링검이라는 녀석은 묘한 놈이라고 생각하고 있었다. 어쩌면 모든 것은 꿈이었고, 어제 일어났던 사건들도 실제로는 있지 않았을지도 모른다는 생각마저 하게 되었다.

길링검은 2층의 자기 방으로 파이프를 가지러 올라갔다. 하녀가 청소를 하고 있었으므로 미안하다고 사과를 하다가 문득 생각났다. 길링검은 상냥하게 웃으며 물었다.

"엘시가 너냐?"

"네, 그래요." 그녀는 수줍어하면서도 가슴을 내밀고 대답했다. 이처럼 사람들의 주목을 끌고 있는 까닭을 충분히 알고 있었다.

"마크 씨가 이야기하는 걸 들었다는 건 너였구나? 경감의 심문은 친절했겠지?"

"네."

길링검은 중얼거리듯이 물었다.

"'이번엔 내 차례야. 기다리고 있어'라고 했다면서?"

"네, 그랬습니다. 아주 사나운 말투였어요. 마침내 자기한테 기회가 돌아왔다고 하는 것 같은……."

"정말이냐?"

"아무튼 저는 그렇게 들었으니까요. 틀림없습니다."

길링검은 물끄러미 하녀의 얼굴을 바라보더니 간신히 머리를 끄덕였다.

"그래. 그러나 무엇 때문이었을까?"

"무슨 말씀이세요?"

"여러 가지 일이 있지만…… 그때 네가 지나간 건 정말 우연이었니?"

엘시의 얼굴이 달아올랐다. 스티븐즈 부인의 꾸중이 머리에 되살아났기 때문이었다.

"정말 우연이었어요. 평소엔 다른 층계를 오르내립니다만."

"그럴 테지."

그가 파이프를 찾아 내어 아래층으로 내려가려는데, 이번에는 하녀가 물었다.

"저어, 이제부터 진짜 심문이 있을까요?"

"있지, 아마 내일일 거야."

"저도 증언해야만 하나요?"

"물론이지. 하지만 겁낼 필요는 없어."

"똑똑히 그렇게 들었으니까요, 정말이에요."

"그럼, 됐지 뭘 그래. 거짓말이라고 하는 사람은 없겠지?"

"아니, 있어요. 스티븐즈 부인이에요."

길링검은 웃으면서 말했다.

"심술이 나서 그러는 거겠지."

엘시와 이야기해 보기를 잘했다고 생각했다. 그녀의 증언의 중요성이 새삼 인식되었기 때문이지만 길링검은 다른 중요성을 깨닫고 있었다. 마크가 그날 오후 사무실에 있었다는 사실을 뚜렷이 증명하는 것은 그 증언 하나뿐이었다. 마크가 사무실에 들어가는 것을 목격한 사람은 또 누가 있는가? 케일리 혼자가 아닌가. 열쇠에 대해 거짓말을 했던 케일리이므로 그 부분에서도 거짓말을 하지 않을 거라고는 믿을 수 없다. 케일리의 증언은 하나에서 열까지 믿을 수 없었다. 간혹 정직한 말도 있을는지 모르지만 그것도 허실을 뒤섞어 일부러 혼란을 일으키게 하기 위한 것임에 틀림없다. 무슨 목적을 품고 있는지 그것까지는 아직 길링검도 알 수 없었다. 마크를 두둔하기 위해서인지,

자신을 지키기 위해서인지, 그렇지 않으면 마크를 배반하기 위해서인지……? 아마도 그 중의 어느 하나일 것이다. 그러므로 목적성을 가진 증언은 공평무사한 제삼자의 것처럼 믿을 수가 없다. 그런 점에서 엘시의 증언과는 성질을 달리하고 있다. 그렇지만 그 일은 엘시의 증언으로 명확해졌다. 마크는 형을 만나러 사무실에 들어갔다. 두 사람의 말소리를 엘시가 들었다. 길링검과 케일리가 형 로버트의 시체를 발견했다…… 그리하여 지금 경감은 늪을 뒤져 볼 예정이다. 그러나 엘시의 증언도 단지 마크가 사무실에 있었음을 증명하는 데 지나지 않았다.

"이번엔 내 차례야. 기다리고 있어." 하는 말도 미래의 협박이지 현재 협박하고 있다고는 생각하기 어렵다. 이런 말을 한 직후에 마크가 형을 쏘았다 하더라도 그 '사나운' 말투로 도발된 격투 끝에 폭발된 것인지도 알 수 없다. 총을 쏘려는 상대방을 향해 '기다리고 있어'라고는 누구도 말하지 않을 것이다. '기다리고 있어'라는 말은 '기다리고 있어, 이제 혼내줄 테니까'라는 뜻이다. 빨강 집의 주인 마크는 지금까지 형한테 늘 뜯기며 무척 피해를 입어 왔다. 이번에야말로 내 차례다. 기다리고 있어. 엘시가 들은 말은 이런 뜻이었을 것이다. 그렇다고 상대방을 죽였다고 해석하는 것은 무리다. 마크가 로버트를 죽인 증거는 되지 않는 것이다. 길링검은 생각했다. '이상한걸. 해결이라는 건 용이할수록 그릇된 것이라고 생각해야 한다. 머릿속에는 온갖 자료가 소용돌이치고 있지만, 어떻게 잘 들어맞지 않는다. 오늘 오후에는 하나쯤 더 늘어날 듯싶은데 어떻게든 놓치지 말아야지.'

홀에 베벌리가 있기에 산책하자면서 끌고 나왔다. 베벌리는 궁금하던 참이라 잘 되었다며 좋아했다.

"어디로 갈까?"

"어디라도 좋아. 사냥터를 안내해 주게."

"그럼, 어서 가세."

집에서 나오자마자 길링검이 말했다.

"이봐, 왓슨. 집 안에서 조금 전처럼 큰 소리로 말해선 안돼. 뒤의 창문 밑에 그 친구가 서 있었다네."

베벌리는 얼굴을 붉혔다.

"그런가? 미안하네. 그래서 자네가 그런 엉터리 말들을 지껄였구면."

"사실 오늘 아침엔 기분도 상쾌했어. 오늘은 무척 분주해질 걸세."

"정말인가? 무슨 일이 있는데?"

"늪, 아니, 호수를 뒤질 예정이라나 봐. 그런데 그 호수는 어디 있나?"

"이 길로 가면 돼. 가 보겠나?"

"미리 봐 두는 편이 좋을 거야. 자네는 늘 갔었나?"

"아니, 별로 가지 않았어. 별다른 것이 있는 것도 아니니까."

"헤엄칠 수 있나?"

"그건 안돼. 아주 더러운 물이야."

"그래? …… 이건 어제의 그 길이군."

"그렇지. 좀 더 가면 오른쪽으로 빠지는 길이 있네. 늪을 뒤진다면 목적이 뭔가?"

"마크야."

"참으로 재미없는 일이로군."

베벌리는 오싹해지는 모양이었다. 한참 동안 말없이 걷고 있다가 갑자기 열띤 소리를 입 밖에 냈다. 이제부터 가슴이 뛰는 모험이 기다리고 있다고 생각하니 불쾌감도 사라진 모양이었다.

"그런데 그 굴은 언제 조사해 보나?"

"케일리가 집에 있는 동안에는 할 수 없지."

"오늘 오후엔 어떤가? 경찰이 늪을 뒤지고 있는 동안 케일리도 참여할 걸세."

길링검은 고개를 저었다.

"오후엔 그보다 훨씬 중대한 일이 있네. 경우에 따라선 두 가지 다 못할 것도 없지만."

"그것도 케일리가 집에 있으면 안되는 건가?"

"없는 편이 좋지."

"뭔데? 이렇게 스릴이 있는 일인가?"

"모르겠어. 경과를 즐길 수 있는 정도야. 시간은 언제라도 좋지만 일단 3시로 작정하고 있네. 그때까지 기다리는 것도 재미있거든."

"아주 재미있을 것 같네! 물론 내가 등장할 장면은 있을 테지?"

"물론이지. 하지만 빌, 집 안에서는 그런 말 하지 말게. 왓슨답게 굴어야지."

"말하지 않겠어, 맹세하네."

그들은 벌써 늪——마크가 호수라고 부르는——에 닿았다. 늪을 한 바퀴 돌자 길링검은 잔디밭에 앉아 파이프에 불을 붙였다. 베벌리도 흉내를 냈다. 길링검이 말했다.

"마크의 시체는 여기에 없을 거야."

"어떻게 그걸 아나? 나는 짐작할 수도 없어."

"그저 상상해 봤을 뿐이지." 길링검은 빠른 말투로 설명했다. "기왕 죽는 바에는 투신 자살보다 권총 자살이 훨씬 편할 거야. 또 시체가 발견되지 못하게 하기 위해 물 속에서 권총을 쏘았다면 호주머니에 큼직한 돌을 넣었을걸. 하지만 큰 돌은 물가에만 있으며, 그걸 들어 내면 자국이 남는 법이야. 그런 자국이 없는 걸 보면 마크는 투신하지 않았다는 결론이 나오지. 아무튼 한바탕 법석을 부려 보라지. 오후엔 알게 될 테니까. 그런데 빌, 비밀 통로의 입구는 어딜까?"

"그걸, 찾는 게 급선무겠지?"

"응, 내 생각은 이렇네."

길링검은 그 비밀 통로가 로버트의 죽음과 관련이 있다고 생각하게 된 이유를 설명했다.

"마크가 그 굴을 발견한 것은 1년 전. 마침 크리켓을 즐기기 시작한 무렵이 아니었을까하는 것이 내 생각일세. 통로의 출구는 도구를 넣어 두는 마룻바닥이었어. 이 뚜껑 위에 크리켓 도구 상자를 놓아 두자고 한 사람은 아마도 케일리일거야. 그렇게 해 두면 완전히 다른 사람들 눈에 띄지 않기 때문이지. 일단 비밀을 발견하면 다른 이들도 알고 있지 않을까 생각하는 것이 보통이야. 마크가 이 작은 비밀을 혼자 가슴 속에 간직하고 즐겼던 것도 당연하지. 케일리에게 알려져 봐야 그는 남이 아니니까. 짐짓 상자를 얹어 둔 채, 남들이 알아채지 못하는 것이 무척 재미있었을 걸세. 그런데 노리스 양이 유령으로 분장할 때 케일리가 그 비밀을 누설했네. 평범하게 골프장에 나타나면 이내 들킬 것임이 분명하지. 그렇지만 좋은 방법이 있다고 하면서 그녀에게 가르쳐 줬겠지. 그래서 그녀가 비밀을 알게 되었을 거야."

"하지만 유령 소동은 로버트가 오기 며칠 전 일이야."

"그렇지. 하지만 나도 그 통로 자체에 불길한 인연이 있다는 건 아니야. 사흘 전까지 마크로서는 로맨틱한 모험의 대상에 지나지 않았어. 형이 온다는 것을 알지 못했으니까. 그러나 형이 도착한 다음엔 뭔가 로버트에게 관계가 있는 문제로 이용되었을 거야. 마크가 도망칠 때 이용했는지도 모르고, 아직까지 그 속에 숨어 있는지도 모르지. 그렇게 되면 비밀을 알고 있는 건 노리스 양뿐인데, 그녀는 이번 범죄와 관계가 있는 줄 알지 못하고 저도 모르게 비밀을 털어놓을지도 모르거든."

"그래서 다급하게 쫓아 버렸을까?"

"그렇지."

"그렇지만 자네는 왜 입구만을 문제삼는가? 골프장의 오두막으로 들어가면 더 간단하지 않은가?"

"알고 있네. 그러나 그렇게 하면 공공연히 이쪽 계획을 폭로하게 되거든. 그 상자를 부수면 우리가 한 짓이라는 걸 케일리가 알 게 아닌가. 그렇게 되면 빌, 하루 이틀 중에 새로운 사실이 발견되지 않는 한 우리는 지금까지의 수확을 경찰에 제공해야만 되네. 그러면 경찰이 당당하게 그 통로를 수색할 거란 말이야. 그렇게 되면 재미없지 않은가?"

"그건 그렇지."

길링검은 웃으며 말했다.

"그러니까 이건 얼마 동안 비밀에 붙여 두자는 걸세. 그러는 편이 더욱 재미도 있을 테니까."

"그렇게 말하니 정말 그렇군!" 베벌리도 사뭇 만족스러운 듯이 말했다.

"이해해 주는군. 그런데 입구는 어딜까?"

입구는 어디?

길링검이 말했다.

"여기서 알아 두어야 할 일이 있네. 만일 단시일 안에 손쉽게 발견하지 못한다면 영원히 찾아 낼 가능성이 사라질지도 모른다는 걸세."

"시간 때문인가?"

"시간도 기회도 없을 거야. 나 같은 게으름쟁이는 오히려 후련하기도 하겠지만."

"그렇다면 정신을 바짝 차리고 찾지 않으면 발견할 가망이 없어지겠군."

"발견은 곤란할는지도 모르지만 수사 방법은 간단히 해야 되네. 혹시 케일리의 침실일는지도 모르지만, 그건 제쳐놓아야 할 걸세."

베벌리가 볼멘 소리로 말했다.

"무엇 때문이지?"

"수사의 목적을 생각할 때 그렇게 하는 수밖에 없네. 어쨌든 케일리의 침실에 들어가서 옷장을 두들겨 볼 수도 없지 않은가. 그러니 수사에 착수하기 전에 거기엔 없다고 단정해 버리는 거야. "

"아아, 그런 뜻인가. " 베벌리는 풀잎을 씹으면서 생각에 잠겼다.

"아무튼 입구가 2층에 있을 까닭은 없으니까. "

길링검이 말했다.

"그렇지. 차츰 그럴 듯해지는걸. "

"부엌 같은 데도 제외해야지. 거기에도 들어갈 수 없으니까. "

"그래. 그리고 지하실도, 그런 것이 있는지 없는지 모르겠지만. "

"차츰 범위가 좁아지는군. "

"물론 찾아 낼 확률은 거의 없다고 봐야 하네. 그리고 안전하게 찾을 수 있는 장소도 몇 군데밖에 없지. 우리는 그 중에서 제일 가능성이 있는 곳을 선택하면 되네. "

"남는 건 아래층의 거실, 식당, 서재, 홀, 당구실, 그리고 사무실 정도군. "

"그 정도지. "

"제일 수상한 건 사무실이 아닐까? "

"그렇지만 한 가지 난점이 있네. "

"뭘가? "

"사무실은 집의 뒤편이야. 흔히 입구는 될 수 있는 대로 가까운 장소에 만드는 법이지. 일부러 집 밑을 파고 멀리에 만들어 놓을 필요는 없지 않은가. "

"그것도 그래. 그렇다면 식당이나 서재가 제일 가까운데? "

"그것도 선택한다면 서재가 나을 거야. 우리가 선택한다면 말이야. 식당에는 하녀들의 출입이 빈번하니까 거기를 수색한다는 건 좀 귀찮지. 그리고 또 한 가지 생각해야 할 일은, 마크가 이 비밀을 1년 동안이나 지켜 온 점이야. 식당에 입구가 있다면 그렇게 할 수가 있었겠는가? 노리스 양으로 말하더라도 저녁 식사 바로 뒤에 몰래 식당으로 돌아갈 수는 없었을 거야. ”

베벌리는 힘차게 일어섰다.

“가세. 서재부터 시작이야. 만일 케일리가 들어오면 책을 찾고 있
는 척하면 되지. ”

길링검은 엉거주춤 일어서 베벌리의 팔을 잡고 걷기 시작했다.

비밀 통로가 있고 없고를 떠나 서재는 꼭 들여다볼 가치가 있었다.
본디 길링검은 남의 책장을 구경하고 싶은 유혹을 이겨 내지 못하는
버릇이 있었다. 방으로 들어서기가 바쁘게 다짜고짜 책장을 두리번거
리는 사람이다. 어느 것이 읽은 책이며, 어느 것이 읽지 않고 장식품
으로만 꽂혀 있는지 알아 내기를 좋아했다. 마크의 장서는 분명히 자
랑할 만한 것이었다. 모든 종류의 서적이 즐비했다. 아버지와 후원자
에게서 물려받은 책, 흥미를 느껴 산 책, 또 책 자체에는 흥미가 없
더라도 작자에게 후원자다운 흥미를 느꼈기 때문에 산 책. 더욱이 책
장 속에선 빛을 내고 방 전체에 그윽한 향기를 풍기게 하기 위해, 그
리고 또한 교양인의 서재에 없어서는 안된다는 뜻에서 구입해둔 특제
호화판의 책들, 구판, 신판, 비싼 것, 싼 것, 어떠한 취미를 가지고
있는 사람이건 반드시 자기 마음에 드는 책을 구할 수 있는 서재였
다.

“자네가 좋아하는 건 어떤 책인가 ? ” 길링검은 책장을 훑어보면서
말했다.

“당구치기에 바빠서 책 같은 건 읽을 겨를이 없나 ? ”

베벌리는 손가락으로 가리키며 말했다.

“이따금 〈베드민턴〉의 참고서를 꺼내 보네. 저 구석에 있지. ”

길링검은 그쪽으로 걸어가면서 물었다.

“여긴가 ? ”

“그래. ” 말하다 말고 베벌리는 고쳐 말했다.

"아니, 틀렸어. 지금은 오른쪽 저편에 꽂혀 있군. 마크는 1년 전에 장서를 모두 다시 정리했어. 아무튼 1주일 이상이나 걸렸다더군. 굉장히 많은 책이니까."

"그거 재미있는 이야기로군."

길링검은 의자에 앉아 파이프에 담배를 담았다. 책의 수효는 확실히 굉장했다. 사방 벽은 마루에서 천장까지 빈틈없이 책이 꽂혀 있었다. 간신히 문과 두 개의 창문이 얼굴을 내밀며 무식쟁이의 생존권을 주장하고 있었다. 비밀 통로 같은 것과는 너무나 거리가 먼 방의 모습이었다. 베벌리가 말했다.

"이 산더미 같은 책들을 하나도 남김없이 내려놓지 않고서는 도저히 수사의 만족을 맛볼 수 없겠군."

그러자 길링검이 말했다.

"한 권씩 꺼내 보면 우리의 책략도 들키지 않지. 누구든지 서재에 들어올 때엔 책을 꺼내는 것이 목적일 테니까."

"그렇지만 너무나 방대한 장서야."

길링검의 파이프가 보기좋게 타기 시작했다. 그는 빈둥빈둥 문과 반대쪽 벽으로 발길을 옮겨 놓았다.

"어디 한 번 꺼내 볼까. 얼마나 굉장한지 알아볼 겸. 여보게, 자네의 애독서인 〈배드민턴〉은 여기로군. 늘 읽었겠지?"

"읽을 필요가 생겼을 때엔 읽었지."

"그런가." 길링검은 그 책장을 아래위로 훑어보면서 말했다.

"주로 스포츠와 여행에 관한 책이로군. 나는 여행기를 꽤 좋아하지. 자네는?"

"시시한 것이 너무 많아."

"자네는 그렇게 말하지만 여행기를 좋아하는 사람도 아주 많거든." 길링검은 꾸짖듯이 말하면서 옆의 책장으로 옮겨갔다.

"여긴 희곡이야. 왕정복고 시대 대부분의 작품이 다 있는 것 같네. 이런 걸 좋아한다고 말하는 사람은 수두룩하지. 쇼, 와일드, 로버트슨. 나는 희곡을 읽는 게 취미야. 이런 취미를 가진 사람은 적지만 모두 열렬한 팬들일세. 또 다음……."

베벌리는 안절부절 못하며 말했다.

"시간이 없지 않은가?"

"시간이 없지. 그러니까 잠시라도 허비할 수는 없어. 여기는 시 (詩)로군. 요즘은 시 같은 건 별로 읽게 되지 않지. 빌, 자네가 밀턴의《실락원(失樂園)》을 읽은 건 언제였나?"

베벌리가 대답했다.

"한 번도 읽은 적이 없네."

"그럴 거라고 생각했어. 캘러더인 아가씨가 자네한테 워즈워드의 주유기(周遊記)를 읽어 준 건 언제였나?"

"실은 베티, 즉 캘러더인 양이 애독하고 있는 작가는……에에, 뭐라고 부르는 놈이었더라?"

"그만두게. 잘 알았어. 다음 차례야."

길링검은 옆으로 걸음을 옮겼다.

"여긴 전기로군. 정말 잘도 모았는걸. 나는 전기를 좋아하네. 자네는 존슨 클럽(문호 사무엘 존슨을 추모하기 위한 모임)의 회원인가? 아마 마크는 틀림없이 가입했을 거야.《역조회고록(歷朝回顧錄)》이라……캘러더인 부인이 읽을 성싶은 책이군. 전기란 소설이 따를 수 없을 만큼 재미있는 거야. 그렇다고 어물어물할 수는 없지. 그 다음."

길링검은 옆의 책장을 보자마자 휙 하고 휘파람을 불었다.

"이거 근사하군!"

베벌리는 어리둥절한 듯이 물었다.

"뭐가?"

"거기서 감시해 주게, 빌. 드디어 본진에 들어왔네. 설교집이로군. 마크의 아버지가 목사이기라도 했나, 아니면 자기가 즐겨 모았을까?"

"그의 아버지는 목사였는지도 몰라. 그래, 틀림없어, 목사였네."

"그럼, 이건 아버지의 장서였겠군.《반시간을 하나님과 더불어》……이건 돌아갈 때 빌려야지.《길 잃은 양》《존스와 삼위일체설》《바울 서 해설》……빌, 이거야.《좁은 길, 시어더 아셔 목사의 설교집》, 이거야!"

"어떻게 됐다는 건가?"

"빌, 영감이 떠올랐네. 좀 기다리게."

그는 아셔 목사의 책을 꺼내 자못 기쁜 듯이 바라보다가 그것을 베벌리에게 넘겨 주었다.

"아셔 할아버지를 좀 들고 있게."

베벌리는 말없이 책을 받아들었다.

"아니, 역시 내가 갖고 있겠네." 그러나 길링검은 곧 그 말을 취소했다.

"자네는 홀에 나가 케일리가 보이지 않나 살펴 주게. 만일 거기 있으면 큰 소리로 말을 걸어 주게나."

베벌리는 황급히 나가 귀를 기울이다가 다시 돌아왔다.

"있는 것 같지 않네."

"그거 잘됐군."

길링검은 다시 그 책을 꺼냈다.

"자아, 아셔 할아버지를 부탁하네. 왼손에 쥐고 있게, 그렇지. 그리고 오른손으로는 이 책장을 꽉 붙잡게, 됐어. 그럼, 내가 좋다거든 천천히 잡아당기게, 알겠나?"

베벌리는 흥분한 얼굴로 끄덕였다.

길링검은 《좁은 길》을 빼낸 공간에 한 손을 밀어넣어 책장의 등을 붙잡았다.

"좋아."

베벌리가 잡아당겼다.

"좀더 잡아당기게. 지금 내가 밀 테니까. 힘을 주지 말고 가볍게 잡아당기게."

길링검의 손가락이 분주히 움직이기 시작했다.

갑자기 그 책장 뒤의 벽이 두 사람 쪽으로 열렸다.

"아앗!"

베벌리는 몹시 놀라 책장을 놓고 말았다.

길링검은 책장을 제자리로 밀어 놓고 베벌리가 쥐고 있는 아셔 목사의 책을 빼앗아 책장에 꽂아 두었다. 그리고 베벌리의 팔을 잡아 소파 앞에까지 데리고 가서 앉히고는 그 앞에 서서 엄숙하게 고개를 숙였다.

"소꿉장난이야, 왓슨. 마치 어린애들의 장난 같네."

"지금 본 건 뭔가?"

길링검은 유쾌한 듯 웃어 버리고는 나란히 소파에 앉았다.

"설마 정말로 설명을 듣고 싶어하는 건 아니겠지?" 그는 베벌리의 무릎을 툭 쳤다.

"왓슨 역의 진가를 보여 주겠다는 건가? 자네도 참 친절한 사람이로군. 고맙네."

"아니야. 실은 뭐가 뭔지 통 알 수 없네."

"그럼, 연극인 줄 알았나?"

길링검은 말없이 잠시 파이프를 피우고 있었다. 이윽고 말을 이었다.

"아까도 말했지만 비밀이라는 건 알고 보면 왜 다른 사람들은 몰랐을까 하고 이상하게 생각되는 법이야. 정말 비밀이라고 하기에는 쑥스러울 정도지. 이 통로는 몇 해 전부터 있었어. 두 개의 입구는 이 서재와 구기장의 오두막에 있지. 마크는 이걸 발견하자 다른 사람들한테 알리고 싶지 않았겠지. 그래서 저쪽 입구는 크리켓 상자로 덮어 버리고 이쪽은 보다 발견하기 어려운." 길링검은 갑자기 말을 끊고 상대방을 쳐다보았다.

"빌, 어떤 방법을 썼다고 생각하나?"

베벌리는 여전히 왓슨다웠다.

"어떤 방법인가?"

"책을 바꿔 놓은 것이 그거야. 마크는 우연히 《넬슨 전》이나 《보트의 세 사나이》같은 책을 꺼낸 적이 있었겠지. 그래서 그때 이 비밀 통로를 발견한 걸세. 그래서 그는 이렇게 생각했을 거야. 《넬슨 전》이나 《보트의 세 사나이》 같은 책은 누가 꺼낼는지 알 수 없다. 비밀을 지키기 위해서는 그 책장을 만지지 않도록 해 두어야 한다. 이 책장을 바꿔 놓은 것이 1년 전이라는 이야기를 자네한테서 듣고——크리켓 상자를 놓아 둔 것도 그 무렵일 거라고 알아차렸네. 그래서 될 수 있는 대로 무미건조한 책, 누구도 손을 대지 않는 책을 찾아봤어. 말할 것도 없이 중기 빅토리아 왕조의 설교집을 넣어 둔 책장이야말로 내가 찾는 것이었네."

베벌리가 물었다.

"하지만 어떻게 거기라는 걸 알았나?"

"그 사람은 얼른 알 수 있도록 특정한 책을 넣어 둘 필요가 있었어. 《좁은 길》이라는 책으로 비밀 통로의 입구를 틀어막는다는 취향은 마크다운 생각이 아니겠는가? 과연 영락없이 들어맞았어!"

베벌리는 사뭇 감탄하듯이 연거푸 고개를 끄덕였다.

"훌륭한 솜씨야, 길링검. 자네는 과연 천재인걸."

길링검은 배를 끌어안고 웃음을 터뜨렸다.

"그렇게 말해 주니 더욱 용기가 나네. 덮어놓고 기뻐할 수도 없지만 그다지 나쁜 기분은 아닌데."

베벌리는 벌떡 일어서며 손을 내밀었다.

"자아, 출발이다."

"출발이라니 어디로 가자는 건가?"

"물론 비밀 통로의 탐험이지."

길링검은 머리를 설레설레 흔들었다.

"안된다는 건가?"

"뭘 찾으러 가자는 건가?"

"알 게 뭐야. 하지만 혹시 도움이 될 만한 걸 찾아낼 수 있을지도 모르지 않나?"

길링검이 시치미를 떼고 말했다.

"마크를 찾아낼는지도 모르지."

"뭐, 자네는 정말 마크 씨가 있다고 생각하는가?"

"있으면 어떡하겠는가?"

"있으면? 그럼, 더욱 좋지 않은가."

길링검은 난로로 다가가서 파이프의 재를 털고 베벌리 쪽을 돌아다보았다. 그리고 엄숙한 얼굴로 입을 다문 채 쏘아보더니 이윽고 불쑥 한 마디 했다.

"그때엔 뭐라고 인사하겠는가?"

"무슨 뜻인가?"

"마크를 체포하겠는가, 그렇지 않으면 도망치는 걸 도와 주겠는가?"

"그건……으음……." 베벌리는 어리둥절해 하며 결국에는 가느다란 목소리로 말했다. "잘 모르겠어."

"그럴 거야. 그러니까 그런 짓을 하려면 그만한 각오가 있어야 하네."

베벌리는 뭐라고 응수할 수가 없었다. 머리가 뒤범벅이 되어 초조한 듯 방 안을 왔다갔다하면서 얼굴을 찡그려 보기도 하고, 새로 발견한 문 앞에 서서 그 속에 숨어 있는 것을 알아 내기라도 하려는 것처럼 날카롭게 문을 노려보기도 했다. 둘 중의 하나를 택해야 할 경우가 되면 어느 편을 들까. 마크 편일까, 당국 편일까?

"마크를 보고 '안녕하십니까' 인사할 수도 없겠지." 마치 마음속을 들여다보기라도 한 것처럼 옆에서 길링검이 말했다. 베벌리는 뜨끔했다. 길링검이 말을 이었다.

"그렇지 않으면 또 '이분은 저의 친구 길링검인데, 지금 댁에서 폐를 끼치고 있는데 함께 골프하러 가는 길입니다' 하고 인사할 수도 없지 않은가."

"그 말을 듣고 보니 과연 어려운 일이군. 어떻게 인사할 수가 없겠네. 마크의 일은 잊고 있었지."

베벌리는 창가에 가서 잔디밭을 내다보았다. 정원사가 잔디를 손질하고 있었다. 주인이 행방불명되었다고 해서 구태여 잔디밭이 거칠어져야 할 까닭도 없겠지. 또 오늘도 무척 더울 것 같다. 화가 나는데, 마크의 일을 잊고 있었다니. 그렇지만 그 마크를 도망 중에 있는 살인범, 법망을 피해 다니는 범죄자라고 생각하라는 건 너무 무리한 이야기야. 모든 것이 어제와 다름없지 않은가. 태양도 불과 24시간 전에 골프하러 떠날 때와 꼭 같은 빛을 신나게 던지고 있다. 이것은 도저히 진짜 비극이라고는 생각되지 않는다. 자기와 길링검이 숨바꼭질을 하는 천진난만한 탐정놀이라고밖에는 생각되지 않는다. 그는 친구를 돌아다보았다.

"이제 간신히 입구를 찾아 내지 않았나. 그런데 들어가 볼 생각이 없단 말인가?"

길링검은 그의 팔을 잡았다.

"밖으로 나가세. 어쨌든 지금은 들어갈 수 없네. 케일리가 가까운 데 있으면 위험하기 짝이 없으니까. 아, 나 역시 자네와 마찬가지야. 겁쟁이란 말일세. 무엇을 겁내고 있는지는 아직 모르겠어. 하여튼 자네는 수사를 계속할 생각이지?"

베벌리는 엄숙히 단언했다.

"그렇고말고, 그건 당연한 의무야."

"그렇다면 기회가 생기는 대로 오후에라도 탐험하기로 하세. 오후에 할 수 없게 되면 오늘 밤이야."

그들은 홀을 지나 다시금 햇빛 아래로 나왔다. 베벌리가 물었다.

"마크가 그 속에 숨어 있는지도 모른다고 했는데, 정말 진심으로 그렇게 생각하나?"

길링검은 대답했다.

"있을 수 있는 일일세. 마크는 자칫하면." 그는 문득 말을 끊고 나직이 중얼거렸다.

"아직 거기까지는 생각할 단계가 아니지. 너무나 무서운 일이야."

벽에 비치는 그림자

검시 심문까지는 24시간의 여유가 있었지만 버치 경감은 분주히 활동하고 있었다. 우선 런던에다 전보를 쳐 갈색 양복을 입은 마크의 용모와 풍채를 통보했다. 그리고 스탠튼 역에는 이러한 인상의 남자가 4시 20분에 떠나는 열차에 타지 않았는가를 조회했다. 지금까지 들어온 정보는 결정적인 것이라고는 할 수 없었지만, 마크가 어쩌면 그 열차 편으로 경찰에서 손을 쓰기 전에 런던에 도착했을지도 모를 가능성이 있다는 것이 판명되었다. 그러나 그 날은 스탠튼에 시장이 섰기 때문에 작은 시골 거리도 평소보다 더 흥청거리고 있었다. 그가 비록 4시 20분 열차로 출발했건, 그전에 2시 10분 열차로 로버트가 도착했건 평소보다 다른 사람들의 눈을 끌지 못했다는 것은 사실이었다. 그러나 앞서 말한 바와 같이 경찰에서 찾고 있다는 것이 알려지면 그런 사람을 보았습니다, 하는 사람이 삽시간에 수없이 나타나는 법이다.

로버트가 2시 10분 열차로 왔다는 것은 거의 확정적이라고 생각되었다. 검시 때에 필요한 자료는 그 이상 수집될 것같지도 않았다. 로버트는 동생 마크와 같은 마을에서 소년 시절을 보냈는데, 그 즈음의 사정은 케일리의 진술로 명백해졌다. 로버트는 어렸을 때부터 불평투성이였고 난폭한 성격이었으며 오스트레일리아로 쫓겨간 뒤로는 한번도 마을에 발을 들여놓은 적이 없었다. 형제 사이에 싸울 이유가 있다면, 동생은 본국에서 유복하게 지내고 있는데 형은 객지에서 유랑하는 신세가 되었다는 점일 것이다. 그 이상으로 보다 실질적인 문제가 있었는지는 의문이었으며, 경감이 본 바로는 마크가 잡히기 전엔 알아 낼 수 있을 것 같지도 않았다. 마크의 발견이야말로 가장 급선무였다. 늪을 뒤져 본다고 하여 도움이 될 것인지 아닌지는 알 수 없지만, 적어도 내일 열릴 검시 심문 때 버치 경감이 직무에 열심이라는 인상만은 줄 수 있다. 범행에 사용되었던 권총이라도 발견되면 그의 노고는 어느 정도 열매를 맺었다고 할 수 있겠지. 그리하여 '버치 경감, 흉기를 발견'이라는 대문짝만한 특호 활자가 내일의 지방 신문을 요란스럽게 장식해 주련만. 아직도 경감은 유쾌한 기분으로 늪을 향해 걷고 있었다. 거기서는 부하들이 그의 도착을 기다리고 있었다. 경감은 기분이 좋아 길링검과 그의 친구 베벌리에게도 한 마디 인사말을 던지고 싶었다.

"안녕하십니까!" 그는 명랑하게 말하고는 웃음마저 보이면서 덧붙였다.

"도와 주시지 않겠습니까?"

길링검도 미소를 지으며 대답했다.

"저희들이야 무슨 도움이 되려구요."

경감이 말했다.

"웬만하면 함께 가시지 않으시렵니까?"

길링검은 좀 겁이 난다는 듯이 말했다.

"뭔가 찾아내시게 되면 나중에 알려 주십시오. 그건 그렇고, 조지 여관 주인이 저를 칭찬해 주지 않던가요?"

경감이 눈을 번뜩였다.

"어떻게 당신을 조사했다는 걸 알았지요?"

길링검은 공손히 고개를 숙였다.

"당신이 그 방면에서도 솜씨가 있으실거라 짐작했으니까요."

경감은 웃어 버렸다.

"당신은 신원이 확실한 신사라는 것이 판명되었습니다. 하지만 일단 조사하지 않을 수 없었지요."

"당연한 일입니다. 성공을 빌겠습니다. 하지만 늦을 뒤져 봐야 신통한 성과는 기대될 성싶지 않군요. 도망친 경로치고는 좀 색다르지 않습니까?"

"저도 그렇게 생각합니다. 하지만 케일리 씨가 늦을 뒤져 보는 것이 어떻겠느냐고 말하더군요. 아무튼 조사한다고 해로울 건 없겠지요. 이러한 사건엔 흔히 예상하지 못했던 사실이 나타나는 법이니까요."

길링검은 상냥하게 웃으며 말했다.

"그렇겠지요. 그럼, 저희들은 이만 실례하겠습니다."

경감이 대답했다.

"안녕히 가십시오."

"실례합니다." 베벌리도 인사했다.

길링검은 말없이 버치 경감의 뒷모습을 바라보고 있었다. 너무 오랫동안 침묵이 계속되었으므로 베벌리는 참다못해 그의 팔을 흔들며 어떻게 된 거냐고 골이 난 것처럼 물었다. 길링검은 천천히 머리를 저었다.

"모르겠어. 뭐라고 말하면 좋을까. 나는 아까부터 아주 무서운 일을 생각하고 있었네. 아무리 그 사람이라도 그렇게까지 냉혈일 수는 없겠지만······."

"누구 말인가?"

길링검은 대답하려고도 않고 앞장서서 어제 그 벤치로 왔다. 그는 벤치에 앉더니 두 손으로 머리를 감쌌다.

"뭔가 찾아낸다면 좋겠지만. 찾아 낼 수 있다면 정말 좋겠는데."

"늪에서 말인가?"

"응."

"뭘 말인가?"

"무엇이라도 좋아, 빌. 아무거라도 좋아."

베벌리는 기분이 상한 듯했다.

"알 수 없지 않나, 그런 수수께끼 같은 소리만 한대서야. 별안간 태도가 달라지지 않았는가?"

길링검은 놀란 듯 얼굴을 들었다.

"경감이 한 말을 못 들었나?"

"뭐라고 했는데?"

"늪을 뒤지자는 건 케일리의 제안이었어."

"아아, 그렇지!" 베벌리는 활기를 얻었다.

"그럼 뭔가, 케일리가 늪에다 일부러 숨겨둔 것이 있다는 건가? 경감을 속이기 위한 가짜 증거 같은······."

"그런 거라면 좋겠지만, 그러나······!"

길링검은 열심히 말하다 말고 다시 입을 다물어 버렸다. 베벌리는 다그쳐 물었다.

"그러나 뭔가?"

"아직 아무것도 숨겨 두지 않았을 거야. 그리고······."

"그리고?"

"중요한 걸 숨겨 둘 때 가장 안전한 곳은 어딜까?"

"아무도 찾지 않는 장소겠지."

"더 좋은 장소가 있을 걸세."

"어디?"

"한 번 찾아보고 난 장소지."

"그런가! 그럼, 자네는 늪을 뒤지고 나면 케일리가 거기에 뭔가를 숨겨둘 거라 생각하는군?"

"그렇지. 그것이 걱정이야."

"왜 걱정이 되나?"

"그건 아주 중요한 것이어서 다른 장소에는 숨겨둘 수 없는 거라 생각되었기 때문이지."

베벌리가 몸을 내밀며 물었다.

"그게 뭘까?"

길링검은 고개를 가로저었다.

"지금은 뭐라고 말할 수 없네. 경감의 수사 결과를 기다려 보세. 뭔가 찾아 내면……뭔지는 모르지만 그건 케일리가 경감에게 보이기 위해서 일부러 던져 둔 것일 거야. 만일 아무것도 나오지 않는다면 그건 케일리가 오늘 밤에라도 거기에다 뭔가를 숨겨 두려는 걸 의미할 거야."

또다시 베벌리가 물었다.

"뭘까?"

"오늘 밤이면 알 수 있지. 우리가 가 볼 작정이니까."

"감시를 하나?"

"그래, 경감이 아무것도 찾아내지 못한다면."

베벌리가 말했다.

"재미있군."

케일리 편을 드느냐, 당국에 협조하느냐 하는 경우가 되면 그도 각오는 되어 있었다. 어제의 참극이 일어나기 전까지는, 각별히 친밀한 사이는 아니었지만 그들 사촌형제와 모두 원만하게 사귀고 있었다. 두 사람 중 어느 쪽을 더 좋아하느냐고 물으면 변덕이 심한 마크보다는 말이 적은 케일리를 더 좋아한다고 대답했을 것이다. 베벌리의 생각으로는, 케일리의 여러 가지 미덕은 차라리 그 소극성에 있었다. 그 때문에 결심도 드러나지 않은 것은 분명했지만 아무튼 늘 방문하는 집의 상대역으로는 정말 꼭 들어맞는 인물이라고 할 수 있었다. 한편 마크의 결점은 너무나 명백한 사실이어서 베벌리 자신도 자주 보아 온 바였다. 그런데도 불구하고 오전 중에 마크에 대해서 어떤 태도를 취해야 할 것인지 결심하지 못하고 갈팡질팡하고 있었던 베벌리도 케일리에 대해서는 아무 망설임 없이 당국측에 가담하기로 마음먹었다. 요컨대 마크는 그에게 아무런 손해도 끼친 적이 없었지만 케일리는 용서할 수 없는 실례를 저질렀기 때문이었을 것이다. 자기와 길링검이 주고받는 이야기를 남몰래 엿듣고 있었던 자다. 만일 법이 요구한다면 교수형에도 반대할 수 없는 상대방이다. 길링검은 시계를 보고 일어서며 말했다.

"이제 슬슬 가 볼까. 아까 말했던 일을 할 시간이 되었네."

베벌리가 물었다.

"비밀 통로의 탐험 말인가?"

"그렇지 않아. 오후에 할 일이 있다고 하지 않았나. 바로 그 일이야."

"그렇군. 그런데 내용이 뭔가?"

길링검은 대답도 없이 집 안을 지나 사무실로 들어갔다. 정각 3시였다. 생각하면 어제 3시에는 길링검과 케일리가 시체를 발견했다. 길링검은 3시 좀 지나서 옆방 창문으로 바깥을 내다보고 있었는데, 등 뒤의 열어젖힌 문 어귀에 케일리가 서 있는 것을 보고는 깜짝 놀랐었다. 왜 문이 닫혀 있는 것으로 생각했었는지 막연히 의아스럽게 여겨졌지만, 그때에는 끝까지 생각해볼 겨를도 없었기 때문에 나중에 천천히 검토해 보기로 했다. 아무런 의미도 없었을는지도 모른다. 또 무슨 의미가 있었다면 오늘 아침에라도 사무실에 들어가 보면 의문은 쉽게 풀렸을는지도 모른다. 그는 기왕 실험해 볼 바에는 될 수 있는 대로 어제와 같은 조건 아래서 하는 편이 오히려 그때의 상황을 되살리기 쉬울 것이라고 생각되었다. 그래서 오후 3시가 되기를 기다렸다가 다시 한번 현장을 찾아보기로 작정했다.

뒤에 베벌리를 거느리고 사무실로 들어선 그는 두 개의 문 사이에 로버트의 시체가 없는 것을 보고 한순간 주춤거렸다. 그러나 시체의 머리가 있었던 부분에 검붉은 핏자국이 남아 있었기 때문에 24시간 전과 같이 그곳에 무릎을 꿇었다.

"어제와 똑같이 해보고 싶네. 자네는 케일리가 되어 주게나. 케일리는 물을 가져오겠다고 했었어. 그때 나는 죽은 사람한테 물을 가져와서 뭘 하겠느냐, 이 녀석은 아마도 가만히 있기가 어색하니까 물이라도 가져오려는 거로구나 생각했지. 그는 물에 젖은 스펀지와 손수건을 들고 돌아왔어. 손수건은 옷장 서랍에서 꺼내왔겠지. 좀 기다리게."

그는 일어서서 옆 방으로 갔다. 방 안을 둘러보고 서랍을 몇 개 열어 보고는 다시 문을 닫아 놓고 사무실로 돌아왔다.

"스펀지는 있었네. 손수건도 오른쪽 맨 윗서랍에 들어 있네. 그럼, 빌, 자네는 케일리가 된 걸로 생각해 주게. 지금 물을 가져오겠다고 말하면서 일어서게."

친구 곁에 쭈그리고 앉아 있던 베벌리는 그다지 좋은 기분은 아니었지만 길링검이 시키는 대로 일어나 방에서 나갔다. 길링검은 어제처럼 뒷모습을 바라보고 있었다. 베벌리는 오른쪽의 작은 방에 들어

가 손수건을 꺼내고 물에다 스펀지를 적셔 갖고 돌아왔다. 베벌리는
비평을 요구했다.

"어떤가?"

길링검은 머리를 저었다.

"전혀 아니야. 빌, 자네는 굉장히 요란스럽게 소리를 냈지만 케일
리는 아주 조용하게 했다네."

"케일리가 그럴 때엔 자네가 주의하고 있지 않았겠지."

"그건 그래. 하지만 주의하지는 않았더라도 소리가 나면 들렸을 게
아닌가. 뒤에 생각났을지도 모르고."

"케일리는 방에서 나갔을 때 문을 닫지 않았나?"

"잠깐!"

그는 한 손으로 눈을 가리고 머리를 짜냈다. 중요한 것은 귀로 들
은 것이 아니라 눈으로 본 것이어야 한다. 그는 다시 한번 그것을 눈
앞에 그려 내려고 정신력을 총동원했다……. 우선 케일리가 일어선
다. 사무실문을 열고 작은 복도로 나가 오른쪽 문을 열고 들어간다.
그리고 그 다음……그 다음에 그의 눈은 무엇을 보았던가? 어떻게
든 그것을 한 번 더 그것을 보고 싶다! 느닷없이 그는 얼굴을 빛내
며 벌떡 일어섰다.

"알았어, 빌!"

"응?"

"벽의 그림자야! 내가 봤던 건 벽의 그림자였어. 아아, 그걸 여태
알지 못하고 있었다니 얼마나 바보인가, 나는!"

베벌리는 우두커니 바라보고 있었다. 길링검은 그의 팔을 잡고 작
은 복도의 벽을 가리켰다.

"저기, 저 벽에 비친 햇빛을 보게나. 저건 자네가 옆 방문을 열어
두고 왔기 때문이야. 창문으로 곧장 비쳐 온 걸세. 그럼, 이번엔

내가 이 문을 닫아 보겠네. 보게나! 차츰 그림자가 움직여서 햇빛을 가리고 있지 않나. 내가 본 건 저거야. 케일리가 나간 다음에 문이 닫혀짐에 따라 벽에서 움직이는 그림자였어. 빌, 이번엔 자네가 해보게. 방에 들어오면서 자연스럽게 문을 닫아 보게. 어서!"

베벌리가 방에서 나간 다음에 길링검은 무릎을 꿇고 앉아 뚫어지게 벽을 지켜보고 있었다.

"역시 그렇군! 그럴 리가 없다고 생각했지."

베벌리가 돌아오자마자 물었다.

"어땠는가?"

"역시 생각했던 그대로일세. 먼저 햇빛이 비쳐들어온 다음에 그늘이 졌어. 단번에 쓰윽."

"어제는 어땠었나?"

"벽에 비친 햇빛은 얼마 동안 그대로 있다가 차츰 그늘이 졌지. 문을 닫는 소리도 들리지 않았어."

베벌리는 눈을 동그랗게 떴다.

"그래? 그럼, 뭔가. 케일리는 얼마 뒤에——생각난 것처럼——소리도 없이 살그머니 문을 닫았겠군?"

길링검은 끄덕였다.

"그렇지. 나는 그 뒤 그 방에 들어갔을 때 문이 열린 채로 있는 걸 보고 깜짝 놀랐었지. 하지만 그것도 까닭을 알았네. 스프링 식으로 저절로 닫히는 문이 있지 않은가."

"늙은이들이 윗바람을 막기 위해서 쓰는 거 말이지?"

"그래, 그러한 문은 연 다음에는 거의 움직이지 않고 있다가 슬금슬금 닫아지는 걸세. 햇빛은 꼭 그것과 같이 천천히 그늘이 지기 시작했어. 그래서 무의식적으로 그런 스프링 문을 연상했던 걸세."

길링검은 일어서서 무릎에 묻은 먼지를 털었다.

"수고스럽지만 빌, 또 한 번 저 방에 들어가 지금 말한 식으로 문을 닫아 보게. 아주 조용히 소리 없이 말이야."

베벌리는 시키는 대로 하고는 결과가 어떠냐고 얼굴을 들이밀었다.

"됐어, 어제 내가 본 대로야."

절대적인 확신을 가지고 단언하며 길링검은 사무실에서 나가 베벌리가 있는 작은 방으로 들어갔다.

"이렇게 되고 보면 어제 케일리가 여기서 뭘 하고 있었는지, 어째서 나에게 들키지 않으려고 경계하고 있었는지 꼭 알아 내야겠는걸."

열려 있는 창문

  우선 길링검의 머리에 떠오른 것은 케일리가 뭔가를──모름지기 시체 옆에 있었던 물건을──감추지 않았는가 하는 의문이었다. 그러나 그것은 생각하기만 해도 어리석은 의문이었다. 그토록 짧은 시간이었으니까 감추더라도 서랍 정도가 고작이었을 것이다. 또 감출 바에는 자기 호주머니에 넣어 두는 편이 길링검의 주의를 끄는 일 없이 훨씬 안전했다고도 할 수 있을 것이다. 아무튼 지금은 이미 방에서 꺼내, 보다 더 깊숙한 곳에 숨겨두었을 것임이 분명하다. 또한 서랍에 감출 작정이었다면 무엇 때문에 일부러 문까지 닫았는지 의문도 생긴다.

  베벌리는 서랍을 하나 열고 그 속을 들여다보았다.

  "이걸 한 번 조사해 볼 필요가 있을까?"

  길링검도 어깨 뒤로 들여다보며 말했다.

  "이런 데에 양복이 있다는 건 좀 이상한걸? 마크는 늘 여기서 의복을 갈아입었나?"

  "실은 그 사람처럼 의복을 많이 갖고 있는 이도 드문데, 어쩌다 여기서 갈아 입게 되는 경우도 있을 거라고 생각하고 일부러 놓아 둔 게 아닐까. 우리들 같으면 런던에서 시골로 여행을 떠날 때엔 갈아 입을 옷을 갖고 가지 않는가. 그런데 마크는 그렇지 않네. 런던 집에도 여기 있는 것과 똑같은 옷이 한 벌씩 있네. 말하자면 의상 도락이지. 가령 별장이 여섯 군데에 있다면 여섯 군데 모두에 타운 웨어와 컨트리 웨어가 넉넉히 장만되어 있는 거지. "

"거 참, 그럴 듯하군. "

"물론 실제로 쓸모가 있을 때도 있을 거야. 옆 사무실에서 하는 일이 바빠 2층 방으로 올라가기 귀찮으면, 여기 있는 손수건이나 옷 같은 걸 이용할 수도 있었겠지. "

"하하하, 그런 셈이군. "

길링검은 대답하면서 세면대 옆에 있는 세탁물 넣은 바구니 뚜껑을 열었다.

"요즈음 여기서 칼라를 갈아 댔던 모양이군. "

베벌리가 들여다보니 과연 바구니 밑바닥에 칼라가 하나 있었다.

"그런 모양이야. 아마 자기가 달고 있었던 칼라가 너무 딱딱했거나 더러워졌을 테지. 병적일 만큼 결벽하니까. "

길링검은 허리를 굽혀 그 칼라를 집었다.

"이 칼라는 너무 딱딱해서 마음에 들지 않았던가 보군. 청결한 점은 이를 데 없군. 하여튼 여기엔 자주 드나들었던 모양이야. "

그는 조심스레 칼라를 검사하고 나서 다시 바구니 속에 넣었다.

"자주 드나들었지. "

"하지만 케일리는 무엇 때문에 그처럼 경계했을까? "

그러자 베벌리도 맞장구를 쳤다.

"정말 그래. 무엇 때문에 문을 닫았는지 알 수 없군. 하여튼 자네가 있는 데서는 그 사람의 모습이 보이지 않았겠지? "

"그래, 보이지 않았어. 그렇지만 귀를 기울였다면 소리는 들렸을 거야. 그러면 그는 내가 소리를 들어서는 안될 일을 하고 있었겠군."

베벌리는 기운이 나는 듯 말했다.

"그렇지, 틀림없이 그랬을 거야!"

"대체 뭘까?"

베벌리는 길링검이 이렇게 말하자 얼굴을 찡그리면서 생각해 보았지만 슬프게도 영감이 떠오르는 기색이 없었다.

"신선한 공기라도 쐬기로 하세."

머리를 너무 써서 지쳤던 모양으로 베벌리는 창문을 열고 머리를 내밀었다. 그리고 갑자기 영감이라도 얻은 것처럼 길링검을 돌아다보았다.

"늪에 가 보는 게 어떨까. 아직도 작업이 계속되고 있을 테니까."

그러나 길링검의 얼굴빛을 보고는 입을 다물고 말았다. 길링검은 큰 소리를 질렀다.

"이런 바보, 멍충이! 나야말로 특제품 왓슨이었어! 에에이, 얼간이 같은 녀석! 나처럼 얼빠진 놈이 세상에 또 어디 있겠나!"

베벌리가 놀라서 물었다.

"어떻게 된 건가, 여보게?"

길링검은 창문을 손가락질하며 말했다.

"창문이야, 창문!"

베벌리는 웬일인가 하고 창문을 돌아다보았다. 별로 이상한 점도 보이지 않았으므로 다시 한 번 길링검에게로 눈을 돌렸다. 길링검이 외쳤다.

"창문을 열고 있었어!"

"누가?"

"물론 케일리이지." 길링검은 침착해진 말투로 설명하기 시작했다.

"그는 창문을 열기 위해서 이 방으로 들어왔어. 문을 닫은 건 창문 여는 소리가 들리지 않도록 하기 위해서였지. 그는 창문을 열었어. 나는 들어가서 창문이 열려 있는 걸 보고 이렇게 말했지. '나는 이쪽으로 도망쳤다고 생각합니다.' 그러자 케일리 녀석은 눈썹을 치켜올리면서 이렇게 말하더군. '그건 의문스럽습니다.' 그래서 나는 자신만만하게 말했어. '이 창문으로 달아나면 어디서도 보이지 않으니까요.' 쥐구멍이라도 있으면 들어가고 싶네!"

이것으로 수수께끼는 풀렸다. 지금껏 그의 머리를 사정없이 괴롭히고 있던 문제가 해결된 것이다. 그는 케일리의 입장이 되어 보려고 했다. 길링검의 눈에 처음으로 띈 케일리는 문을 함부로 두들기면서 '열어 주세요!' 하고 소리지르고 있었다. 사무실 안에서 무슨 일이 생겼는지, 누가 로버트를 죽였는지, 케일리는 모든 것을 알고 있었다. 마크가 그 안에 없다는 것, 따라서 창문으로 도망치지는 않았을 거라는 것도 충분히 알고 있었다. 그러나 케일리의 계획으로는 두 사람이 공모했다면 마크의 계획이기도 하지만 마크가 도망쳤다고 생각하게끔 꾸밀 필요가 없었다. 그때 케일리는 '열쇠를 호주머니에 넣은 채' 잠겨진 문을 두들기고 있는 중이었으므로 엄청난 실수를 저질렀다는 것을 깨달았다. 그때 그의 놀라움은 상상하기 어렵지 않다. 창문을 미처 열어 놓지 않았던 것이다!

아마도 처음 얼마 동안은 의아스럽게만 생각했을 뿐일 것이다. 사무실 창문이 열려 있었던가? 물론 열려 있었다…… 그건 확실한가?…… 지금 곧 문을 열쇠로 열고 남몰래 안에 들어가 프랑스 식 창을 열고 다시 소리없이 나온다……? 그럴 만한 겨를이 과연 있을까? 안돼, 언제 하녀가 지나칠는지도 모른다. 무모한 짓이다. 들키면 그야말로 꼼짝할 수 없다. 그렇지만 하녀들이란 본디 느림보들뿐이다. 그들이 시체를 보고 법석대고 있는 틈에 재빨리 창문을 열면 된다. 괜찮아, 어떻게 되겠지. 이렇게 생각하고 있는데 어디서 솟은 것처럼 불쑥 나타난 것이 길링검이었다! 자, 이젠 일이 까다롭게 되었다. 더구나 그 길링검이 창문으로 들어가면 된다는 말을 했다! 하필이면 케일리가 제일 걱정하고 있는 그 창문으로 말이다! 그 순간 케일리가 아연실색한 것은 당연한 일이다. 여기까지 생각이 미치자, 그들이 제일 먼 길을, 그것도 돌아서 달린 이유를 알게 되었다. 그것은 케일리가 길링검의 기선을 제압하는 유일한 기회였다. 먼저 창가로 달려가서 길링검이 오기 전에 창문을 열어 놓고 싶다. 만일 그것이 불가능하다면 확인만이라도 하고 싶다. 아마도 창문은 열려져 있을 것이다. 그는 길링검을 떼놓고 그것을 확인하고 싶었다. 그리고 만일 창문이 닫혀 있다면……어쩔 수 없이 닫혀 있다면 재빨리 혼자서 난데없이 닥쳐온 이 무서운 파멸에서 벗어나야 한다. 그래서 그는 달려갔다. 그러나 길링검도 악착같이 따라갔다. 그들은 함께 프랑스식 창을 열고 사무실로 뛰어들어갔다. 그렇지만 케일리는 아직도 단념하지 않았다. 옆 방에 창문이 있다! 조심조심 길링검이 모르게 열면 되는 것이다.

그리하여 결국 길링검의 귀에는 들리지 않았다. 사실 그는 보기 좋게 케일리에게 속았다. 그리고 열려 있는 창문에 관해 케일리에게 설명해 주었을 뿐더러, 마크가 어찌하여 사무실의 프랑스 식 창문 말고 이 방 창문을 이용했는가 하는 것마저 친절하게 케일리에게 설명해 주었다. 케일리도 그의 설명에 수긍을 했었다. 아마도 그는 이 바보 같은 녀석 보게나 하면서 속으로 무척 웃었을 것이다! 그러나 그가 조금이나마 의문을 품고 있었던 것도 사실이다. 관목숲을 조사하지나 않을까 두려워했다. 왜냐하면 아무도 거기를 지나간 흔적이 없기 때문이다. 후에 케일리가 그럴 듯한 흔적을 만들어 놓고 경감이 수사하기를 기다리고 있었음은 분명하다. 마크의 구두 자국을 남겨 놓으려 했을지도 모르지만 땅바닥이 굳었기 때문에 발자국까지 만들어 놓을 필요는 없었다. 길링검은 몸집이 남달리 큰 케일리가 억지로 자그마한 마크의 구두를 신으려는 광경을 상상하고 미소를 지었다. 발자국을 만들 필요가 없다는 것을 알고 케일리는 아주 기뻐했을 것이다. 그렇다! 창문을 열어두는 것만으로 충분하다. 창문이 열리고 관목숲의 나뭇가지가 한 두 개 부러져 있으면 된다. 그러나 조심조심, 길링검에게 들키면 안된다. 계획대로 길링검의 귀에는 들리지 않았다. 그러나 벽의 그림자가 그의 눈에 띄었다.

베벌리와 길링검은 다시 잔디밭으로 돌아갔다. 베벌리는 멍하니 입을 벌린 채 친구의 해석을 듣고 있었다. 이치에 맞는 생각이기는 하지만 지금까지의 위치에서 한 걸음도 전진한 것은 아니다. 풀어야 할 수수께끼가 하나 더 늘어났을 뿐이다. 길링검이 물었다.

"뭘 생각하고 있나?"

"마크 씨에 대해서. 그는 어디 있나? 사무실에 전혀 발을 들여놓지 않았다고 하면 지금 어디 있다는 건가?"

"사무실에 전혀 들어가지 않았다고는 하지 않았네. 오히려 틀림없이 들어갔을 거라고 생각하지. 엘시가 그의 목소리를 들었다니까."
그리고 그는 잠시 뒤에 되풀이했다.

"엘시가 그의 목소리를 들었네. 그녀는 분명 들었다고 말했어. 만일 그가 거기 있었다면 문으로 나갔겠지."

"그럼, 어떻게 되는 건가?"

"마크는 거기서 어디로 갔는가. 비밀 통로일세!"

"그럼, 지금도 거기 숨어 있을까?"

베벌리가 이 질문을 다시 할 때까지 길링검은 잠자코 있다가 명상을 끝내고 대답했다.

"모르겠네. 하지만 여기에 가능한 해석이 하나 있네. 맞는지 안 맞는지는 모르겠지만……거기까진 알 수가 없지. 나는 무서워졌어. 지금까지 무슨 일이 일어났고, 또 무슨 일이 일어나고 있는가를 생각하면 말일세. 하여튼 그걸 설명하지. 어디 틀린 데라도 있으면 지적해 주게."

그는 다리를 앞으로 펴고 두 손을 호주머니에 깊숙이 넣으며 벤치에 기대앉아, 어제의 사건이 눈 앞에 다시금 전개되는 것처럼 천천히 이야기하기 시작했다.

"마크가 로버트를 살해했을 때부터 시작하지. 과실이라는 것으로 해 두고, 아무튼 그건 과실이었을 거야. 적어도 마크는 그렇게 말할 것임에 틀림없어. 그는 무척 당황했지. 하지만 여기서 알아 둬야 할 것은, 열쇠는 문 밖에 있었다는 것, 또 그가 그걸 이용할 만큼 바보는 아니었다는 점이야. 어쨌든 그는 무서운 입장에 서게 되었어. 로버트와 사이가 좋지 않았다는 건 누구나 알고 있었고, 게다가 방금 자기가 지껄인 협박조의 말도 들은 사람이 있을지 모르는 일이니까. 그래서 그는 어떻게 했겠는가. 마크도 이런 경우에 틀림없이 남들처럼 했을 거야. 그에게는 귀중한 존재, 없어서는 안될 케일리……케일리와 의논하는 일이지.

케일리는 문 밖에 있어. 케일리도 지금의 총소리는 들었을 것이다. 틀림없이 선후책을 그가 가르쳐 주겠지. 문을 열자 케일리도 무슨 일이 생겼나 달려왔어. 그는 간단히 사건을 설명했겠지.

'어떻게 할까, 케이? 어떻게 하면 좋을까? 과실이었어. 정말 과실이야. 형이 나를 협박했어. 내가 쏘지 않았다면 형이 나를 쏘았을 거야. 어떻게 좋은 생각이 없나? 빨리!'

그러자 케일리는 이렇게 말하는 거야.

'여기는 저에게 맡기고 어서 도망치십시오. 뭣하면 제가 쏜 것으로 해도 좋습니다. 뒷일은 모두 제가 처리하겠습니다. 어서 달아나십시오. 빨리 숨어야 합니다. 당신이 방으로 들어가는 걸 본 사람은 없습니다. 굴 속으로 들어가세요. 저도 곧 가겠습니다.'

　믿음직한 케일리, 충실한 케일리! 마크는 힘을 얻었지. 케일리라면 어떻게든 뒤처리를 해줄 것이다. 하녀들한테도 과실이었다고 잘 말해 주겠지. 그 뒤에 케일리는 전화로 경찰에 알리는 거야. 케일리를 의심하는 사람은 없을 테지. 로버트와 사이가 나빴던 적은 한 번도 없었기 때문이야. 그리고 케일리는 굴에 들어가 적당히 처리해 두었음을 보고하면 마크가 골프장 쪽으로 나와 집에 돌아오면 되는 거지. 하녀 한 사람이 소식을 알려 줄 것이다. 뭐, 로버트가 실수로 총을 맞았다구? 그게 정말인가! 안심한 마크가 서재로 들어가고 케일리는 사무실로 돌아와서…… 문을 잠갔어. 그리고 문을 두드리면서 '열어 주세요!' 큰 소리를 지르는 거야."

길링검의 이야기는 끝났다. 베벌리는 그를 보고 머리를 저었다.

"그건 틀린 이야기야. 케일리가 무엇 때문에 문을 두드렸는가?"

길링검은 대답 대신 어깨를 움츠려 보였다.

"그래서?" 베벌리는 말했다. "그 후에 마크는 어떻게 됐나?"

길링검은 또 한 번 어깨를 움츠렸다.

베벌리가 말했다.

"어쨌든 빨리 통로로 들어가 보는 게 좋지 않을까?"

"각오는 되어 있나?"

베벌리는 뜻밖이라는 듯이 말했다.

"되어 있구말구."

"자네는 수수께끼 같은 이야기만 하고 있군."

"미안하네." 길링검은 웃으며 말했다. "나는 공상이 좀 지나친 경향이 있는지도 모르겠어. 하지만 그 편이 차라리 나은데……."

베벌리가 시계를 보며 말했다.

"지금은 안전할 거야. 아직도 늪을 뒤지고 있을 테니까."

"그래도 일단 확인하는 게 좋을 걸세, 빌. 경찰견이 되어 주지 않겠는가. 아주 조용히 기어가는 개처럼 케일리 몰래, 그가 아직도 거기 있는지 없는지를 알아봐주게나!"

"좋아!" 베벌리는 힘차게 일어섰다. "기다리게."

이 말을 듣자 길링검이 갑자기 얼굴을 번쩍 들었다. 그는 큰 소리로 베벌리에게 말했다.

"마크도 그렇게 말했어."

"마크가?"

"엘시가 들은 바에 의하면……."

"아아, 그것 말인가."

"그래…… 그녀가 잘못 들었을 리는 없었겠지? 확실히 그의 목소리였을까?"

"말의 내용은 모르겠지만, 목소리를 잘못 들을 리는 없지."

"그런가."

"마크의 목소리는 특색이 있네."

"그런가."

"좀 높고……뭐라고 하면 좋을까……."

"어떤?"

"이렇지. 더 높을지 모르지만."

높은 마크의 목소리를 흉내내고는 베벌리가 웃으며 말했다.

"거의 비슷했을 거야."

길링검은 끄덕였다.

"그런 목소리인가?"

"틀림없네."

"그런가."

길링검은 일어서서 베벌리의 팔을 힘껏 잡았다.

"케일리의 정찰이 끝나면 곧 일을 시작하세. 나는 서재에 있겠네."

"좋아."

베벌리는 고개를 끄덕이며 늪 있는 데로 걸어가기 시작했다. 유쾌하지 않은가. 인생이란 이런 것이다. 지금 착수하려는 계획보다 더 재미있는 일이 있으리라고는 생각되지 않았다. 우선 케일리에게 몰래 접근해야 한다. 늪에서 100야드 가량 떨어진 언덕에 자그마한 수풀이 있다. 그 뒤로 가서 작은 나뭇가지들이 부러지지 않게끔 조심하면서 엎드린 채 끝머리에까지 가서 아래 모양을 살펴보자. 소설의 주인공은 흔히 이런 짓을 한다. 지금까지 그러한 사람들을 부러워하고 있었는데 지금은 그가 실제로 하게 된 것이다. 정말 유쾌한 이야기가 아닌가.

그리하여 누구한테도 들키지 않고 집으로 돌아가 길링검에게 보고하면 이번에는 비밀 통로의 탐험이다! 또다시 얼마나 유쾌한 일인가! 보물찾기가 아니어서 서운하기는 하지만 무엇인가 틀림없이 단서를 잡아 낼 수 있을 것이다. 비록 아무것도 없더라도 어쨌든 장소가 비밀 통로인 것이다. 앞으로 거기서 무슨 일이 일어날는지 알 수 없다. 그리고 그것만으로 이 감격의 하루가 막을 내리는 것도 아니다. 케일리는 늪 속에 무엇을 던져넣을 작정일까? 권총일까? 아무튼 그를 감시해야 한다. 보라. 얼마나 유쾌한 일인가!

그러나 베벌리보다 나이를 더 먹고, 일이 어렵다는 것도 잘 알고 있는 길링검은 유쾌하기는커녕 공포가 앞섰다. 그러나 흥미가 없지는 않았다. 지금까지도 여러 가지 일을 관찰해 왔지만 모두 아귀가 들어맞지 않은 것 같다. 마치 보석인 오팔(반 투명체인 진주빛 유리)을 보고 있으면서도 그 움직임에 따라 생기는 새로운 빛과 변화하는 광채에 놀라 오팔 자체는 보지 않는 것과 같았다. 너무 가까웠거나 멀었거나, 또는 너무 시선을 집중시켰거나 늦췄기 때문에 모두 실패로 돌아갔다. 그는 끝내 실체를 머릿속에 포착할 수가 없었다. 포착했다고 생각한 순간은 있었지만 곧 사라졌다. 베벌리보다는 세상을 더 잘 안다고 자부했지만, 살인 사건에 부딪치기는 처음이므로 어리둥절하지 않을 수 없었다. 물리치려고 애쓰면서도 여전히 마음을 괴롭히고 있는 것은 세상에 흔히 있는 지각없는 사람이 혈기에 넘쳐 저지른 범행이 아닐 것이라는 생각이었다. 이것은 무엇인가 더욱 무서운 사건임이 분명하다. 그보다 훨씬 무서운 사건이다. 그 진상을 캐내지 않으면 안된다. 그는 다시금 시선을 돌려 봤지만 여전히 초점이 맞지 않았다.

"이제는 생각하지 말자." 집 쪽으로 걸어가면서 중얼거렸다. "당분간은 생각하지 말기로 하자."

이제부터는 오히려 사실과 인상을 줍는 편이 나을 것같다. 어쩌면 찾지도 않았던 사실이 나타나 모든 것을 해명해 줄는지도 모른다.

베벌리의 명연기

베벌리는 헐떡이며 돌아와 케일리가 아직도 늪에 있음을 알려 주었다.

"진흙만 나오고 아무것도 찾지 못한 모양이야." 그는 말했다.

"빨리 와야겠기에 마구 뛰어왔네."

길링검은 고개를 끄덕였다.

"그럼, 이쪽 일을 시작하세. 바삐 서둘러야 되네."

두 사람은 설교집이 꽂힌 책장 앞에 섰다. 길링검이 아셔 목사의 저서를 꺼내고 그 뒤의 단추를 누르자 베벌리가 잡아당겼다. 책장이 두 사람 쪽으로 기울고 벽의 문이 스르르 열렸다. 베벌리가 말했다.

"허어! 정말 좁은 길이군."

그들 앞에 입을 벌리고 있는 것은 1평방 야드쯤 되는 구멍이었고, 벽돌로 만든 난로 같은 모양으로 땅바닥에서 2피트 가량 솟아올라 있었다. 그 벽돌도 한 줄로만 쌓았고 다른 세 면에는 아무것도 없었다. 그냥 구멍이 뻥 뚫여 있을 뿐이었다. 길링검은 호주머니에서 회중전등을 꺼내어 어둠 속을 비춰 보았다.

"보게나." 그는 흥분하고 있는 베벌리의 귓전에다 소곤거렸다. "층계가 달려 있네. 6피트나 밑에."

그는 다시 회중전등의 불빛을 올렸다. 눈 앞의 벽돌 사이에 커다란 쇠고리가 달려 있었다.

"여기에 매달리게 되어 있군" 하고 베벌리는 말했다. "자네 같으면 문제없겠지만, 노리스 양이 용케 해냈군."

그러자 길링검이 말했다.

"케일리가 부축해 줬겠지. 그렇게 생각할 수밖에는……. 하지만 아주 묘한걸."

베벌리가 못 견디겠다는 듯이 불쑥 말했다.

"내가 먼저 들어갈까?"

길링검은 웃으면서 머리를 저었다.

"아냐, 내가 먼저 들어가는 편이 나을 것 같네. 만일의 경우를 생각해서."

"만일의 경우라니, 어떤……?"

"만일……."

흥분한 베벌리는 길링검의 말을 따져 볼 여유도 없었다.

"좋아." 하고 베벌리는 말했다. "그럼, 들어가세."

길링검이 말했다.

"우선 돌아올 수 있는지 없는지를 알아두어야겠네. 여생을 이런 땅밑에서 보내야 한다면 경감에 대해서도 죄송스러운 일이지 않겠나? 그 사람은 마크의 수색만으로도 쩔쩔매고 있는 판인데, 우리들의 행방마저 찾아야 한다면……."

"저쪽으로는 언제든지 나갈 수 있는 것 아닌가?"

"그건 아직 알 수 없네. 시험삼아 내려가 보겠네만 곧 올라오겠어. 나 혼자 탐험하지는 않을 테니 안심하게."

베벌리가 말했다.

"그렇게 해주게."

길링검은 벽돌 위에 앉아서 발을 아래로 드리운 채 얼마 동안 생각하고 있었다. 그러다가 층계를 찾기 위해 회중전등을 어둠 속으로 돌렸다가 이내 호주머니에 넣고는 쇠고리를 붙잡으며 구멍 속으로 몸을 돌렸다. 발이 층계에 닿자 그는 손을 놓았다. 베벌리가 걱정스러운 듯이 물었다.

"괜찮나?"

길링검이 대답했다.

"괜찮네, 층계 밑에까지 갔다가 돌아올 테니까 기다리고 있게."

회중전등으로 발부리를 살펴감에 따라 길링검의 머리가 점점 보이지 않게 되었다. 구멍으로 목을 들이밀고 있는 베벌리의 눈에는 얼마 동안 그 불빛이 보였고 조용히 더듬고 있는 것 같은 발자국 소리도 들려 왔지만, 얼마 뒤에는 인기척이 약간 있을 뿐이라 그는 혼자 남은 것처럼 느껴졌다. 그러나 정확히 말하자면 혼자가 아니었다. 별안간 바깥의 홀에서 사람의 말소리가 들렸다.

"앗!" 베벌리는 소스라치게 놀라며 돌아다보았다. "케일리다!"

생각해내는 속도에 대해서는 길링검을 따르지 못하지만 동작은 뒤지지 않았다. 이것은 생각이 필요한 경우가 아니다. 소리없이 비밀의 문을 닫고 책이 제자리에 있는가 없는가를 살펴야 하며, 다른 책장 앞에서 〈베드민턴〉에 대한 책이건 〈여행 안내서〉건, 아무거나 하느님이 주신 책을 읽고 있는 척할 것. 문제는 어떻게 해야 할 것인가가 아니라 1초라도 더 빨리 해치우는 데에 있었다. 이윽고 문 어귀에서 케일리가 말을 건넸다.

"여기 계셨군요."

"여어!"

베벌리는 사뭇 놀란 듯이 《새뮤엘 테일러 콜리지 전집》 제4권에 묻었던 얼굴을 들었다.

"저쪽 일은 어찌 되었습니까?"

케일리가 물었다.

"저쪽이라니요?"

"늪 말입니다."

베벌리는 이렇게 좋은 날씨에 시집을 들고 있는 자기 자신이 우습게 생각되었다. 그럴듯한 핑계를 꾸며 대야겠다고 그는 골똘히 생각했……. 어떤 한 구절이 문제가 되어 길링검과 논쟁하고 있었던 참이라고 해두면 어떨까? 그렇다, 그것이 좋다. 하지만 어떤 구절로 한다……?

"아니, 아직도 작업 중입니다. 길링검 씨는 어디로 가셨습니까?"

〈늙은 뱃사람〉으로 할까……물이여, 물이여, 물은 아무 데나 있으나……아닌가? 길링검은 어디로 갔느냐구요? 물이여, 물이여, 물은 아무 데나 있으나…….

"길링검 말입니까? 밖에 어디 있겠지요. 저희들은 마을에 가 볼 예정인데 늪에서는 아무것도 찾아 내지 못했습니까?"

케일리가 대답했다.

"네, 하지만 찾아보는 데까지는 찾아보려고 합니다. 수색해 보지 않고서는 마음이 놓이질 않으니까요."

베벌리는 책에 열중하고 있던 것처럼 얼굴을 들면서 "그렇겠지요" 말하고는 다시 눈을 돌렸다. 마침 그 구절이 나온 것 같았다. 케일리가 다가오며 물었다.

"뭘 읽고 계십니까?"

그는 걸으면서 곁눈질로 설교집의 책장을 본 듯했다. 베벌리는 그의 시선을 느끼고 불안해졌다. 실수는 없었을까?

"어떤 한 구절을 찾고 있습니다" 하고 그는 천천히 말했다. "길링 검과 내기를 걸었지요. 잘 아시는 대목일 겁니다. 에에, 물이여, 물은 아무 데나 있으나, 그리고……에에……마실 물은 한 방울도 없으니……."

대체 우리는 그 중의 어느 것에 내기를 걸었을까, 하고 그는 속으로 생각했다.

"정확하게는 '마실 수 있는 물은 한 방울도 없구나'라고 되어 있지요."

베벌리는 놀라서 얼굴을 들었다. 그리고 기쁜 듯이 웃음을 지으며 물었다.

"틀림없이 그렇습니까?"

케일리가 대답했다.

"물론입니다."

"찾아볼 필요가 없어져 다행입니다. 저희들은 그 대목을 걸었지요."

베벌리는 책을 덮고 그것을 다시 제자리에 꽂아 놓고는 파이프와 담뱃갑을 꺼냈다.

"길링검과는 내기를 걸 게 아닙니다. 그는 이런 문제에 관해서는 잘 알고 있으니까요."

여기까지는 성공이다. 아직도 케일리는 여기 있고 길링검은 저기 있지만, 서로 상대방이 있는 곳을 알지 못하고 있다. 하기야 길링검은 문이 닫혀진 것을 보고도 놀라지는 않을 것이다. 그가 내려간 목적은 안에서도 문이 쉽사리 열릴 수 있는가 하는 것을 시험해 보기 위해서이므로, 그 대신 언제 어느 때 문을 밀치는 덜커덕 하는 소리가 들려오고 책장이 앞으로 밀리면서 그 틈으로 길링검의 머리가 나타날는지 모른다. 그때의 놀라움은 굉장할 것이다!

"저희들과 함께 마을에 가시지 않겠습니까?"

베벌리는 성냥을 그으면서 슬그머니 물었다. 그러나 케일리가 응해 주면 큰일이라고 생각하면서 대답을 기다리는 동안의 불안을 숨기기 위해 깊숙이 파이프를 빨아들였다.

"공교롭게 스탠튼에 갈 일이 생겼습니다."

베벌리는 한시름 놓으며 짙은 연기를 내뿜었다.

"그거 매우 섭섭하군요, 자동차로 가시렵니까?"

"네, 곧 자동차가 올 겁니다. 그전에 편지를 써두어야해서요."

그는 책상 앞에 편지지를 꺼냈다. 그것은 비밀의 문을 향하고 있었다. 문이 열리면 영락없이 들킨다. 언제 문이 열리면서 책장이 흔들리는지 알 수 없었다. 베벌리는 의자에 앉아서 생각하기 시작했다. 길링검에게 알려줘야겠다. 하지만 어떤 방법으로, 어떤 신호로 알려준단 말인가? 그렇다, 모스 신호가 좋다. 그러나 길링검은 그걸 알고 있을까? 이런 일이 있을 줄 알았으면 나도 좀 더 똑똑히 배워둘 걸. 군대에 있었을 때 배운 적이 있었지만 통신할 수 있을 만큼 익숙하진 못하다. 아무튼 지금은 통신할 수가 없다. 통신을 하고 있으면 물론 케일리의 귀에 들리게 된다. 한 자 이상은 보낼 수 없다. 나는 어떤 글을 알고 있을까? 길링검에게 알리자면 어떤 글이 좋을까? …… 그는 파이프를 한 모금 빨아들이며 책상 앞의 케일리와 책장의 아서 목사를 번갈아 보았다. 어떤 글이 좋을까? 케일리의 '케'는 어떨까? 과연 그것만으로 길링검이 짐작해 줄 것인가? 통할 수 없을는지도 모르지만 밀져야 본전이니 어디 한 번 해보자. '케'는 어떤 기호였더라? 길고, 짧고, 길고, 길게. 똑——또——똑——똑. '케'——그렇다, 이것이 '케'다. 길링검도 알고 있을 것이다. '케'. 두 손을 호주머니에 넣고 일어서서 콧노래를 나직이 부르면서 그는 방 안을 거닐기 시작했다. 그것은 마치 누군가가——지금은 길링검이지만

——산책하러 가자고 찾아오기를 기다리고 있는 모습이었다. 그리고 케일리의 등 뒤에 놓인 책장으로 돌아가서 책을 두리번거리면서 아무렇지도 않은 듯한 얼굴을 하고 책장을 두드리기 시작했다. 똑——또——똑——똑. 처음에는 잘되지 않았다. 똑——또——똑——똑. 차츰 잘되어 간다.

《새뮤얼 테일러 콜리지 전집》 앞에까지 이르렀다. 이제 곧 길링검의 귀에도 들릴 것이다. 똑——또——똑——똑. 잔디밭에 가지고 나갈 책을 고르느라고 무심코 책장을 두들기고 있는 것 같다. 길링검의 귀에도 들릴까? 아파트에 살고 있으면 옆방에서 파이프의 재를 털고 있는 소리도 들리는 법이다. 똑——또——똑——똑. 케일리의 C야. 케일리가 여기 있다. 제발 거기서 기다려 주게.

"허어! 설교집이라!" 베벌리는 큰 소리로 웃었다.

똑——또——똑——똑

"이런 걸 읽으신 적이 있으신가요, 케일리 씨?"

"네?"

케일리가 놀란 듯 얼굴을 들었다. 베벌리의 눈에는 어쩐지 어색하고 불쾌한 얼굴로 보였다.

"저는 그런 책은 보고 싶지도 않소."

그는 설교집 앞을, 즉 비밀의 문 앞을 지나고 있었지만 여전히 손가락으로 두드리기를 멈추지 않았다.

"제발, 거기 좀 앉아 주시지 않겠습니까" 하고 케일리가 말했다. "만일 운동을 하고 싶으시다면 밖에 나가시는 편이……."

베벌리는 의아스러운 듯이 돌아섰다.

"왜 그러십니까?"

케일리는 감정에 치우친 것을 부끄럽게 여기는 듯이 "실례했습니다" 하고 사과했다. "신경이 안정되지 못해서요. 그 딱딱 두드리는 소리 때문에 그만."

베벌리는 놀란 듯한 표정을 지어 보였다.

"제가 그렇게 두드렸던가요?"

케일리가 대답했다.

"책장을 두드리시고 콧노래를 부르시기도 했습니다. 혼란스러워서
그만……."

"그거 참 실례했군요. 그럼, 홀에 나가 있겠습니다."

"아니, 괜찮습니다."

케일리는 다시 편지를 쓰기 시작했다. 베벌리는 다시 의자에 앉았
다. 길링검이 그 소리를 들었을까? 하여튼 지금은 이대로 케일리가
나가기를 기다리는 수밖에 없었다.

'나는 배우가 될 걸 잘못했어.' 베벌리는 만족스럽게 속으로 중얼거
렸다. '배우로서는 상당한 솜씨인걸.'

1분, 2분, 3분…… 5분. 이제는 안심이다. 길링검은 틀림없이 이
해했으리라. 이윽고 편지를 봉투에 넣으면서 케일리가 물었다.

"자동차가 왔습니까?"

베벌리는 홀에 나가 보고는 "와 있습니다." 외치고서 운전수와 이
야기하기 위해 밖으로 나갔다. 뒤따라 케일리도 쫓아와서 세 사람은
멈춰섰다.

"여어."

갑자기 쾌활한 목소리가 그들의 뒤에서 들려 왔다. 돌아다보니 길
링검이 서 있었다.

"빌, 기다리게 해서 미안하네."

베벌리는 감정을 억누르려 애쓰면서 대수롭지 않게 괜찮다고 말했
다.

"그럼, 떠나기로 합시다." 케일리는 말했다. "당신들은 마을로 가

십니까 ? ”

"그럴 생각입니다. ”

"그럼, 이 편지를 잘랜드한테 보내 주시렵니까 ? ”

"그렇게 하지요. ”

"부탁드립니다. 그럼, 또 다음에. ”

케일리는 고개를 숙이더니 자동차에 올랐다.

베벌리는 대뜸 친구 쪽으로 돌아서면서 "어땠나 ? ” 하고 성급하게 물었다. 길링검은 대답했다.

"서재로 돌아가세. ”

서재에 들어가자 길링검은 털썩 의자에 주저앉았다.

"숨을 좀 돌려야겠네. ”

그는 한참 동안 쉬고 나서 말을 시작했다.

"줄곧 달음박질했어. ”

"달음박질 ? ”

"그래, 어떻게 해서 돌아온 줄 아나 ? ”

"그럼, 저쪽으로 나왔는가 ? ”

길링검은 고개를 끄덕였다.

"들렸네 ! 빌, 자네는 정말 천재야. ”

베벌리는 얼굴을 붉혔다.

"자네한테는 틀림없이 통하리라고 생각했지. 그래, 그것이 케일리라는 것을 알아차렸겠군 ? ”

"그럼, 알구말구. 자네의 명연기 덕분에 살아났어. 하지만 자네는 무척 안절부절못했겠지. ”

"그건 그래. ”

"그래, 어떻게 됐는지 좀 설명해 주게. ”

베벌리는 겸손해 하면서도 자기가 배우로서 훌륭한 솜씨를 가지고 있음을 길링검에게 설명해 주었다.

"훌륭한데!" 다 듣고 나서 길링검은 말했다. "자네는 세계에서 제일가는 왓슨 역일세."

그리고 그는 일어서서 수다스러운 몸짓으로 베벌리의 한 손을 자기의 두 손 안에 쥐었다.

"자네와 내가 힘을 합치면 못할 일이 없을는지도 몰라."

베벌리가 말했다.

"어리석은 소리 작작하게."

"나쁜 버릇이야. 내가 진정으로 이야기하면 자네는 언제나 그렇게 말하지 않는가. 어쨌든 자네 덕분에 살아났네."

베벌리가 물었다.

"돌아오려고 했었나?"

"응, 돌아섰지. 그때 자네가 두드리는 소리를 듣고 망설였어. 문이 닫혀진 걸 보고 수상하게 생각하기도 했네. 물론 안으로 들어간 목적은 안에서도 쉽게 열 수 있는가 하는 걸 시험하기 위해서였지만, 그러나 마지막 순간까지는⋯⋯내가 돌아올 때까지는 자네가 닫을 리가 없다고도 생각되었어. 그러는데 또 두들기는 소리가 들리기에 이건 무슨 일이 있구나 싶어서 잠자코 있었네. 그러다가 문득 '케'라는 걸 알고 케일리가 있다는 것을 깨달았지. 그만 하면 나도 꽤 머리가 좋지? 그래서 저쪽으로 달려가서 돌아온 걸세. 내가 어디로 갔나 케일리가 수상하게 생각할 것 같아서 말일세."

"그럼, 마크는 만나지 못했나?"

"만나지도 못했고, 그의⋯⋯으음, 아무것도 보지 못했어."

"그의⋯⋯?"

길링검은 입을 우물거렸다.

"아무것도 보지 못했어, 빌. 무엇인가 본 것이 있다면, 도중의 벽에 벽장 같은 문이 하나 있었다네. 그리고 그 문은 잠겨 있더군. 만일 무엇이 있다고 하면 거기밖엔 없을 걸세."

베벌리가 물었다.

"그 속에 마크가 숨을 수 있을까?"

"나는 열쇠 구멍으로 불러 보았다네. 나지막한 목소리로, '마크 씨, 계십니까?' 상대방은 아마도 케일리가 불렀다고 생각했을 테지. 하지만 아무 대답도 없었어."

"그런가, 그럼, 다시 한번 조사해 보지 않겠나? 그 문은 열릴지도 몰라."

길링검은 고개를 가로저었다. 베벌리는 낙심한 듯한 얼굴로 말했다.

"그럼, 난 한 번도 못 들어간단 말인가?"

한참 후에 길링검은 다른 일을 물었다.

"케일리는 자동차를 운전할 줄 알겠지?"

"물론이지. 왜?"

"그럼, 운전수를 남겨 두고 스탠튼이든 어디든 아무 데나 갈 수 있겠군?"

"그야 갈 수 있겠지. 간다고 했으니까."

길링검은 일어나며 말했다

"알았네."

베벌리가 말했다.

"여보게, 우리는 마을에 간다고 했고 편지를 보낸다는 것도 약속했으니까 실행해 두지 않으면 재미가 없으리라고 생각하네."

"그렇지…… 그렇게 해두는 게 좋을 걸세."

"잘랜드라는 이름을 어디선가 들은 것 같은데. 아아, 그렇지, 노벨리 미망인의 이야기였어."

"맞았네. 케일리는 그 집 딸한테 잔뜩 열을 올리고 있지. 이것도 그 아가씨한테 보내는 편지야."

"전해 주기로 하세. 만사에 조심해야 하니까."

베벌리는 불만스러운 표정으로 물었다.

"그런데 나는 그 비밀 통로에 들어갈 수 없나?"

길링검은 잘라 말했다.

"그 속에 아무것도 없다는 건 확실하네."

"자네는 감추기를 좋아해. 아무것도 없다면 무엇 때문에 그렇게 안절부절못하고 있나? 나는 자네가 거기서 뭔가를 봤다고 생각하고 있네."

"봤어, 하지만 방금 말한 대로야."

"아니야, 말하지 않았어. 자네는 벽장문 이야기밖에 하지 않았네."

"그렇지, 잠겨 있었어. 무엇이 들어 있을까를 생각하니 무서워지는군."

"조사해 보지 않고선 뭐가 있는지 알 수 없지 않은가."

"오늘 밤엔 알게 되네." 길링검은 베벌리의 팔을 잡고 홀 쪽으로 걸어가면서 말했다.

"우리들의 벗 케일리가 그걸 늪에다 던져넣는 현장을 감시할 테니까."

미망인의 이야기

두 사람은 한길에서 벗어났다. 잘랜드 농장을 향해서 편편한 오솔길이 뻗어 있었다. 길링검은 한 마디도 하지 않았고, 베벌리도 입을 열지 않는 상대에게는 말할 수 없기 때문에 잠자코 있었다. 그러나 아주 조용해진 것은 아니었다. 콧노래를 부르기도 하고, 스틱으로 길섶의 삽주(엉거시 과에 속하는 여러해살이풀)를 건드리기도 하고, 큰 소리를 내며 파이프를 빨기도 했다. 그러나 그도 길링검이 앞으로의 사건에 대비해서 길을 알아내려는 것처럼 끊임없이 뒤를 돌아다보고 있는 것을 알고 있었다. 한길은 변함없이 잘 보였다. 저택의 넓은 정원과 경계가 되는 긴 담장 위에는 가로수가 한 줄로 시원스레 하늘을 향해 뻗어 있었다. 결코 기억하기 어려운 길은 아니었다. 길링검은 또다시 뒤를 돌아다보고는 얼굴에 웃음을 띠었다.

"뭐가 우스워?"

겨우 긴장이 풀렸기 때문에 베벌리가 말했다.

"케일리야. 보지 못했나?"

"뭘?"

"자동차야. 저 한길을 지나갔어."

"아아, 자네는 그걸 기다리고 있었군. 두 번밖에 보지 못한 자동차를 멀리서 알아보다니, 자네는 눈이 굉장히 좋군그래."

"그렇지, 눈은 아주 좋아."

"나는 그가 스탠튼으로 간 줄만 알고 있었는데."

"그것이 그가 노린 점이지."

"그럼, 어디로 갔을까?"

"아마 서재겠지. 아셔 목사와 의논할 셈일 거야. 베벌리와 길링검 두 사람이, 말한 대로 잘랜드 농장으로 떠났는가를 확인한 뒤에."

별안간 베벌리는 길 한복판에 우뚝 멈춰섰다.

"정말인가?"

길링검은 어깨를 움츠렸다.

"그렇다고 생각하네. 그는 우리가 집 안을 마구 돌아 다니는 것이 몹시 골치 아플 거야. 그러니까 우리가 없는 시간은 그에게 아주 귀중한 시간일 걸세."

"뭘 하기 위해서?"

"적어도 놈은 그 사이 안심하고 있을 수 있다네. 우리는 그가 이 사건에 관계하고 있다고 보고 있지. 뭔가 숨기고 있다는 걸 알고 있어. 비록 우리가 그의 거동을 감시하고 있다는 걸 모르더라도 혹시 증거를 잡히지나 않을까 걱정하고 있네."

납득이 간다는 듯이 베벌리는 코를 훌쩍이면서 다시 걷기 시작했다. 파이프에 세게 바람을 불어넣으며 베벌리가 물었다.

"오늘 밤 일은 어떻게 하겠는가?"

풀줄기를 한 개 베벌리에게 건네 주면서 길링검이 말했다.

"풀로 쑤셔 보게."

베벌리는 그것으로 쑤시고 나서 또 한 번 세게 불고는 "됐어." 하며 파이프를 호주머니에 넣었다.

"케일리 모르게 어떻게 집을 빠져나올 작정인가?"

길링검이 대답했다.

"그 점은 신중히 생각하지 않으면 안돼. 꽤 어려운 문제가 되었어. 여관에 묵고 있었더라면 좋았을 걸……. 아아, 저건 노벨리 양이 아닌가?"

베벌리는 얼굴을 들었다. 그들은 이미 잘랜드 농장 옆에까지 와 있었다. 몇 세기나 되는 깊은 잠에서 금방 깨어난 것 같은 고풍스러운 초가집인데, 증축한 듯한 처마가 달려 있기는 했지만 본채와의 조화를 깨뜨리지 않도록 주의가 기울여져 있었다. 이를테면 욕실 한 칸을 지어도 전체적으로는 아무런 변화가 없도록 마음써서, 옛날 그대로의 모습을 간직하도록 하였다. 적어도 외관으로는 분명히 그렇게 말할 수 있었다. 내부에는 노벨리 부인의 개성이 한층 더 나타나 있지 않을까?

"그래, 저 사람이 안젤라 노벨리야." 베벌리가 중얼거렸다. "괜찮지 않아?"

잘랜드 농장의 흰 칠을 한 작은 문 옆에 선 처녀는 괜찮은 정도가 아니라 상당한 미인이었는데, 베벌리가 최상급의 형용사를 남겨두고 싶은 것은 다른 처녀에게 마음을 빼앗기고 있기 때문이었다. 그는 베티 캘러더인을 표준으로 삼고 그 처녀를 감상하고 있는 것이다. 그와 같은 기준에 얽매어 있지 않은 길링검의 눈에는 그녀가 다만 아름다운 처녀로만 비쳤을 따름이었다.

"케일리 씨한테서 편지를 전해 달라는 부탁이 있어서……" 하고 베벌리는 격식대로 악수와 소개가 끝나자 편지를 내밀었다. "이겁니다."

"케일리 씨한테 저 대신 인사의 말씀을 좀 전해 주세요. 뭐라 말씀드렸으면 좋을지 모르겠습니다. 믿을 수 없는 일이에요. 소문과 같은 일이 정말로 일어났다면 말이에요."

그러자 베벌리는 어제의 사건을 간단히 이야기해 주었다.

"어머나…… 그럼, 애블레트 씨의 행방을 아직도 모르고 계시나요?"

"그렇습니다."

그녀는 걱정스럽게 고개를 설레설레 흔들며 말했다.

"남의 일같이만 생각되는군요. 도무지 실감이 안 들어요."

그리고는 어두운 미소를 두 사람에게 던지며 덧붙였다.

"들어오셔서 차라도 드시지요."

"네, 고맙습니다. 그렇지만 저희들은……그……" 하고 베벌리는 갈피를 잡을 수 없는 말투로 말했다. 그녀는 길링검에게도 권했다.

"상관없으시겠지요, 선생님두?"

길링검은 그 말을 받아들였다.

"네, 고맙습니다."

적당한 자격을 갖춘 신사가 방문하면 노벨리 부인은 깍듯이 그들을 환영했다. 그녀의 한평생 일은 사윗감을 고르는 데에 있었으며, '고(故) 존 노벨리 씨의 영양 안젤라는 ○○○ 씨와 혼약이 성립되어 머지 않은 장래에 축복된 결혼식을 올릴 예정'이라는 아름다운 말로 결말이 맺어지면 그때야말로 그녀는 편안히 이 세상을 떠날 수 있게 될 것이다. 그러나 그러한 그녀일지라도 천국보다는 오히려 신혼 살림을 차린 딸의 훌륭한 저택에 초대되기를 바랄 것임이 분명하다. 그러니까 적당한 자격이라는 말은 비단 남편으로서 적당한 자격이라는 뜻만은 아니라는 것을 알 수 있을 것이다. 그러나 오늘 빨강 집에서 온 방문객이 융숭히 환영받은 것은 이 '적당한 자격'과는 상관없는 일이었다. 그녀가 특별한 미소를 던져 주었다고 하더라도 그것은 의식적이라기보다는 도리어 본능적인 것이라고 할 수 있지 않을까. 지금 그녀가 찾고 있는 것은 뉴스——마크에 관한 뉴스였다. 왜냐하면 그녀는 한평생 일의 완성을 마침내 눈 앞에 두고 있는 무렵이었기 때문이다. 만일 〈모닝 포스트〉지의 결혼란에 사망란에 미리 위독 상태가 실리는 것처럼 결혼 예고가 실려 있었다면, 어제의 기사는 세상을 한바탕 떠들썩하게 했을 것이다. 적어도 '고 존 노벨리 씨의 외동딸 안젤라 양은 빨강 집의 주인 마크 애블레트 씨와 최근——노벨리 부인의 결정으로——결혼식을 올릴 예정'이라는 기사에 흥미를 느끼는 사람들 사이에 센세이션을 일으켰으리라고 생각해도 무방하다. 베벌리 역시 스포츠 난을 좇고 있다가 문득 그것을 보았다고 하면 틀림없이 놀라 자빠졌을 것이다. 그녀의 상대는 케일리밖에 없다고 생각하고 있었기 때문이다.

그러나 그 아가씨는 그들 중 아무에게도 흥미를 갖고 있지 않았다. 때로는 그녀도 그것을 부끄럽게 생각해 괴로워했으며, 더구나 마크 애블레트의 경우는 마크가 어머니와 짜고 그녀에게 다가오기 때문에 특히 괴로웠다. 지금까지 어머니가 미소로 환영하던 다른 구혼자들은 모두 이 강적이 나타났음을 보고 어리둥절했다. 마크는 그것을 자기의 매력 때문이라고 해석했던 모양이지만 물론 지나친 생각이었다. 그는 그녀의 어머니와 짜고 그녀를 설득했다. 그렇게 되자 그녀는 아예 관심이 없는 케일리가 차라리 부담이 없었다. 그런데 케일리는 이런 그녀를 오해했다. 케일리가 자기를 사랑하리라고는 상상조차 할 수 없었던 그녀는 뒤늦게 이를 깨닫고 거부하려 했지만 때는 이미 늦었다. 그것은 나흘 전의 일이었는데, 그 뒤로는 죽 그를 피하고 있었던 터에 이제 편지가 왔다. 그녀는 봉투를 여는 것이 두려웠다. 차라리 손님이 있는 동안에는 봉투를 열지 않아도 될 구실이 생겼으니 잠시나마 마음이 놓였다.

노벨리 부인은 두 손님 중에서 길링검이 자기 이야기를 경청해 줄 인물이라는 것을 알아차리고, 차를 마시고 나자 베벌리와 안젤라는 뜰로 나가 버렸기 때문에 길링검은 어느 사이엔가 부인과 나란히 소파에 앉아 지루한 이야기에 귀를 기울여야 할 신세가 되었다. 그러나 부인의 이야기는 그녀 자신이 바라고 있는 이상으로 그에게도 흥미로웠다.

"정말 무서운 일입니다." 그녀는 말했다. "더구나 애블레트 씨 같은 분이!"

길링검은 적당히 맞장구를 쳤다.

"당신도 애블레트 씨를 잘 아시겠지만, 그처럼 친절하고 상냥한 분은……."

그래서 길링검은 애블레트 씨를 한 번도 만난 적이 없다고 설명했다.

"오오, 그러셨지요. 잊고 있었어요. 하지만 길링검 씨, 이런 일에 있어서는 여자의 직감처럼 정확한 건 없어요."

길링검은 동감이라는 듯이 머리를 끄덕였다.

"어미로서의 제 마음도 좀 헤아려봐 주세요."

길링검은 속으로 딸인 노벨리 양의 마음을 생각했다. 알지도 못하는 남을 붙잡고 어머니가 자기의 연애 문제를 늘어놓는다는 것을 안다면 과연 어떤 기분일까를 생각했다. 그러나 여기서는 어머니의 이야기를 귀기울여 듣고 있을 수밖에 없었다. 그리고 사실 귀찮기는커녕 자진해서 듣고 싶을 정도였다. 마크는 약혼하고 있었던가, 그렇지 않으면 약혼하려는 참이었던가? 그것은 어제의 사건과 관련이 있는 것일까? 노벨리 부인은 약혼자의 어머니로서 불량배인 형 로버트를 어떻게 생각하고 있는가? 마크는 형 로버트의 존재가 자기의 결혼에 어두운 그림자를 던지지 않도록 처치해 버린 것이나 아닐까?

"저는 그 사람을 좋아하지 않았어요, 정말!"

길링검은 놀라서 물었다.

"그 사람이라니요?"

"그분의 사촌동생, 케일리 씨 말예요."

"아아."

"길링검 씨도 생각해 보세요. 하나밖에 없는 자기 형한테 총질을 하는 사람에게 어떻게 귀여운 딸을 줄 거라 생각하십니까?"

"설마, 부인?"

"네, 마크 씨는 그런 분이 아닙니다. 정말로 쏘아 죽였다면 그건 다른 사람이 한 짓이에요."

길링검은 의아스러운 눈길을 그녀에게 던졌다.

"저는 케일리 씨를 좋아할 수가 없어요." 노벨리 부인은 결연히 말했다. "좋아지지 않을 겁니다."

길링검은 그렇다고 케일리를 범인이라고 단정할 수는 없다고 생각하고 있었다.

"아가씨와 케일리 씨는 어느 정도 사귀고 계셨던가요?" 길링검은 신중한 말투로 물었다.

"사귄 일이 없습니다." 어머니는 힘주어 말했다. "그건 누구에게나 똑똑히 말씀드릴 수 있어요."

"실례했습니다. 저는 그런 의미로 말씀드린 건……."

"그런 일은 전혀 없습니다. 그건 제가 안젤라를 대신해서 말씀드릴 수가 있어요. 그쪽에서 따라다녔는지는 몰라도."

그녀는 살집이 좋은 어깨를 움츠려 보이며 잠시 말을 끊었다. 길링검은 조용히 앉아서 다음 말을 기다렸다.

"물론 그 사람들을 가끔은 만났었지요. 아마도 그런 때에 그쪽에서 ……아니, 저는 모릅니다. 하지만 저는 어미로서 훌륭히 의무를 다

하고 있어요."

길링검은 그녀를 격려하는 것처럼 끄덕였다.

"저는 그 사람에게 똑똑히 말해 줬어요. 뭐라고 설명하면 좋을까요? 지나친 행동은 삼가라고 주의해 줬지요. 부드럽지만 그래도 솔직히 말했어요."

"그럼." 하고 길링검은 상냥한 말투로 말했다. "부인은 그에게, 애블레트 씨와 아가씨가 어차피……."

노벨리 부인은 연거푸 고개를 끄덕여 보였다.

"그래요, 길링검 씨. 그것이 어미로서 의무니까요."

"옳은 말씀입니다, 부인. 당연한 일이지요. 하지만 말씀하시기 아주 곤란하셨겠습니다. 그 사람의 본심을 확실히 알기 전에는……."

"아니에요. 그 사람은 분명히 딸에게 마음을 두고 있었어요, 길링검 씨. 그건 틀림없어요."

"하지만 아가씨 같은 미인이라면 누구든지 마음이 쏠릴 겁니다." 길링검은 매력적인 미소를 띠며 말했다.

"그리고 케일리도 그런 이야기에는 적지않이 충격을 받았겠지요."

"그래도 미리 말해 두길 잘했다고 생각합니다. 저는 조금이라도 빨리 말해야겠다고 생각했지요."

"그렇지만 그 후에 만나셨을 때엔 퍽 어색하셨겠군요." 길링검은 대수롭지 않은 듯이 말했다.

"네, 그 뒤로는 그 사람도 저의 집에 오지 않았지요. 물론 머지 않아 저의 딸을 빨강 집에서 만나게 되겠지만."

"허어, 그럼 아주 최근의 일이었군요?"

"지난 주일이었지요, 길링검 씨. 저는 적당한 때에 말한 셈이에요."

"호오!" 길링검은 나직이 중얼거렸다. 바로 그것을 알고 싶었던 것이다. 이제 더 앉아 있을 필요도 없어졌다. 혼자서 이 새로운 정세를 검토해 보거나 그렇지 않으면 베벌리를 붙잡고 이야기하고 싶었다. 노벨리 양은 처음 보는 사람에게 어머니처럼 그러한 이야기를 해줄 것 같지 않았지만, 어쨌든 그녀의 이야기도 들어볼 만한 가치가 있을 것이다. 가령 그녀는 케일리와 마크 두 사람 가운데 누구에게 호감을 품고 있는 것일까? 그녀는 과연 마크와 결혼할 생각이었을까? 그를 사랑하고 있었을까. 아니면 케일리를? 혹시 아무도 사랑하고 있지 않았던 건 아닐까? 노벨리 부인 자신의 행동이나 사고방식에 관해서는 지금의 이야기만으로도 충분히 알 수 있고, 필요한 일도 모두 알 수 있었지만, 이번에는 그밖의 일을 그녀 자신의 입으로 직접 들어 보고 싶었다.

"젊은 처녀란 세상을 통 알지 못하는 법이지요, 길링검 씨." 부인은 말했다.

"아무래도 부모가 돌보지 않을 수 없어요. 저는 처음부터 마크 씨가 우리 딸아이한테 꼭 어울리는 사람이라는 걸 알고 있었지요. 당신은 정말 그분을 모르시나요?"

길링검은 다시금 애블레트 씨를 만나본 적이 없다고 말했다.

"정말 신사다운 분이었어요. 풍채도 훌륭하시고. 진짜 벨라스케스 형이었지요. 아니, 반다이크 형이라고 하는 편이 더 좋을까요. 안젤라는 턱수염을 기른 사람과는 결혼하지 않겠다고 하지만 그게 무슨 중요한 일이겠어요."

그녀가 말을 멈추었으므로 길링검이 대신해서 입을 열었다.

"빨강 집은 정말 매력적입니다."

"매력적…… 네, 그래요. 정말 매력적인 집이랍니다. 그렇게 훌륭한 데서도 애블레트 씨의 모습은 더 환해 보인다니까요. 당신은 어떻게 생각하시나요?"

길링검은 여기서 또 애블레트 씨를 만나보는 영광을 누리지 못한 것이 유감이라고 새삼 말하지 않을 수 없었다.

"네, 게다가 문단이니 화단이니 하는 예술 사회의 중심적인 분이었고, 어느 모로 보나 의젓한 분이었지요."

그녀는 무거운 한숨을 내쉬며 얼마 동안 생각에 잠겨 있었다. 그 기회에 길링검이 일어서려니까 노벨리 부인은 또다시 말을 하기 시작했다.

"그리고 그분은 형님 일까지 이야기해 주셨지요. 그래서 저도 그런 일 때문에 마음이 변할 아이가 아니라고 말씀드렸습니다……. 어차피 오스트레일리아에 계시니까요."

"그건 언제 일입니까? 어제였습니까?"

마크가 빨강 집으로 찾아온다는 형의 편지를 받은 직후에 그런 이야기를 했다면, 그 솔직한 행동 뒤에는 엄청난 음모가 숨어 있었다고 보아도 좋지 않을까.

"어제는 아닙니다, 길링검 씨. 어제는……."

부인은 으스스 몸을 떨면서 머리를 저었다.

"그가 아침 나절에 이 댁에 오시지 않았는가 해서."

"아니에요! 그렇지 않습니다. 하지만 길링검 씨, 진정으로 사랑한다면 아침부터 방문하는 분도 계시겠지요…… 아니, 그건 아침이 아니었어요. 안젤라나 저도 그 점은……에에, 사실은 그저께였습니다. 차를 마시는 시간에 들렀었지요."

노벨리 부인의 이야기는 마크와 딸이 이미 약혼했다는 뚜렷한 이야기로부터 차츰 멀어져 갔다. 오히려 안젤라의 마음을 움직일 수 없었고, 안젤라는 이 문제에 냉담했다는 것을 부인 자신이 인정하지 않을 수 없게 되었다.

"그저께 일이었습니다. 마침 안젤라는 집에 없었지요. 하여튼 그애한테 상관없는 일이지만요. 마크 씨는 자동차로 미들스턴에 가시는 길이어서 차 한 잔 마실 사이도 없을 만큼 바빴으니까 그애가 집에 있었다 하더라도…….”

길링검은 멍청하게 끄덕였다. 이것은 새로운 사실이다. 마크는 무엇 때문에 그저께 미들스턴에 갔었는지? 가서는 안된다는 법은 없지만……. 그렇다, 로버트의 죽음과 관계 있는 볼일 때문에 갔을 수도 있다고 할 수 있다. 그는 일어섰다. 혼자 있고 싶었다. 하다못해 베벌리와 둘이서만 있고 싶었다. 노벨리 부인은 생각해볼 만한 많은 자료를 제공해 주었지만, 그중에서도 특히 뚜렷한 것은 케일리에게 마크를 미워할 만한 이유가 있었다는 점이다. 노벨리 부인은 그러한 이유를 가르쳐 주었다. 증오? 아니, 질투라고 해야 할 것이지만 그것만으로도 충분했다.

길링검은 집으로 돌아오면서 친구에게 말했다.

"여보게, 케일리가 이 사건에서 감히 위증죄의 위험을 무릅쓰고 있는 두 가지 이유 가운데 하나가 그에게 가장 중요한 것이기 때문일세. 마크를 구할 것인가, 그를 함정에 몰아넣을 것인가 하는 두 가지 이유가 있었네. 다시 말하면 진심으로 그를 도울 것인가, 아니면 그의 적이 될 것인가 하는 거야. 그런데 지금 우리가 똑똑히 알게 된 건 케일리가 마크의 적이었다는 사실일세.”

"하지만 내 생각으로는.” 베벌리가 항의했다. "연애 문제 정도로 상대를 함정에 몰아넣는다고까지는 생각할 수 없지 않을까.”

길링검은 미소지으며 말했다.

"그런가?”

베벌리는 얼굴이 붉어졌다.

"그렇게 할 수 없다는 건 아니지만, 내가 말하고 싶은 건…….”

"빌, 자네 같으면 상대방을 모함하진 않겠지만, 아무튼 적이 문제를 일으켰을 때 그를 구하기 위해 위증죄마저 범하진 않겠지."

"그건 좀 어려울 거야."

"그러니까 두 가지 중 하나라면 후자의 편이 옳다고 볼 수 있지 않는가."

그들은 하나만 더 가로지르면 넓은 길로 나가게 되는 맨 끄트머리의 널문 쪽으로 왔다. 거기서 발길을 멈춰 널문에 기대어 방금 나온 집 쪽을 내려다보았다. 베벌리가 말했다.

"꽤 좋은 집인걸."

길링검이 말을 받았다.

"분명히 좋은 집일세. 하지만 좀 이상한데!"

"뭐가?"

"현관이 어디 있는 걸까?"

"현관? 방금 자네가 나오지 않았나."

"그렇지만 찻길 같은 것도 보이지 않는걸."

베벌리는 웃었다.

"어떤 사람들에게는 그편이 오히려 더 멋있다고 생각되는 걸세. 그리고 그런 것이 없으니까 값이 싸서 저 사람들이 차지할 수 있었겠지. 그다지 유복한 것 같지 않잖아."

"하지만 짐 같은 걸 실어들일 때엔 어떻게 하나?"

"짐마차가 지나간 자국은 있지만, 자동차는 저편 길까지밖엔 못 들어가나 보구먼."

그는 돌아서서 그쪽을 가리켰다. 그리고 말을 이었다.

"그러니까 주말에나 한 번씩 들르는 부자들한테는 적당치 않네. 그런 사람들이 산다면 무엇보다도 먼저 찻길과 차고를 만들 거야."

"그렇군."

길링검은 쓸쓸히 고개를 끄덕였다. 두 사람은 돌아서 한길 쪽으로 걸어갔다. 그러나 뒷날 길링검은 그때 주고받은 잡담을 상기하면서 큰 의미가 있었음을 깨달았다.

모험 준비

오늘 밤, 케일리가 늪 속에 던지려는 것은 과연 무엇일까? 길링검은 이미 그것을 짐작 할 수 있다. 그것은 말할 것도 없이 마크의 시체였다. 처음부터 그러한 생각이 떠올랐지만 그럴 때마다 애써 지워 버리곤 했었다. 왜냐하면 만일 마크마저 살해당했다면 그것은 아주 계획적인 살인 사건으로 보지 않을 수 없었기 때문이다. 케일리가 정말 그런 짓을 할 수 있을까? 베벌리는 그럴 리가 없다고 하겠지만, 그것은 그가 케일리와 하루 세 번씩 식사를 함께 나누고 농담도 주고받으며 게임을 즐기기도 한 사이이기 때문이다. 그밖에도 베벌리가 부정하는 까닭으로는 그 자신이 냉혹한 살인을 범할 수 있는 사람이 아니며, 또한 남들도 역시 자기와 같은 인간이라 믿고 있다는 점이다. 그러나 길링검에게는 그와 같은 꿈이 없었다. 살인 사건은 세상에 얼마든지 있으며, 여기서도 일어났다. 그 증거로 로버트의 시체가 있지 않는가. 제2의 살인이 일어나지 않는다고 어떻게 확언할 수 있는가? 어제 오후, 마크는 과연 사무실에 있었을까? 오직 하나의 증거는——그밖에 케일리의 증언도 있지만 그는 제쳐놓고——엘시의 증언이다. 엘시는 주인의 목소리를 들었다고 단언했다. 그리고 그의 목소리는 매우 특색있다고 베벌리가 말했다. 따라서 그 목소리는 쉽사리 흉내낼 수 있는 것이다. 베벌리가 흉내낼 수 있는 것이라면 케일리도 역시 하지 못할 까닭이 없다. 그러나 아무튼 이것은 그와 같은 계획적인 살인이 아닐지도 모른다. 케일리와 마크는 그들이 모두 구혼하고 있는 노벨리 양 때문에 어제 오후 서로 다퉜는지도 모른다. 그리하여 앞뒤를 생각하고 했는지 제 정신을 잃고 했는지, 어쨌든 케일리가 마크를 죽였다. 아니면 마크가 격투하다가 잘못되어 죽었는지도 모른다. 비밀 통로 안에서 이러한 사건이 벌어진 것이라고 생각해 보자. 시간은 2시쯤이었고, 케일리가 일부러 마크를 그곳으로 꾀어냈건 마크가 먼저 말했건 그것은 상관없다. 마크가 항상 비밀 통로를 즐기고 있었다는 것으로도 능히 상상할 수 있다. 케일리는 눈앞에 가로놓인 시체를 보고 있는 동안에 목 언저리에 밧줄이 감겨오는 듯한 생각이 들었을 것이다. 위기를 모면할 방법을 생각하다가 그것과는 아무런 관계도 없이 로버트가 이날 오후 3시에 집으로 찾아온다는 것이 머리에 떠올랐다. 무의식적으로 시계를 보았다. 30분⋯⋯.

30분의 여유밖에 없다. 바쁘게 처리 방법을 생각하지 않으면 안된다. 굴 속에 시체를 묻고, 마크는 형의 방문을 겁내어 자취를 감췄다고 꾸미면 어떨까? 그러자면 아침 식사를 드는 자리에서 그가 한 말과 들어맞지 않는다. 마크는 귀찮은 형의 귀향에 당혹해 하는 것 같았지만 겁내는 눈치는 없었다. 그렇다, 그것은 근거가 너무 빈약하다. 그러면 마크가 실제로 형을 만나 두 사람 사이에 격투가 벌어진 것으로 해 두면⋯⋯그렇게 하면 마크가 로버트의 손으로 살해된 것처럼 보이게 할 수도 있다.

길링검은 굴 속에서 사촌형의 시체를 바로 눈앞에 두고 이렇게 생각하고 있는 케일리를 상상해 보았다. 로버트가 살아 있으면 부정할 테니까, 그를 범인으로 만들어내기는 어려운 일이다. 그러나 만일 로버트가 죽었다면?

그는 또 시체를 본다. (25분밖에 없다.) 로버트도 죽어 버렸다고 하면 어떻게 될까? 로버트는 사무실에서 죽고 마크는 비밀 통로에서 죽는다. 그것은 이야기가 되지 않는다. 터무니없는 넌센스다! 그러나 두 사람의 시체를 같은 곳에 두고…… 로버트의 죽음을 자살로 보이게 하면……? 그러나 그런 짓을 할 수 있을까?

이것도 우스운 이야기다. 너무 어렵다. (20분밖에 남지 않았다.) 20분 안에 그런 짓을 할 수 있겠는가. 자살로 꾸민다는 것도 지금은 불가능하다……19분…….

그러자 별안간 어떤 영감이 떠올랐다! 로버트가 사무실에서 죽고 마크의 시체가 굴 속에 숨겨져 있다고 하면 로버트를 범인으로 꾸며 놓기는 불가능할지라도 마크를 범인인 것처럼 조작하기는 별로 어렵지 않다. 로버트가 죽고 마크가 실종됐다. 그렇다, 이렇게 하면 영락없이 들어맞는다. 마크가 로버트를 죽였다, 실수로. 그렇다! 그것이 가장 자연스럽다. 그리고 달아났다, 갑자기 겁이 나서……. (그는 또 시계를 본다. 15분. 이제는 당황할 필요가 없다. 시간은 충분하다. 모든 일은 자연스럽게 되어갈 것이다.)

그러나 길링검은 과연 이것이 진실일까를 생각했다. 그것은 지금까지 알고 있는 사실과 잘 들어맞는다. 또한 그날 아침 그가 베벌리에게 이야기한 다른 견해와도 꼭 들어맞는다. 베벌리가 말했다.

"다른 견해라니?"

그들은 잘랜드에서 사냥터로 들어가 이미 경감과 인부들의 모습이 사라진 늪 위 수풀 속에 앉아 있었다. 베벌리는 어이없다는 듯이 가끔 "호오!" 감탄하면서 길링검의 이야기에 귀를 기울이고 있을 뿐이었다.

"빈틈없는 놈이군, 케일리라는 친구는." 이것이 베벌리가 중얼거린 유일한 의견이었다. "다른 견해라는 건?"

"그건 이렇네. 마크가 과실로 로버트를 죽이고 케일리와 의논하네. 케일리는 그를 굴 속에 숨겨 두고 밖에서 사무실을 잠그고는 문을 두드렸다는 거지."

"아아, 그런가. 하지만 자네는 그걸 이상하게 생각하던데. 내가 요점이 뭐냐고 물어도 대답조차 하지 않았잖아."

그는 얼마 동안 생각하더니 다시 말을 이었다.

"그럼, 케일리는 마크를 배반하여 마크를 일부러 범인처럼 보이고 있다는 건가?"

"생사 여부는 말할 수 없지만, 마크를 굴 속에서 만나게 될 거라고 말하고 싶었어."

"지금은 그렇게 생각하고 있지 않나?"

"지금은 분명히 굴 속에 시체가 있다고 생각하고 있네."

"나중에 케일리가 들어가서 죽였다는 건가. 자네나 경감이 도착한 뒤에?"

"그렇게는 생각하고 싶지 않네, 빌. 그건 너무나 잔혹한 일이야. 케일리라면 못할 일도 아니겠지만 나는 그렇게 생각하고 싶진 않네."

"그렇지만 자네의 다른 견해도 퍽 잔혹한 것이 아닌가. 자네 의견대로라면, 그는 사무실에 들어가서 15년 동안이나 만나지 않았고, 그리고 또 사이가 나쁠 리도 없는 사람을 사살했으니까!"

"그건 그렇지. 하지만 그건 자기 목숨을 살리기 위한 것이었으니까 다르네. 내 견해는 이렇지. 케일리는 노벨리 양 때문에 마크와 다투다가 감정이 북받쳐 마크를 죽이고 마네. 그 뒤의 일은 모두 케일리가 자기 방어를 위해 한 것이라는 생각일세. 자기 방어라 괜찮다는 건 아니지만 그의 입장은 이해할 수도 있다는 거지. 마크의 시체는 지금 굴 속에 있네. 아마 어제 오후 2시 반쯤부터 거기에 있었을 거야. 그리고 케일리는 오늘 밤에 그걸 늪에다 던지려는 걸세."

베벌리는 옆의 이끼를 뜯어서 한두 번 멀리 던지고는 천천히 말했다.

"자네 말이 옳을는지도 모르겠지만 아직은 추측에 불과하겠지."

길링검은 웃었다.

"그건 물론이지. 그 추측이 들어맞는지 안 맞는지 오늘 밤에 알 수 있네."

"오늘 밤인가?" 그는 말했다. "그럼, 오늘 밤엔 아주 재미있겠군. 우리는 어떻게 해야 할까?"

길링검은 잠시 머뭇거리고 있더니 "응당 경찰에 알려야겠지" 하고 얼마 뒤에 말했다. "그러면 그 양반들이 오늘 밤에 늪을 감시해줄 테니까."

베벌리는 싱글벙글 웃으면서 말했다.

"그럴 거야."

"하지만 우리 의견을 경찰에게 이야기하는 건 시기상조라 생각되네."

그러자 베벌리가 점잔을 빼면서 말했다.

"그럴 테지."

길링검은 문득 미소를 지으며 상대방의 얼굴을 쳐다보았다.

"마음대로 말하게나. 오늘 밤의 연극은 우리가 나서야할 장면이니까 좀 즐겨도 상관없겠지."

"나도 찬성일세. 그럼, 오늘 밤에는 경찰 신세를 지지 말고 우리들만으로 하도록 하세."

"그 양반들이 없다는 건 좀 서운한걸." 베벌리는 슬픈 듯한 얼굴로 말했다. "그렇지만 차라리 그편이 나을지도 모르지."

그러자면 고려해야 할 두 가지 문제가 있었다. 하나는 케일리 몰래 집에서 빠져나와야 한다는 것, 또 하나는 오늘 밤 케일리가 늪에 던져넣은 것을 다시 건져 낸다는 것이었다.

"우선 케일리의 입장에서 생각해 보세." 길링검이 말했다. "현재 그는 우리가 감시하고 있다는 건 알지 못하더라도 우리를 경계하고 있음이 확실하네. 물론 집 안에 있는 사람은 모두 경계하고 있겠지만 특히 우리 두 사람에게 신경을 쓰고 있네. 그건 우리가 다른 사람들보다 영리하기 때문이지."

파이프에 불을 붙이기 위해 그는 말을 끊었는데, 그 사이에 베벌리는 스티브즈 부인보다 영리하게 보이도록 얼굴을 긴장시켰다.

"그가 오늘 밤, 우리한테 들키지 않도록 하면서 뭔가를 숨기게 될 텐데, 어떤 방법을 쓸 것 같은가?"

"일을 시작하기 전에 우리가 잠이 들었는지 확인할 걸세."

"그렇겠군. 침실에 들어와 담요를 덮어주면서 기분이 어떠냐고 물을 테지."

"그러면 곤란한데." 베벌리는 말했다. "침실문을 잠가 버릴까. 그러면 없어져도 알 재간이 없을 거야."

"자네는 지금까지 문을 잠그고 잔 적이 있었나?"

"없네."

"그럼, 안되지 않는가. 케일리도 그 정도는 알고·있네. 아무튼 그가 문을 두드렸을 때 자네가 대답하지 않는다면 어떻게 생각하겠나?"

베벌리는 할 말이 없는 듯 입을 다물고 있더니 "어떻게 하면 좋을지 통 모르겠는걸." 한참 생각한 뒤에 말했다. "일을 시작하기 직전에 그가 우리들을 살피러 온다면 우리가 앞질러 숲에 갈 여유는 없는 거지."

"그의 입장이 되어 생각해 보세." 길링검은 파이프를 피우며 말했다.

"시체인지 뭔지는 모르지만 그는 굴 속에 뭔가를 감추고 있네. 설마 그걸 들고 2층으로 올라와 우리의 모양을 살피는 짓은 하지 않겠지. 먼저 우리의 모양을 살핀 다음에 시체를 끌어내려고 굴 속에 들어갈 거야. 그러니까 시간 여유가 없진 않네."

"흐흥……." 베벌리는 미심쩍다는 듯이 콧소리를 냈다. "하지만 그것은 너무 단순한데."

길링검이 다시 말했다.

"가만 있게. 놈이 굴 속에 들어가서 시체를 꺼내고 나면 그 다음엔 어떻게 하리라고 생각하나?"

베벌리는 서슴지 않고 대답했다.

"다시 나오겠지."

"어느 쪽으로?"

깜짝 놀라서 베벌리는 엉거주춤 허리를 폈다.

"아니 그럼, 자네는 그놈이 그렇게 먼 구기장으로 나온다는 건가?"

"글쎄, 그렇게 생각지 않나? 잔디밭은 집 안에서 환히 내다보인단 말일세. 한밤중에 시체 같은 걸 끌어안고 그런 곳을 지나갈 수 있겠는가. 잠이 들지 않은 사람이 창문으로 바깥의 광경을 바라보고 있지 않는다고도 할 수 없거든. 알겠나, 그는 생명의 위험을 느끼며 늘 겁내고 있는 사람이야. 더구나 오늘 밤은 달밝은 밤일세. 여러 개의 창문에서 감시를 받으면서 밝은 달밤에 뜰을 지나갈 만큼 담이 크진 못할 거야. 그러나 다른 방법이 없는 것도 아니지. 구기장 쪽으로 나가기만 하면 집에서는 볼 수 없으니까 안전하게 늪으로 갈 수 있을 거란 말일세."

베벌리는 고개를 끄덕였다.

"거참 그럴 듯하군. 그렇게 되면 우리한테도 얼마쯤 시간 여유가 생기겠군. 그 다음엔 어떻게 하나?"

"그가 뭘 던졌는지 늪에다 던져넣는 걸 정확하게 봐둬야지."

"우리 손으로 건져 내기 위해서?"

"던져넣은 것이 무엇이라는 걸 알면 서둘러 건져낼 필요는 없네. 내일 경감이 와서 건져내도록 하면 되니까. 하지만 무엇인지 짐작할 수 없을 때는 우리가 어떻게 해서라도 건져내지 않으면 안되네. 경찰에 알려야 할 만한 가치가 있는지 없는지 알아봐야 하니까."

"흐흥……." 베벌리는 얼굴을 찡그렸다. "하지만 물이라는 건 모두 같아서 표시를 해둘 수 없단 말이야. 자네는 거기까지 생각해 보았나?"

"물론이지." 길링검은 미소를 지으며 말했다. "하여튼 가 보세."

두 사람은 수풀 끝머리까지 나와 드러누운 채 물끄러미 눈 아래의 늪을 바라보고 있었다.

이윽고 길링검이 말했다.

"봤나?"

베벌리가 되물었다.

"뭘?"

"저편의 울타리 말일세."

"그게 어떻게 됐길래?"

"그것이 도움이 된다는 거지."

"……하고 셜록 홈즈는 수수께끼처럼 말했다." 베벌리가 익살을 부렸다. "그리고 다음 순간 그의 친구 왓슨은 그를 늪 속에 던졌다."

길링검은 소리내어 웃었다.

"내가 모처럼 셜록답게 하고 있는데, 자네가 장단을 맞춰주지 않는 다면 좀 곤란하지 않은가."

그러자 베벌리가 다정스레 물었다.

"그럼, 묻겠는데 홈즈, 저 울타리가 무슨 도움이 되는가?"

"저것으로 위치를 알 수 있네. 알겠나?"

"위치에 대한 강의라면 그만두게."

"강의를 할 생각은 없어. 하지만 자네가……"

길링검은 위를 쳐다보았다. 그리고 그는 다시 말을 이었다.

"이 소나무 아래 누워 있는 걸세. 그러면 케일리가 낡은 보트를 타 고 나타나거든. 그리고 들고 온 걸 던져넣겠지. 자네는 여기서 보 트에 직선을 긋고 그 직선을 저편 울타리까지 연장시키게. 가령 그 걸 끄트머리에서 열 다섯 개째의 말뚝이라고 해두면 나는 나대로 다른 나무 아래서 목표를 정한단 말일세. 그 나무는 이제 곧 찾아 놓겠지만. 그리고 내가 노린 말뚝은 스무 개째라고 해 두지. 이 두 개 선의 교차점이 독수리 떼가 모여들 장소야. 그리고 이건 잊을 뻔했지만 두 사람 중에서 키가 큰 베벌리라는 독수리가 솜씨있는 다이빙을 실연해야 하네. 밤마다 서커스에서 하고 있는 것 같은."

베벌리는 걱정스럽게 상대방을 보았다.

"정말인가? 여긴 물이 굉장히 더러운데."

"그럴 것 같네. 하지만 어쩔 수 없지."

"물론 우리들 중 누군가가 해야 하겠지만, 아무튼 나는 좋아, 밤에 도 더울 테니까."

"헤엄치기엔 다시없이 좋은 밤이야." 길링검은 싱긋 웃으며 일어섰 다. "그럼, 목표로 삼을 나무를 찾기로 하세."

두 사람은 늪가에까지 내려와 뒤를 돌아다보았다. 베벌리의 나무는 다른 나무들보다 50피트나 높기 때문에 한눈에 알아볼 수가 있었다. 그러나 그 수풀의 저편 끝머리에도 그다지 높지는 않지만 역시 눈에 잘 띄는 나무가 한 그루 있었다.

"나는 저것으로 하겠네." 길링검은 그 나무를 가리키면서 말했다. "부탁이야, 말뚝 수를 잊지 말게."

"주의는 고맙네만 건망증이 좀 심해서 어떨는지." 베벌리는 정직하게 말했다. "나도 오늘 밤 줄곧 물 속에서 지내긴 싫어."

"자네가 있는 장소와 물이 튀긴 점을 직선으로 잇고 저 끝의 말뚝을 끝에까지 반대로 세어야 되네."

베벌리는 힘차게 말했다.

"알았어, 맡겨 두게. 그만한 일이라면 나도 자신이 있네."

그러자 길링검이 웃으면서 말했다.

"그런 자신감으로 다음 일도 부탁하네."

시계를 보니 만찬을 위해 옷을 갈아입어야 할 시간이 다가오고 있었다. 그들은 함께 집 쪽으로 돌아갔다.

"마음에 걸리는 일이 한 가지 있네" 하고 길링검은 말했다. "케일리의 침실은 어디인가?"

베벌리가 대답했다.

"내 방 옆일세. 왜 그러는가?"

"그럼, 늪에서 돌아와서 다시 한번 자네 방을 열어 볼는지도 모르겠군. 깨우진 않겠지만 지나가다가 들여다볼걸."

"나는 없을 텐데. 그 무렵엔 늪 속에서 흙탕물을 마시고 있을걸."

"그렇지…… 침대에 뭔가를 올려놓고 자네처럼 보이도록 할 수 없을까? 베개를 파자마로 싸서 소매를 담요 위에 내놓고 머리맡에 양말 따위를 놔 두면 어떨까. 요령을 알겠지? 그래야 놈은 자네가 편안히 자고 있다고 생각해서 안심할 거니까."

베벌리는 껄껄대면서 말했다.

"문제없어. 그런 일이라면 잘하지. 완전히 속일 수 있네. 그런데 자네는 어떻게 하겠나?"

"내 방은 맨 끝에 있으니까 두 번 다시 들여다보지는 않을 테지. 처음에 왔을 때 깊이 잠들어 있는 모습을 보여 주겠어. 하지만 될 수 있는 대로 조심할 필요는 있네."

그들은 집으로 돌아왔다. 케일리는 홀에 있었는데, 그들의 모습을 보고는 시계를 꺼내보며 말했다.

"옷 갈아입으실 시간이십니까?"

"네." 베벌리가 대답했다.

"편지를 전하셨습니까?"

"전해 드리구말구요. 게다가 차를 대접받았습니다."

"그랬던가요." 그는 눈길을 돌리면서 조용하게 말했다. "그분들은 안녕하시겠지요?"

"물론이지요. 안부를 전해 달라는 부탁이었습니다. 당신을 무척 동정하고 계시더군요. 여러 가지로."

"그렇습니까."

베벌리는 상대방의 다음 말을 기다렸으나, 아무 말도 하지 않으므로 돌아서서 길링검에게 2층으로 올라가자고 말하고는 총총히 걸음을 옮겨 놓았다.

"준비를 잘해 두게."

"걱정 말게. 식당에 가기 전에 내 방으로 와 주게."

"알았어."

길링검은 침실에 들어서자 문을 닫고 창가로 다가갔다. 창문을 열고 바깥을 내다보았다. 그 침실은 뒷문 바로 위에 있었다. 사무실의 벽은 잔디밭을 향하여 다른 부분보다도 앞으로 나와 있는데, 그것이 마침 이 방의 왼쪽으로 되어 있었다. 따라서 뒷문 윗부분에 내려서면 땅바닥에 간단히 뛰어내릴 수 있다. 도로 올라오기는 그처럼 쉽지 않았지만 수도관이 도움될 듯싶었다.

옷을 갈아입고 나자 베벌리가 들어왔다.

"마지막 지시를 들어 둬야겠네."라고 말하며 그는 침대에 앉았다.

"그런데 식사 뒤엔 뭘 할까? 식사 직후에 말이야."

"당구가 어떨까?"

"좋아, 마음대로 하게."

"너무 그렇게 큰 소리 내지 말게나." 길링검은 목소리를 죽이며 말했다.

"이 근처의 방은 모두 홀 위에 있네. 케일리가 지금 홀에 있잖은가." 그리고 상대방을 창가로 데리고 가며 말했다.

"밤에는 이리로 나가기로 하세. 층계를 내려가는 건 위험해. 여기는 걱정없네. 신발은 테니스화가 좋을걸."

"알았어, 자네와 단둘이 있을 수 없게 될는지도 모르니까 묻겠는데, 케일리가 살피러 오면 어떻게 할까?"

"그건 간단하게는 말할 수 없겠는걸. 될 수 있는 대로 자연스럽게 해야지. 가볍게 노크하고 들여다보는 경우에는 잠든 척하게. 서투르게 코를 골지는 말고. 하지만 만일 그놈이 큰 소리라도 내게 되면 깨어난 것처럼 눈을 비비게. 내 방에 들어와서 뭘 하려는 건가 하는 표정으로. 그건 요령껏 하게나."

"알았어. 그리고 내 대용품은 미리 만들어서 침대 밑에다 감춰 두겠네."

"그렇게 해주게…… 일단 우리는 침대에 누워 있는 편이 좋아. 옷을 갈아입는데는 그다지 시간이 걸리지 않을 테니까. 게다가 그놈한테 굴 속에 들어갈 시간 여유도 줘야지. 그런 다음에 내 방으로

와 주게."

"알았어……. 자네, 준비는 다 되었나?"

"응."

그들은 나란히 아래층으로 내려갔다.

베벌리, 늪 속으로 들어가다

케일리는 그날 저녁 퍽 상냥했다. 식사가 끝나자 바깥으로 산책하러 나가자고 권했다. 세 사람은 별로 말도 하지 않고 정면의 자갈길을 왔다갔다하고 있었는데, 끝내 베벌리는 참을 수가 없었다. 스무 번이나 왔다갔다한 뒤에 이제는 집으로 들어가나 하고 걸음을 늦췄더니, 케일리는 두 사람은 아랑곳없다는 듯이 또 저쪽으로 걸어갔다. 마침내 베벌리는 결심했다.

"당구라도 좀 하지 않겠나." 하고 그들에게서 물러서면서 베벌리가 말했다. 길링검이 케일리에게 물었다.

"당신은 어떻습니까?"

"구경하겠습니다."

케일리는 이렇게 말했다. 그리고 두 사람이 한 게임 끝내고 또 한 번 하는 것을 옆에 서서 물끄러미 바라보고 있었다. 그 뒤 셋은 홀에 가서 술을 마셨다.

"그만 자기로 하지" 하고 베벌리는 술잔을 내려놓았다. "길링검, 자네도 자러 가겠나?"

"그러지." 길링검은 끄덕이며 술잔을 들고 케일리를 보았다.

"저는 할 일이 좀 있어서요" 하고 케일리가 말했다. "어서 먼저 올라가시지요."

"그럼, 안녕히 주무십시오."

"안녕히." 베벌리는 층계를 거의 다 올라가서 말했다. "잘 자게, 길링검."

"잘 자게."

베벌리는 시계를 보았다. 11시 반이었다. 앞으로 한 시간쯤은 아무 일도 생기지 않을 것이다. 옷장 서랍을 열고 탐험용 옷은 어느 것으로 할까 하고 생각했다. 잿빛 바지, 플란넬 셔츠, 그리고 검은 웃옷. 수풀 속에 엎드려 있어야 하니까 스웨터도 필요하리라. 그리고⋯⋯ 그렇지, 타월도 있어야 한다. 그걸 배에다 두르는 편이 좋겠다⋯⋯ 아아, 또 테니스화도⋯⋯ 됐어! 준비는 다 되었다. 이번에는 나, 베벌리의 대역을⋯⋯.

침대에 드러눕기 전에 또 한 번 시계를 꺼내 보았다. 12시 15분. 얼마 뒤에나 케일리 녀석이 나타날까? 불을 끄고 파자마를 입은 채 문어귀에 서서 눈이 어둠 속에서 익숙해지기까지 잠자코 있었다⋯⋯ 구석에 있는 침대가 어렴풋이 보였다. 케일리는 문어귀에서 들여다보며 확실히 잠이 들었는지 좀 더 밝은 빛으로 보려하지 않을까? 베벌리는 창문의 커튼을 조금 걷었다. 이 정도면 대체로 좋지 않을까. 대용품을 침대에 밀어넣고 다시 한번 살펴보자. 얼마 뒤에 케일리가 나타날까? 그가 늪의 일을 착수하기 전에 우리가 잠들기를 기다리고 있는 것은 아니겠지. 두 사람이 각각 침실에 들어가 있는 것을 확인만 하면 마음을 놓을 것이다. 케일리의 일은, 까다로운 그들이 집 안에 버티고 있는 이상 그 친구들의 주의를 끌지 않도록 조심하는데 있다. 그러나 손님들의 상황을 확인하기 위해서 살피고 엿보는 정도가 아니라 잠드는 것을 기다려야 한다. 아무튼 결과는 같은 일이어서, 요컨대 케일리는 그들이 잠들기를 기다릴 것이다…… 잠들기까지…… 잠들기까지…….

베벌리는 비상한 노력으로 걷잡을 수 없이 덮쳐오는 졸음을 물리치려고 했다. 이래선 안된다. 잠이 들면 끝장이다…… 잠이 들면…… 잠이 들면…… 그러다가 갑자기 정신이 들었다. 케일리는 처음부터 찾아올 생각이 없었던 게 아닐까! 가령 케일리는 우리를 의심하지 않고 우리가 침실에 올라가자마자 굴 속에 숨어들어갔다면 어떻게 될까. 지금쯤 이미 늪에서 비밀의 물건을 물 속에 던져넣고 있지 않을까. 큰일났다! 큰 실수다! 무엇 때문에 길링검 녀석은 이처럼 중대한 위험을 무릅쓰려고 했을까? 케일리의 입장에서 생각하려고 했겠지. 하지만 그게 그렇게 생각대로 되는가. 우리가 모두 케일리는 아니니까…… 지금쯤 케일리는 유유히 늪에 나타났을 것임이 분명하다. 그렇다면 그가 무엇을 늪에 넣는지 알 수 없지 않은가.

아차…… 누군가 문 밖에 있는 것 같다. 잠든 척해야지. 이렇게 하면 자연스럽겠지. 좀 더 숨소리를 내는 편이 나을 성싶다. 나는 자고 있는 것이다…… 문이 열리기 시작했다. 발치에서 그런 기척이 느껴진다…… 하지만 케일리가 만일 우리의 예상대로 살인자라면! 지금 여기서 사나운 짓을 하지 않는다고도 할 수 없다. 아니야, 그런 걸 걱정하는 놈이 어디 있어. 그렇게까지 걱정이 되면 돌아누워 엿보게나. 그렇지만 돌아누울 수는 없다. 나는 잠들어 있는 것이다. 하지만 왜 문을 닫지 않을까? 케일리는 어디 있을까? 발치에 있나? 손에 뭔가를 들고……. 아니, 부질없는 생각은 하지 말자. 자고 있는 거다. 그러나 문은 왜 닫히지 않을까?

문이 닫히기 시작했다. 침대에 누워 있는 자의 입에서 한숨이 새어나왔다. 저도 모르게 새어나온 안심의 탄식이었다. 그러나 그것도 매우 자연스럽게 생각되었다. 깊이 잠든 사람의 입에서 간혹 새어나오는 숨소리 같았기 때문이다. 그것을 더욱더 자연스럽게 보이기 위해 그는 또 한 번 같은 숨소리를 내보였다. 이윽고 문이 완전히 닫혔다. 베벌리는 천천히 숫자를 100까지 세었다. 그리고 일어나서 되도록 빨리, 소리없이 옷을 갈아입었다. 자기 대역을 맡을 물건을 침대에 놓고 파자마를 입히고는 문 옆에 서서 바라보았다. 방 안의 어둠도 지나가다가 얼핏 들여다보기에는 알맞다. 그는 조용히 그리고 천천히 문을 열었다. 복도는 조용했다. 케일리의 침실문 틈에서 불빛도 새어나오지 않았다. 조용히 그리고 주의깊게 그는 복도를 지나 길링검의 방으로 걸어갔다. 문을 열고 안으로 들어갔다. 길링검은 아직도 침대 위에 누워 있었다. 그를 깨우려고 베벌리는 침대에 다가서다가 급작스레 발을 멈췄다. 심장이 방망이질을 한다. 어딘지 방 안에서 인기척이 났다.

"괜찮네, 빌."

속삭이는 듯한 목소리가 들리며 커튼 속에서 길링검이 나타났다. 베벌리는 아무 소리도 하지 않고 그를 바라보았다.

"어떤가, 빌. 그럴 듯하게 되어 있지."

길링검은 가까이 와서 침대를 가리켰다. "어서 떠나세. 빠를 수록 좋아."

그가 먼저 창문으로 나갔다. 베벌리는 말없이 뒤를 따랐다. 그들은 소리내지 않고 무사히 땅바닥에 내려서자, 재빨리 잔디밭을 건너 울타리를 넘어서 사냥터로 빠졌다. 집이 보이지 않게 될 무렵에야 마음을 놓은 베벌리가 비로소 입을 열었다.

"감쪽같이 속았네. 침대에 있는 게 자넨 줄만 알았다니까."

"자신이 있었지. 케일리가 다시 한번 와 주었으면 싶었을 지경이야. 안그러면 모처럼 애쓴 보람도 없지 않은가?"

"아까 왔을 때엔 어땠나?"

"대성공일세. 자네는?"

베벌리는 그때 가슴이 두근거렸던 일을 몸짓 손짓을 섞어가면서 이야기했다.

"자네 같은 사람을 죽여 봐야 무슨 소용이 있겠는가." 길링검은 퉁명스럽게 말했다. "위험만 더해질 뿐이지."

"어렵쇼." 빌은 수선을 떨었다. "나를 죽이지 않은 건 나에 대한 그의 호의 때문이라고 생각했는데."

길링검은 소리내어 웃었다.

"알쏭달쏭한걸……. 아아, 여보게, 옷을 갈아입을 때 불을 켜지는 않았겠지?"

"당연하지. 아니, 자네는 그렇게 하길 바랐던가?"

길링검은 또 한 번 웃으며 상대방의 팔을 잡았다.

"자네는 나의 단짝으로 안성맞춤일세. 자네하고 내가 힘을 합치면 어떤 일이라도 해치울 수 있을 거야."

늪이 두 사람을 기다리고 있었다. 달빛 아래 한결 장중하게 잠들어 있다. 저편 늪가의 가파르지 않은 언덕배기를 뒤덮고 있는 수풀이 무시무시할 정도로 침묵을 지키고 있다. 이 세상이 마치 그들 두 사람만의 것인 듯이 생각되었다. 거의 무의식적으로 길링검은 목소리를 낮추고 있었다.

"저것이 자네 나무, 이쪽이 내 거야. 알겠나, 빌? 여기서 이렇게 가만히만 있으면 그놈한테 들킬 염려는 없어. 그놈이 돌아간 뒤에도 내가 움직이기 시작할 때까지 일어서서는 안되네. 그리고 15분이나 20분 전에는 그놈도 나타나지 않을 걸세. 조용히 기다리고 있게."

"알았네." 베벌리도 속삭였다. 길링검은 미소와 함께 끄덕이고 두 사람은 제각기 자기의 자리로 헤어져 갔다.

시간은 천천히 흘러갔다. 그러자 나무 뿌리 위에 드러누운 길링검의 가슴에 새로운 문제가 떠올랐다. 오늘 밤 케일리가 여기서 하는 일은 한 번으로 끝나지 않는 게 아닐까. 두 번째로 돌아오면 보트를 타고 있는 우리들을 볼 것임이 분명하다. 그때 한 사람은 물 속에 들어가 있게 된다. 그렇다고 해서 케일리가 돌아올 것을 예측하고 그대로 숨어 있다면 두 사람에게 주어지는 작업 시간이 너무 짧다. 집 현관으로 가 그가 집으로 들어가 침실 창문에 불빛이 켜지는 것을 확인한 뒤에 늪의 작업을 시작하는 것이 옳을 것이다. 그러나 그렇게 하면 케일리가 두 번째로 여기 나타나는 것을 놓칠 위험성도 없지 않다. 생각하면 생각할수록 어려운 문제가 될 것 같다. 이와 같은 생각을 하고 있는 동안에도 그의 눈은 줄곧 보트를 주시하고 있었다. 돌연 땅 밑에서 솟아오른 듯 보트 곁에 케일리가 우뚝 서 있는 것이 보였다. 손에 자그마한 갈색 가방을 들고 있었다.

케일리는 그 가방을 보트 밑바닥에 놓고 올라탔다. 그는 배를 늪가에서 밀어냈다. 그리고 소리 없이 늪 가운데를 향해 저어가기 시작했다……. 그는 보트를 멈췄다. 두 개의 노가 물 위에 보인다. 그는 뱃머리로 몸을 내밀 듯하면서 가방을 발 사이에서 꺼내 늪가에서 잠시 들고 있었다. 이윽고 손을 놓았다. 가방은 천천히 가라앉았다. 그것을 보면서 그는 그대로 움직이지 않았다. 마치 가방이 또다시 떠올라 오는 것을 겁내기라도 하는 것처럼. 길링검은 말뚝을 세기 시작했다.

그리고 케일리는 배를 저어 돌아갔다. 늪가에 이르자 보트를 매놓고 무슨 흔적이라도 남기지 않았는지 주의깊게 보트 안을 둘러보고는 다시 한번 물 위로 눈을 던졌다. 오랫동안 그는 그렇게 거기 서 있었다. 그의 모습은 달빛을 받아 무섭도록 거대하고 무섭도록 조용하게 보였다. 드디어 만족한 모양이었다. 물건이 무엇인지 모르지만 그는 그것으로 비밀을 지켜냈던 것이다. 그는 조용히 한숨을 쉬었다. 물론 그 소리가 지켜보고 있는 두 사람의 귀에까지 들릴 리는 없었지만 길 링검은 틀림없이 들었다고 믿었다. 그리고 케일리는 몸을 돌려 왔을 때와 같이 아무 소리도 없이 사라져 갔다.

길링검은 3분 동안 움직이지 않았다. 그리고 수풀에서 벗어나 베벌 리가 나오기를 기다렸다.

"여섯 개째야" 하고 빌은 말했다. 길링검은 끄덕였다.

"나는 현관 앞에까지 가 보겠네. 케일리가 다시 오면 안되니까. 자 네는 아까 그 나무 아래서 감시해 주게. 자네 침실은 왼쪽 끝이었 지. 그리고 케일리의 침실은 바로 옆이지, 틀림없나?"

베벌리는 고개를 끄덕였다.

"그럼, 내가 돌아올 때까지 숨어서 기다리고 있게. 얼마나 걸릴지 지금은 알 수 없어. 덤비지 말게. 이런 때는 시간이 더욱 길게 느 껴지는 법일세."

그는 베벌리의 어깨를 두드리고 히죽 웃으면서 고개를 한 번 끄덕 여 보이고는 물러섰다. 무엇일까? 열쇠와 권총이라면 그대로 던져도 가라앉을 것이다. 일부러 가방에 넣을 필요가 없다. 그 속에 무엇이 들어 있을까? 그 자체만으로는 가라앉지 않는 것임에 틀림없다. 돌 의 무게를 빌려야 비로소 가라앉는 종류일 것이다. 아무튼 어차피 알 게 될 일이다. 지금부터 걱정할 필요는 없다. 더러운 밤의 일이 나를 기다리고 있다. 길링검이 그토록 자신만만하게 기다리던 마크의 시체 는 어떻게 되었을까? 시체가 없다면 마크는 대체 어디로 가 버렸단 말인가? 그러나 그보다 당장 급한 문제는 케일리의 행방이다. 길링 검은 전속력을 내어 집의 정면으로 돌아가 잔디밭과 경계에 있는 수 풀 그늘에 숨은 채 케일리의 방에 불이 켜지기를 기다리고 있었다. 만일 베벌리의 방에 불이 켜진다면 그들의 의도는 모두 간파되고 만다. 베벌리의 방에 불이 켜진다는 것은, 그 앞을 지나치다가 들여다 본 케일리가 침대 위 대용품에 의문을 품고 확인하기 위해 불을 켰다 는 의미이다. 그때에는 곧 전투를 시작해야 한다. 그러나 케일리의 방에 불이 켜졌을 때에는…… 불이 켜졌다. 길링검은 흥분해서 저절 로 전율을 느꼈다. 켜진 것은 베벌리의 방이었다. 전투 개시!

불빛은 휘황하게 빛나고 있었다. 바람이 불어 구름 속에 달을 몰아 넣었기 때문에 집 전체가 어둠 속에 파묻혀 불빛이 한결 밝아 보였 다. 베벌리는 창문의 커튼을 열어 놓았던 것이다. 어처구니없는 실수 다! 처음으로 저지른 그의 실수다. 그러나…… 달이 다시금 구름 사이에서 미끄러져 나오기 시작했다…… 길링검은 숲 속에 몸을 숨 긴 채 슬그머니 웃었다. 케일리의 방 저편에 또 하나의 창문이 있는 데 거기에는 불이 켜져있지 않았다. 잘 보니, 그 방이야말로 베벌리 의 방이었다. 선전포고는 시기상조다. 길링검은 꼼짝도 하지 않고 케 일리의 방을 지켜보고 있었다. 어쨌든 일단 인사로라도 아까 케일리 가 보여준 신중한 조심성에 답례를 해야 할 것이다. 그가 안심하고 침대에 눕는 것을 보고 난 다음에 늪으로 가는 것이 도리이다.

그동안 베벌리는 지루해서 견딜 수가 없었다. 무엇보다도 걱정하는 일은 '6'이라는 숫자를 잊고 모든 것은 허사로 돌아가게 하면 큰일이 다. 여섯 개째의 말뚝이다. 6이다! 그는 나뭇가지를 꺾어 여섯 개로 나누었다. 여섯 개를 땅바닥에 가지런히 놓았다. 6이다! 그는 늪을 보았다. 여섯 개째 말뚝까지 세어 보고 다시 한번 6이라고 중얼거렸 다. 그리고 또 나뭇가지를 보았다. 하나, 둘, 셋, 넷, 다섯, 여섯, 일 곱. 일곱이다! 일곱 번째였던가? 아니면 일곱 번째 것은 우연히 먼 저부터 땅바닥에 있었던 것일까? 진짜는 여섯이야! 길링검에게는 여섯 개째라고 말했던 것 같은데. 그렇다면 그가 기억하고 있을 테니 까 염려할 것 없다. 그는 일곱 번째 나뭇가지를 내던지고는 나머지 여섯 개를 호주머니에 간직해 두었다. 키가 큰 사람의 키……즉 내 키는 6피트다. 그렇다, 그걸 기억해 두는 편이 더 쉽다. 숫자 문제에 안심하자. 이번에는 가방에 관한 일과 길링검이 그것을 어떻게 생각하는가, 늪의 깊이는 어느 정도 되는가, 밑바닥의 진흙은 어느 정도 인가 하는 것을 이리저리 생각하면서 점점 재미있게 되어간다고 중얼거리고 있는데 길링검이 다시 나타났다. 베벌리는 일어서서 언덕을 내려갔다.

"여섯 번째야" 하고 그는 자신있게 말했다.

"끄트머리에서 여섯 번째야."

"됐어" 하고 길링검은 웃으며 "내 건 열 여덟 번째야. 그걸 좀 지난 곳이지."

"뭣하러 갔었나?"

"케일리가 자는지 알아보고 온 걸세."

"아무 일도 없었는가?"

"응, 자네 웃옷을 여섯 번째 말뚝에 걸어두게. 그러는 편이 더 알기 쉬울 거야. 내것은 열 여덟 번째에다 걸어두겠어. 옷은 여기서 벗겠나? 그렇잖으면 보트에서?"

"여기서도 좀 벗고 보트에서도 벗지. 자네는 물 속에 들어가기 싫은가?"

"으음, 싫어. 제발 잘 부탁하네."

그들이 늪을 돌아서 건너편 울타리의 여섯 번째 말뚝 앞에 이르자 베벌리는 웃옷을 벗어 걸었다. 그동안 길링검은 열 여덟 번째 말뚝에다 표를 해두러 갔다. 준비가 다 되자 두 사람은 보트에 올랐고 길링검이 노를 잡았다.

"그럼 빌, 이 보트가 두 개의 목표물을 잇는 선 위에 가면 이내 알려 주게."

그리고 그는 천천히 늪 가운데를 향해 젓기 시작했다.

"여기야, 여기면 됐어." 베벌리가 요란스럽게 말했다.

길링검은 손을 멈추고 둘러보았다.

"그렇군." 그리고 그는 아까 빌이 엎드려 있었던 소나무를 가리키는 데까지 뱃머리를 돌렸다.

"어떤가, 여기서 내 나무와 웃옷이 보이나?"

"보이네." 베벌리는 대답했다.

"됐어. 그럼, 이번에는 이 선을 따라서 저을 테니까 두 개의 목표물을 잇는 선과 자네 것이 교차하는 지점을 가르쳐 주게. 아주 정확해야 되네. 자네 자신을 위한 일이니까."

"멈추게!" 베벌리가 외쳤다. "좀 물러나…… 좀더…… 엇, 너무 왔어…… 됐네."

길링검은 노를 물 위에 띄워 놓은 채 사방을 둘러보았다. 본대로 각기 두 개의 목표를 연결하는 두 개의 직선이 교차하는 지점에 정확하게 와 있다고 보아도 좋을 성싶었다.

"그럼, 빌, 시작하게."

베벌리는 와이셔츠와 바지를 벗고 일어섰다.

"보트에서 너무 갑자기 뛰어들어선 안되네. 위치가 움직이니까. 조용히 내려가야 되네."

베벌리는 뒤편으로 슬며시 물 속에 미끄러져 들어가 길링검 앞으로 헤엄쳐 갔다.

"어떤가, 물은?"

"차가운걸. 그럼, 해보겠네."

그는 발을 곤두세우더니 눈 깜박할 사이에 물 속으로 기어들어갔다. 길링검은 보트를 멈춰 놓고 다시 한번 목표물에 눈을 돌렸다. 베벌리는 뒤쪽의 수면으로 떠올라 크게 숨을 쉬었다.

"진흙이 엄청나군." 그가 불평을 했다.

"풀은?"

"그건 마침 없어."

"어서 한 번 더 해주게."

베벌리는 또 발을 박차고 물 속으로 자취를 감췄다. 길링검이 보트를 움직이며 위치를 바로잡고 있는데 베벌리가 또다시 떠올랐다. 이번에는 그의 앞쪽이었다.

"정어리라도 던져 주고 싶군." 길링검이 웃으면서 말했다. "자네 솜씨라면 멋들어지게 입으로 받을 걸세."

"그런 데서 농담하는 거야 쉽겠지만 나는 이 짓을 언제까지 해야 하나?"

길링검이 시계를 보며 말했다.

"세 시간의 여유가 있네. 날이 밝기 전까지 건져내야해. 하지만 될 수 있는 대로 빨리 해주게. 이런 데서 계속 앉아 있자니 추워서 못 견디겠어."

베벌리는 물을 한 손으로 닦아내고는 다시 물 속으로 들어갔다. 이번에는 1분 동안이나 있더니 다시 떠올랐을 때는 싱글벙글 웃고 있었다.

"찾아냈어, 그런데 들어올리자니 무척 힘이 드네. 혼자 힘으로는 아무래도 벅찰 것 같은데."

"걱정 말게." 길링검은 호주머니에서 굵은 노끈을 꺼냈다.

"이걸 가방 손잡이에 매어놓게. 둘이서 끌어올리세."

"그거 참, 좋은 생각이군."

베벌리가 물을 헤치면서 가까이 오자 그것을 받아쥐고는 다시 먼저 위치로 돌아갔다.

"그럼, 해보겠네." 2분 뒤에 가방이 무사히 보트 위로 건져 올려졌다. 베벌리가 올라오자 길링검이 보트를 젓기 시작했다.

"멋있게 해줬어, 왓슨."

보트에서 늪가에 내려서자 길링검이 조용히 말했다.

길링검이 웃옷을 들고 와서 베벌리가 몸을 닦고 옷을 입을 때까지 기다렸다. 베벌리가 옷을 다 입은 뒤 그의 팔을 잡고 수풀 속으로 데리고 들어갔다. 그는 가방을 내려놓고 호주머니를 뒤졌다.

"이것을 열기 전에 먼저 담배를 한 대 피우고 싶네. 자네는 어떤가?"

"그것도 좋겠지."

그들은 사방을 한 바퀴 휙 둘러보고 파이프에 불을 붙였다. 베벌리의 손이 희미하게 떨리고 있었다. 길링검은 그것을 깨닫고 안심시키려는 듯이 미소를 던졌다.

"열어봐도 괜찮을까?"

"그럼."

그는 무릎 사이에다 가방을 놓고 열었다.

"양복이군!" 베벌리가 말했다.

길링검은 맨 위에 있는 양복을 꺼내어 펴보았다. 갈색 플란넬 웃옷인데 흠뻑 젖어 있었다.

"누구 것인지 알겠나?"

"마크의 것이야."

"도망쳤을 때 입었다고 했던 거로군."

"그런 것 같네. 물론 그 사람은 굉장히 옷을 많이 가지고 있었으니까."

길링검은 위 호주머니에 손을 넣고 몇 통의 편지를 꺼냈다. 미심쩍은 표정으로 한참 그것을 보고 있더니 "이건 읽어 두는 편이 좋겠어. 한 번 훑어보기만 하면 되지." 그리고는 어떻게 할까 망설이는 듯한 얼굴로 베벌리를 보았다. 베벌리는 고개를 끄덕여 보였다. 길링검은 회중전등을 비추며 황급히 들여다보았다. 베벌리는 불안스러운 표정으로 기다리고 있었다.

"으음! 마크…… 야아, 이거로군!"

"뭔가? 대체 뭐가 나왔어?"

"케일리가 경찰에게 말했던 편지야. 이런 말로 시작되었군. 〈마크, 오스트레일리아의 형이 오래간만에 너를 찾아간다.〉 이건 내가 보관해두는 편이 좋을 것 같네. 틀림없이 이건 마크의 웃옷이야. 다음 것도 꺼내 볼까."

그는 가방 속에 든 것을 남김없이 꺼내 보았다.

"이것이 모두야." 베벌리는 말했다. "와이셔츠, 넥타이, 양말, 속옷, 구두……그렇군, 이것이 모두야."

"허어, 어제 그가 입고 있던 건 이게 전부인가?"

"그렇지."

"이걸 어떻게 생각하나?"

베벌리는 고개를 흔들며 오히려 되물었다. 길링검은 별안간 웃기 시작했다.

"어이없는 이야기야. 내가 기대하고 있었던 건……자네도 알고 있지 않는가. 시체야. 이 옷을 입고 있었던 시체일세. 아마 시체와 옷을 따로따로 감춰 두는 편이 안전하리라고 생각한 모양이지, 시체는 여기에다. 옷은 굴 속에다 숨겨 두면 들킬 염려가 없거든. 그런데 그는 일부러 옷을 여기에 감췄어. 그러면서도 시체엔 전혀 손을 대지 않았단 말이야." 그는 고개를 저었다. "나도 어리둥절하네만, 하여튼 사실이야."

"그밖엔 아무것도 없는가?"

길링검은 또다시 가방을 뒤져 보았다.

"돌멩이 몇 개와 앗, 뭔가 또 있네." 그는 그것을 꺼내서 쳐들어 보았다. "빌, 있었네, 이거야."

그것은 사무실의 열쇠였다.

"자네 말이 옳았군."

길링검은 또다시 가방에 손을 밀어넣었다. 그리고 나중에는 거꾸로 들고 흔들었다. 작지 않은 돌멩이가 한무더기나 굴러떨어지고……. 그밖에 또 하나 무언가 있었다. 회중전등을 들이대면서 "이것도 열쇠야." 길링검이 말했다. 길링검이 두 개의 열쇠를 호주머니에 넣고 그 대로 주저앉은 채 오랫동안 잠자코 있었다. 베벌리 역시 친구의 사색을 방해하지 않으려고 말없이 앉아 있다가 잠시 뒤 입을 열었다.

"이건 도로 넣어둘까?"

길링검은 깜짝 놀란 듯 얼굴을 쳐들었다.

"응? 아아, 그건가. 아니, 내가 넣지. 자네는 회중전등으로 비춰 주게."

그것들을 조심스럽게 천천히 가방 속에 모조리 도로 넣었다. 하나 하나 옷을 들어 올려 가방 속에 넣고 있는 그의 손을 보면서 베벌리 는 알지 못하면서도 무슨 의미가 있을 것으로 생각했다. 모두 넣은 다음에도 길링검은 깊은 생각에 잠겨 있었다.

"이것으로 몽땅 갖춰지지 않았는가." 베벌리가 말했다. 길링검은 고개를 끄덕였다.

"그렇지, 하나도 남김없이 갖춰졌군. 하지만 좀 이상한데. 자네는 하나도 빠진 게 없다고 생각하는가?"

"뭐라구?"

"회중전등을 좀 빌려주게." 그는 회중전등을 받아들고 두 사람 사 이의 땅바닥을 비춰 보았다. "역시 전부인 모양이군. 하지만 이상한 데." 이윽고 그는 가방을 들고 일어섰다. "그럼, 이것을 감춰 둘 장소를 찾아야겠네. 그리고……." 그는 더 이상 아무 말도 하지 않고 수풀 속을 지나갔다. 베벌리도 잠자코 뒤를 따랐다.

　가방을 감춰놓고 그들은 수풀에서 나왔다. 그러자 길링검의 입이 가벼워졌다. 호주머니에서 열쇠 두 개를 꺼내며 말했다.

　"하나는 사무실의 열쇠 같군. 이쪽 건 굴 속에 있는 벽장문 열쇠라고 생각되네. 이것만 있으면 그 속을 들여다볼 수 있을 거야."

　"정말 자네는 그렇게 생각하나?"

　"그렇구말구, 달리 생각할 수가 없지 않은가."

　"그렇다면 버릴 필요는 없을 것 같은데."

　"이제는 더이상 소용 없게 되었거든. 놈은 이제 비밀 통로와는 손을 끊으려는 속셈이지. 될 수 있으면 그 통로를 내동댕이치고 싶을 걸세. 어떻든 굴은 필요없게 된 거야. 하지만 벽장 속에도 대단한 건 들어 있지 않을 거라 생각되네. 아무튼 한 번은 봐둬야 할 터이지만."

　"자네는 아직도 마크의 시체가 그 속에 있다고 생각하나?"

　"그렇게 생각하는 건 아니지만 그렇다고 달리 다른 데도 생각나지 않는단 말일세. 어쩌면 케일리는 그를 죽이지 않았을지도 모르지 않을까?"

　베벌리는 망설이고 있었다. 용기를 내어 자기 견해를 말할까 말까 주춤거리고 있었다.

　"이런 소릴 하면 바보 같은 생각을 한다고 웃을지도 모르겠네만."

　"여보게, 빌, 그런 점에서는 내가 더 바보니까 친구가 생겨서 기쁠 정도야."

　"그럼, 말해 보지. 나는 이렇게 생각하네. 마크는 로버트를 죽이고 케일리가 마크의 도망을 도왔어. 여기까진 처음에 생각했던 대로야. 자네는 후에 이런 견해는 성립되지 않는다는 걸 증명했네. 그러나 그런 사실은 우리가 알지 못하는 방법으로, 그리고 또 우리가 알지 못하는 이유로 생겼다고 생각할 수는 없을까? 내가 말하고 싶은 건 이 사건 전체가 상식과는 지나치게 다르다는 점일세. 상상조차 할 수 없는 일이 일어났을 가능성이 있다고 생각하네."

"옳은 말일세. 그래서?"

"이 의복 문제인데, 이것이 도망설의 근거가 되지 않을까? 마크의 갈색 양복은 경찰에 알려져 있네. 그래서 케일리는 다른 양복을 굴속에 갖고 가 그의 도망을 도와줬네. 그대신 마크가 입고 있었던 갈색 양복이 남아 있게 되었다는 거지. 그렇다면 그건 늪 속에 던져넣는 것이 가장 좋은 은닉 방법이 되네."

"그럴 듯하군." 길링검은 신중히 생각하면서 "그래서?" 하고 재촉했다. 베벌리는 열심히 설명을 계속했다.

"그렇게 생각하면 모든 것이 꼭 들어맞네. 자네의 처음 의견이 옳은 셈이 되지. 마크가 과실로 로버트를 죽이고 케일리가 그의 도망을 도왔다는 설 말일세. 물론 그때 케일리가 양심적이었다면, 아무것도 두려워할 필요가 없다고 마크에게 말했겠지. 그렇지만 그는 양심적이 아니었어. 그 사람은 여자 때문에 마크를 쫓아버리려 생각했네. 이때야말로 그에게는 다시없이 좋은 기회였던 거지. 될 수 있는 대로 마크가 겁을 집어먹고 도망치는 길밖에는 방법이 없다고 생각하게끔 했을 거야. 그래서 케일리는 마크를 도망치게 하기 위해 모든 수법을 총동원했어. 만일 마크가 체포되면 케일리의 배신행위가 남김없이 드러나고 말 테니까."

"그렇겠군. 하지만 그런 경우에 속옷마저 고스란히 갈아입혔다는 건 너무 지나치지 않을까? 그렇게 하는 시간도 적지않게 걸렸을텐데."

베벌리는 말을 멈추고 "그런가!" 몹시 낙심한 것처럼 말했다.

"아니야, 자네 생각도 낙심할 만큼 근거가 없는 건 아닐세." 길링검은 웃는 얼굴로 말했다. "속옷을 갈아입힌 이유도 영 설명할 수 없는 건 아니야. 그러나 다만 의심스러운 문제가 하나 있네. 왜 마크는 갈색 양복을 다른 빛깔의 양복과 바꿔칠 필요가 있었겠느냐는 걸세. 그가 갈색 양복을 입고 있는 걸 본 사람은 케일리뿐이야."

"경찰이 발표한 그의 인상착의엔 갈색 양복을 입었다고 되어 있어."

"그건 그렇지, 케일리가 경찰에게 그렇게 진술했으니까. 가령 점심 식사 때 마크가 갈색 양복을 입고 있었다고 하세. 그리고 그걸 하녀들이 보고 알았다고 하세. 그렇더라도 상관은 없지. 케일리의 진술에 따라 점심 식사 후에 마크가 감색 양복으로 갈아입은 것으로도 할 수 있단 말일세. 식후에 마크를 본 사람은 케일리 말고는 없으니까. 그러니까 케일리가 경감에게 마크의 양복이 감색이었다고 한 마디만 하면 양복을 갈아입을 필요 없이 갈색 양복을 입은 채로 도망칠 수 있었을 걸세."

"그럼, 이야기가 들어맞네. 그놈은 그대로 했던 거야." 베벌리는 신바람이 나서 말했다. "우리는 모두 속아 넘어간 바보였어!"

길링검은 놀라서 상대방의 얼굴을 보고는 고개를 저었다.

"그렇지, 틀림없이 그럴 거야!" 베벌리는 끝까지 고집을 세웠다. "물론 그럴 거야! 자네는 모르겠나? 마크는 식사 후에 옷을 갈아입었어. 그걸 알고 있었던 케일리는 그에게 도망칠 기회를 주기 위해 갈색 양복을 입고 있었다고 거짓말을 했겠지. 그거라면 하녀들도 그걸 보고 있었으니까 다시없이 편리했을 거야. 그런데 갈색 양복은 또 한 벌 있었지. 경찰이 마크의 소지품을 조사하게 되면 곤란할 테니까 그걸 일단 감춰뒀다가 오늘 밤에야 비로소 늪에다 집어넣은 것일세."

그는 열심히 길링검을 보면서 이야기하고 있었으나 길링검은 한 마디도 의견을 말하지 않았다. 그러나 베벌리가 다시 입을 열려고 하자 갑자기 손을 흔들며 막았다.

"더 이야기하지 말게. 자네 이야기 때문에 여러 가지로 생각해 볼 일들이 생겼어. 하지만 오늘 밤엔 이 정도로 해두세. 비밀 통로에 있는 벽장을 한 번 열어보고 자지 않겠나?"

그러나 그날 밤의 벽장 속에는 의미가 있을 만한 것이 하나도 없었다. 낡은 술병이 몇 개 뒹굴고 있을 뿐, 그밖에는 아무것도 없었다.

"뭐야, 고작 이것뿐이잖나." 베벌리가 투덜거렸다. 그러나 길링검은 무릎을 꿇고 회중전등으로 자꾸만 뭔가를 찾고 있었다. 참다못해 베벌리가 물었다.

"뭘 찾고 있나?"

"여기 없는 걸 찾네."

길링검은 이렇게 말하고는 바지에 묻은 먼지를 털었다. 그리고 벽장문을 다시 잠가 놓았다.

추리

검시 심문은 3시로 예정되어 있었는데, 심문이 끝나면 길링검이 더 이상 빨강 집에 머물 이유가 없어진다. 그래서 10시까지 여행 가방에 짐을 꾸려놓고 조지 여관으로 옮길 준비를 마쳤다. 베벌리는 천천히 아침 식사를 든 뒤 2층으로 올라와, 이른 아침부터 길링검이 서두르고 있는 것을 보고 이상스럽게 생각했다.

"뭔가, 갑자기?" 그는 물었다.

"뭐랄 건 없네만, 검시 심문이 끝나면 이 집에 돌아오고 싶지 않네. 자네도 빨리 준비를 마치고 오후까지 둘이서만 지내지 않겠나?"

"알겠네." 베벌리는 자기 방으로 발길을 돌렸다가 곧 돌아와서 물었다. "지금 우리가 조지 여관으로 옮기고 싶다는 걸 케일리에게 이야기하는 것이 어떨까?"

"여보게, 정신 좀 차려. 자네까지 조지 여관으로 돌아가는 건 아니야. 표면상으론 런던으로 돌아가는 것으로 되어 있네."

"정말인가!"

"정말이지. 심문이 끝나는 대로 자네는 스탠튼에서 기차를 타게. 시간에 맞춰 역까지 짐을 보내 달라고 케일리한테 부탁해두게. 이유는 영국 교회의 런던 주교를 방문해야 할 일이 생겼다고 말하면 되네. 견신례(堅信禮)를 받으러 런던으로 갔다고 생각하도록 해두면 자네가 떠난 뒤에 나는 곧 조지 여관으로 옮기기로 하겠어. 이번 사건이 아니었다면 한적하게 혼자 즐길 수 있었을 걸세. 그러니까 다시 그런 생활을 시작한들 이상하게 생각하는 사람은 없을 거야."

"그럼, 나는 오늘 밤 어디서 묵게 되나?"

"표면상으로는 런던 주교의 저택, 실상은 조지 여관으로 돌아오면 되네. 다른 방이 없으면 내 침대에서 자면 돼. 내 가방 속에는 용의주도하게 견신례의 예복도 들어 있지. 다시 말하면 파자마, 칫솔 같은 것이지만. 그밖에 물어 보고 싶은 말은 없나? 역시 없겠지. 그럼, 자네도 가서 짐을 꾸리게. 10시 반에 저 시든 느릅나무 그늘이나, 홀에서 만나기로 하세. 지껄이고 싶어서 못 견딜 일도 있고, 왓슨의 도움을 받고 싶은 일도 있네."

"좋아." 베벌리는 발걸음도 가볍게 자기 방으로 돌아갔다.

한 시간 뒤에 심문을 받을 때 취해야 할 행동에 관해 의논하며 두 사람은 넓은 사냥터 쪽으로 발길을 돌렸다.

"그럼." 하고 나무 그늘에 앉아서 베벌리는 말했다. "자네의 이야기를 들려 주게나."

"아침에 목욕탕에서 생각했더니 여러 가지로 훌륭한 생각이 떠올랐어." 길링검이 말을 꺼내기 시작했다. "그 중에서도 제일 멋들어진 건 우리가 놀라울 만큼 얼빠진 친구들이었다는 거야. 여태껏 전혀 다른 방향에서만 어슬렁거렸으니까."

"그거 참, 좋은 생각을 했군."

"물론 탐정이라는 건 쉬운 일이 아닐세. 더구나 어떻게 수사하느냐는 방법도 변변히 모르고, 탐정 노릇을 하고 있다는 사실도 남에게 알릴 수 없는데다, 함부로 사람들을 심문할 수도 없고, 적절한 조사를 수행할 에너지도 수완도 없이 요컨대 완전한 풋내기가 제멋대로 조사하고 있는 경우에는 여간 어려운 일이 아니지."

"무던히 늘어놓는군. 하지만 풋내기치곤 우리도 그렇게 허술한 편은 아니지 않나?" 베벌리가 항의했다.

"그건 그럴 거야, 풋내기로는. 하지만 만일 우리가 진짜 탐정이었다면 또 다른 방면으로도 손을 대었을 것임에 틀림없네. 다시 말하면 로버트 쪽으로 말일세. 우리는 지금껏 마크와 케일리만을 생각하고 있었어. 이제부터는 로버트에 대해서도 생각하는 게 좋을 것 같네."

"하지만 그 사람에 대해서 아는 게 있어야지."

"알고 있는 것만이라도 생각해 보기로 하세. 첫째로 퍽 막연하긴 하지만 상당한 불량배였다는 걸 알고 있네. 그는 형제나 친척 되는 사람들 앞에서 이야기하기를 몹시 꺼리는 자였다는 걸세."

"그럴 테지."

"그러한 그가 방문하겠다는 걸 매우 불쾌한 내용의 편지로 알려 왔어. 그 편지는 현재 내 호주머니 속에 있네."

"그렇지."

"그리고 또 이상한 사실을 알고 있지. 마크가 자네들에게 귀찮은 양반이 찾아온다고 일부러 공표한 건 정말 우습다고 할 수 있지 않은가. 무엇 때문에 그런 어리석은 말을 할 필요가 있었을까?"

베벌리는 좀 생각하다가 "내가 생각하기에는" 하고 느릿한 말투로 말했다.

"어차피 우리들이 알 일이니까 차라리 숨기지 않는 편이 현명하다고 생각하지 않았을까?"

"하지만 자네들이 그를 만나기로 되어 있었던가? 자네들은 모두 골프장에 가 있었잖나?"

"아무래도 묵으면 밤에 만나게 되는 거지."

"그럼, 그렇다고 해두세. 여기에 또 우리가 발견한 사실이 하나 있네. 마크는 로버트가 그날 밤 집에서 묵고 간다는 걸 알고 있었어. 그건 이렇게 말해도 좋아. 마크가 로버트를 그렇게 간단히 쫓아낼 수 없다는 걸 알고 있었어."

베벌리는 그의 친구를 물끄러미 바라보며 말했다.

"이야기를 계속하게. 차츰 재미있게 되어 가는군."

"그밖에도 또 그가 알고 있었던 일이 있네. 마크는 로버트가 자네들을 만나자마자 틀림없이 본성을 드러낼 거라는 걸 미리 알고 있었네. 사투리를 조금 쓰는 식민지에서 돌아온 형 정도로만 있지 않는다는 것을 알고 있었어. 어차피 그가 신통치 못한 인간이라는 걸 여러 사람들이 알게 될 테니까 미리 그렇다는 걸 알려두지 않을 수 없게 되었던 걸세."

"틀림없는 이야기 같구먼."

"이런 생각 안 드나? 그만한 일을 마크가 아주 재빠르게 생각했다고 말일세."

"뭐라구? 그건 무슨 뜻인가?"

"편지를 받은 건 아침 식사 때야. 마크는 그걸 읽었어. 읽자마자 자네들에게 공개하였네. 그 시간은 기껏해야 1초를 넘지 않았을 거야. 그 사이에 모든 걸 생각하고 결단을 내린 셈이지. 그것도 두 가지 일을 말일세. 하나는 자네들이 돌아오기 전에 로버트를 쫓아 버릴 방법은 없을까 생각했고, 결국은 불가능하다는 걸 알아차렸지. 또 하나는 로버트가 다른 사람들 앞에서 점잖은 행동을 할 수 없다고 판단했다는 거야. 편지를 읽는 동안에 이만한 일을 즉석에서 결단내렸다는 건 지나치게 빠르다고 생각지 않는가 ? "

"그래서 자네는 그걸 어떻게 설명하려는가 ? "

길링검은 파이프에 담배를 담아 불을 붙이고는 신중히 입을 열었다.

"어떻게 설명하겠느냐고 묻는 건가 ? 그건 잠시 제쳐놓고 그들 형제의 일을 다시 한번 관찰해 보지 않겠나. 이번엔 노벨리 부인과 관련시켜서. "

"그렇지, 마크는 부인의 딸과 결혼하고 싶어했어. 만일 로버트가 가문을 더럽히는 인간이라면 마크가 취해야 할 길은 둘 중의 하나밖에 없네. 노벨리 모녀한테 끝까지 숨기거나, 그렇지 않으면 간접적으로 형의 소문이 모녀의 귀에 들어가기 전에 자기 입으로 슬그머니 이야기해 버리는 방법이지. 그는 알려 주는 방법을 택했어. 그런데 이상하게도 그런 이야기를 한 건 로버트의 편지가 날아오기 바로 전날이었네. 로버트가 찾아와서 죽은 건 그저께 그러니까 화요일인데, 마크가 노벨리 부인에게 로버트의 이야기를 고백한 것은 월요일이었거든. 이걸 자네는 어떻게 해석하는가 ? "

"우연의 일치겠지. " 베벌리는 좀 생각한 뒤에 말했다. "그는 전부터 말하려고 별렀겠지. 마침 혼담도 무르익을 무렵이었으니까 기회가 왔다고 보고 고백했을 걸세. 그것이 공교롭게도 월요일이었지. 그러자 화요일에 로버트의 편지를 받았으므로 잘했다고 생각했을 거야. "

"그렇게도 생각할 수 있겠지. 하지만 너무나 기묘한 우연이 아닌가. 그리고 한층 더 그걸 이상하게 생각하지 않을 수 없는 일이 또 있네. 오늘 아침 목욕탕 안에서 생각해냈어. 정말 좋은 생각이 떠오르는 곳이야, 목욕탕이란 ! 마크가 부인에게 고백한 건 월요일 오전 중이었고, 자동차를 타고 미들스턴으로 가는 도중의 일이었네. ”

“그래서 ? ”

“그것뿐일세. ”

“미안하네만 길링검, 지금 나는 머리가 명쾌하지 못하네. ”

“자동차를 타고 가던 중이었단 말일세, 베벌리. 그런 이야기가 나왔으니까 물어 보네만, 자동차는 잘랜드 농원으로 얼마만큼 접근할 수 있는가 ? ”

“600야드쯤은 갈 수 있지. ”

“그럴 거야. 그는 미들스턴으로 가는 도중 볼일이 있어 자동차를 세웠어. 그리고 600야드의 길을 잘랜드 농원까지 내려갔겠지. 이런 소리를 하면서. ”

‘그런데 노벨리 부인, 아직 말씀드리지 못했습니다만, 저에게는 로버트라는 평판이 좋지 못한 형이 있습니다. ’

그리고 다시 600야드의 길을 올라와서 자동차를 타고 미들스턴을 향해 떠났던 거야. 이상하다고 생각지 않나?

베벌리는 이맛살을 찌푸렸다.

“그렇군. 하지만 자네가 말하려는 참 뜻은 모르겠네. 이상하건 이상하지 않건 그렇게 말했다는 건 사실이니까. ”

“물론 이야기한 건 사실이겠지. 다만 지금 문제로 삼고 싶은 건, 왜 그처럼 서둘러 고백해야 했는가 하는 점일세. 다시 말하면 그가 로버트가 만나러 온다는 걸 안 것은 월요일 아침이 아니었나 하는 생각이지. 화요일은 아니었어. 그러니까 먼저 부인한테 그 뉴스를 알리러 가지 않을 수 없었던 거네. ”

“그렇지만……그러나……. ”

“그건 또 다른 사실도 설명하고 있네. 아침 식사 자리에서 그는 형의 이야기를 자네들한테 털어 놓았다지만, 어떻게 그렇게까지 재빨리 결단을 내릴 수 있었겠는가 말일세. 그건 그 자리에서 생각해낸 일이 아니야. 이미 월요일에 로버트가 찾아온다는 걸 알고 있었기 때문에 화요일 아침에는 여러 사람들에게 알릴 작정으로 있었던 거지."

"그럼, 그 편지를 어떻게 생각하나?"

"아무튼 다시 한번 읽어 보세."

길링검은 호주머니에서 편지를 꺼내 땅바닥에 펴놓았다.

마크, 오스트레일리아의 형이 오래간만에 너를 찾아간다. 갑자기 찾아가면 놀랄 것 같아 미리 알려둔다. 부디 웃는 얼굴로 맞아 다오, 도착은 내일 3시쯤이 될 것이다.

"날짜는 적혀 있지 않네." 길링검은 말했다. "내일이라고만 했을 뿐일세."

"하지만 이걸 받은 건 화요일이었어."

"글쎄 그럴까?"

"그는 그걸 화요일에 우리들 앞에서 읽어줬어."

"그랬었지, 자네들 앞에서 읽어줬지."

베벌리는 편지를 보고 뒷장을 살폈으나 아무것도 적혀 있지 않았다.

"소인은 어떻게 되었을까?"

"봉투가 없으니 알 수 없지."

"그래도 자네는 마크가 이 편지를 받은 게 월요일이라 생각하는가."

"그럴 것같네, 베벌리. 하여튼 내 생각으로는. 그리고 이건 틀림없는데, 마크는 형의 방문을 월요일에 이미 알고 있었어."

"그것이 사건 해석에 무슨 도움이 되는가?"

"도움은 되지 않을 거야. 오히려 어려워질 뿐이지. 도대체 이 사건에는 어딘가 무시무시한 데가 있네. 어떻다는 건 모르겠네만."

그는 얼마 동안 입을 다물고 있더니 이렇게 덧붙였다.

"검시 심문 같은 것이 얼마나 도움이 되는지 미심쩍단 말일세."

"어젯밤 일을 어떻게 생각하나? 그걸 자네가 어떻게 생각하고 있는지, 먼저 이야기해주게. 물론 자네는 충분히 생각해 봤을 테니까."

"어젯밤 일 말인가." 길링검은 또 잠시 생각하고 나서 말했다.

"그렇지. 어젯밤 일은 설명이 필요하겠군."

베벌리는 눈을 반짝이면서 설명을 기다리고 있었다. 예컨대 길링검은 그 굴 속의 벽장에서 무엇을 찾고 있었을까?

"나는 이렇게 생각하네." 길링검은 천천히 이야기하기 시작했다.

"어젯밤 이후부터는 마크가 죽었다는――다시 말하면 케일리에게 살해당했다는 의미겠지만――생각은 단념해야 한다고 여겨졌네. 시체 처리에 고민하는 사람이 옷을 감추는 데 그토록 주의를 기울인다는 건 이상하거든. 시체가 훨씬 중요할 텐데 말이야. 그러니까 케일리가 감출 필요가 있었던 건 의복뿐이라 판단해도 좋다고 생각하네."

"그렇다면 그 굴 속에 숨겨 두면 되지 않겠는가?"

"굴 속은 불안하지. 노리스 양이 알고 있으니까."

"그럼, 자기 침실이나 마크 방에라도 두면 되지 않을까? 마크는 갈색 양복 두 벌쯤은 갖고 있었을 테니까. 사실 그는 가지고 있었다고 생각하네."

"그럴 거야. 하지만 그렇다고 케일리가 안심할지는 알 수 없지. 갈색 양복에 비밀이 있기 때문에 그걸 감추지 않으면 안되었을 걸세.

제일 안전한 장소는 가장 눈에 띄기 쉬운 곳이 상식이지만, 막상 그걸 실행에 옮기는 사람은 드물다고 봐."

베벌리는 낙심한 듯한 얼굴로 입을 열었다.

"결국 이야기가 처음으로 돌아가 버리지 않았나. 마크가 형을 죽이고 케일리가 그를 도와 비밀 통로로부터 도망치게 했다, 그에게 혐의가 집중되게 하기 위해서였는지 그렇잖으면 달리 방법이 없었기 때문이었는지 어쨌든 마크를 도망시켰다, 그리고 갈색 양복 건으로 거짓말을 함으로써 마크를 도와 주었을 뿐이란 말인가?"

길링검은 정말 우스워서 못 견디겠다는 듯이 한바탕 웃어 대더니 "미안하게 되었군, 베벌리." 동정하듯 말했다.

"전후를 통해서 살인은 한 번밖에 일어나지 않았어. 참 미안하게 되었네. 그건 내 실수였어."

"그만두게, 길링검. 그런 뜻으로 말하고 있지 않다는 걸 알고 있으면서."

"하지만 몹시 낙심한 얼굴이군."

베벌리는 한참 동안 입을 열지 않았다. 그러더니 갑자기 웃으면서 "어제는 공연히 흥분했군." 변명하듯이 말했다. "금방 해결이 날 것 같았고, 여러 가지 통쾌한 발견을 할거라 생각했었는데, 지금 와서 보니……."

"지금 와서 보니?"

"너무나 당연한 이야기가 되고 말았어."

길링검은 큰 소리로 웃음을 터뜨렸다.

"당연하다구?" 그는 외쳤다.

"그 말 근사한데. 아니, 놀랐어. 당연하다니 말일세. 한 가지라도 당연한 일이 생기면 무엇인가 파악할 수 있을 거야. 그런데 일어나는 일이란 온통 기묘한 것뿐이니."

베벌리는 다시 얼굴에 생기를 띠며 말했다.

"기묘하다니, 뭐가?"

"모든 일이 다 그렇지. 가령 어젯밤에 본 그 의복만 해도 갈색 양복은 그럭저럭 설명할 수 있네. 하지만 속옷은 어떤가? 그걸 설명하려면 괴상망측한 이유라도 생각해 내지 않으면 안될 걸세. 마크는 오스트레일리아에서 오는 손님을 맞이할 때는 속옷마저 갈아입는 습관이 있다는 식으로 말일세. 그런데 친애하는 왓슨, 어째서 그는 칼라를 갈아 달지 않았을까?"

"칼라?" 베벌리가 놀라며 소리쳤다.

"칼라 말일세, 왓슨."

"무슨 뜻인가?"

"그것 역시 지극히 당연한 일이니까." 길링검은 비꼬았다.

"아니야, 난 그런 의미로 말하지 않았어. 부탁하네. 칼라에 대해 설명해 주게."

"뭐, 칼라는 칼라야. 다만 어젯밤 가방 속에는 칼라가 없었어. 와이셔츠, 양말, 넥타이 모든 것이 다 있는데 칼라만 없었어. 무엇 때문일까?"

"자네는 굴 속의 벽장에서 그걸 찾고 있었나?" 베벌리가 열심히 물었다.

"물론 그렇지. 왜 칼라가 없을까? 나는 이걸 묻고 있는 걸세. 케일리는 뭔가 이유가 있어 마크의 옷을 남김없이 감추어야만 된다고 생각했네. 양복뿐만 아니라 살인을 저지를 당시 입고 있었던, 혹은 입고 있었다고 믿어지는 것 전부를 말일세. 그러나 칼라만은 감추지 않았어. 무엇 때문일까? 너무 덤벼서 그것만을 잊었을까? 그래서 벽장 속을 찾아봤지. 하지만 없었어. 일부러 칼라만을 남겼을까? 그렇다면 무엇 때문일까? 그리고 그건 지금 어디 있는가?

그래서 난 이런 걸 생각했지. 최근 어디선가 칼라를 본 것 같았는데…… 더구나 칼라만을. 그걸 생각해 냈지. 어디라고 생각하나, 베벌리?"

베벌리는 무뚝뚝한 얼굴로 머리를 저었다.

"나더러 물어 봐야 소용없을걸. 알 까닭이 없지 않나. 앗!" 그는 얼굴을 번쩍 들고 소리쳤다. "사무실 옆의 방, 바구니 안에 있었어!"

"맞았네."

"그게 그 칼라인가?"

"다른 것들과 짝이 맞느냐 하는 말이지? 거기까진 모르겠지만, 다른 장소에서 나오리라고는 생각되지 않네. 아무튼 그것이 그 칼라였다면, 왜 그것만을 아무렇지도 않게 평소 세탁물용 바구니 안에 넣고, 다른 것들은 굳이 힘들게 감춰두려고 했을까? 그건 대체 무엇 때문일까?"

베벌리는 세차게 파이프를 깨물었으나 대답할 말이 떠오르지 않았다.

"어쨌든." 길링검은 초조한 듯이 일어서며 말했다. "한 가지만은 뚜렷하네. 마크는 로버트가 온다는 걸 월요일에 이미 알고 있었다는 점일세."

검시 심문

검시관은 그날 오후에 살인 사건의 심리에 관해 그 무서운 성질을 상투적인 관례 용어로 간단히 말한 뒤에, 배심원을 향해 사건과 심리 수속의 개요를 설명하면서 다음과 같은 내용의 말을 했다. 우선 증인들의 증언으로, 그 시체가 '빨강 집'의 주인 마크 애블레트의 형 로버트 애블레트라는 것이 판명되었다. 그리고 로버트는 그 생애의 대부분을 오스트레일리아에서 보낸 불량배나 다름없는 인물이라는 것, 사건 당일 오후에 동생 집을 방문하겠다는 의사를 협박장이라고 생각할 수 있는 편지로 알려왔다는 것이 확인되었다.

로버트가 집에 찾아와서 참극이 벌어진 현장——빨강 집에서는 보통 '사무실'이라 부르는 방에 안내되었다는 것, 그에 따라서 그 방에 주인인 동생이 들어온 데 대한 증언이 요구된다. 그리고 거기서 일어난 사실에 관해 배심원은 각기 의견을 말해야 한다. 이 사건은 거의 동시에 일어났다. 즉 마크가 그 방으로 들어간 지 2분 이내에 곧이어 한 방의 총소리가 났고, 약 5분 뒤에 로버트 애블레트의 시체가 마룻바닥에 쓰러져 있는 것이 발견되었다.

마크 애블레트에 관해 말하자면 방 안에 들어간 다음 그의 모습을 본 사람은 아무도 없으나 국내의 어디라도 도망할 수 있을 만한 돈을 갖고 있었다. 그와 비슷한 인상을 한 인물이 스텐튼 플랫폼에서 3시 55분에 출발하는 런던 행 열차를 기다리고 있었다는 증언이 요구된다. 여기서 배심원의 주의를 환기시키지 않으면 안될 일은, 이와 같은 증언이 반드시 믿을만한 것이 아니어서, 같은 실종자를 10군데 이상에서 동시에 보았다는 경우가 적지않다. 다만 마크 애블레트가 지금 실종 중이라는 것은 의심할 여지가 없다.

"아주 똑똑한 사람인걸." 길링검은 베벌리의 귀에다 속삭였다.

"필요없는 말은 한 마디도 하지 않는군."

길링검은 이 자리에서 증언으로 새로운 사실을 얻을 수 있다고는 생각하지 않았다. 그는 이미 사건의 내용을 충분히 알고 있었다. 다만 버치 경감의 견해가 전개되지나 않을까 하는 기대를 품고 있었다. 그것은 검시관의 신문 태도에 따라 나타날 거라 짐작해도 좋을 것이다. 왜냐하면 사건의 중요한 사실을 증인의 입에서 끌어내는 검시관의 기술은 모두 경찰의 지도가 뒷받침하고 있기 때문이다. 베벌리가 먼저 증언을 요구당했다. 중요한 증언을 진술한 다음에 "그런데 베벌리 씨, 그 편지 말입니다만." 그는 질문을 받았다. "당신은 난처해 보셨습니까?"

"내용은 보지 못했습니다. 뒷면만을 봤을 뿐이지요, 마크는 형의 이야기를 하면서 그 편지를 쳐들고 있었으니까요."

"그럼, 뭐라고 씌어 있었는지 모르시겠군요?"

베벌리는 가슴이 덜컹 내려앉았다. 오늘 아침에 틀림없이 읽었기 때문에 내용을 잘 알고 있다. 하지만 그것을 인정할 수는 없다. 그리하여 마침내 위증을 하려고 했을 때 문득 생각나는 일이 있었다. 길링검이 들었다는, 경감에 대한 케일리의 진술에서 그 이야기가 나왔었다.

"나중에 알았습니다. 그러나 마크는 그날 아침 식당에서 그걸 읽지는 않았습니다."

"그렇지만 당신은 그 내용이 환영받지 못하는 편지라고 생각하셨겠군요?"

"네, 그렇습니다!"

"마크는 그걸 보고 두려워했던가요?"

"두려워했다고는 할 수 없습니다. 뭔가 화가 난 것 같은, 그러면서도 체념하고 있는 듯한…… 이거 또 만나게 되었구나 할 때의 얼굴처럼 보였습니다."

여기저기서 나직이 웃는 소리가 들렸다. 검시관도 빙긋 웃었지만 이내 웃음을 지워 버렸다.

"수고하셨습니다, 베벌리 씨."

다음 증인으로는 앤드류 에이모스라는 이름이 불려졌다. 길링검은 어떤 사람인가 흥미있게 바라보았다. 그의 귓전에서 베벌리가 말했다.

"저 사람은 정원 오두막에 사는 문지기일세."

에이모스의 진술은 한 번도 본 적이 없는 어떤 사람이 3시 조금 전에 오두막 앞을 지나다가 길을 묻더라는 것이었다. 그는 이미 시체를 보았고 그때 그 사람임에 틀림없노라고 말했다.

"어떤 말을 물었나요?"

"빨강 집으로 가려면 이 길로 가면 되느냐고 묻더군요."

"그래, 당신은 뭐라고 대답했습니까?"

"저는 '여기가 빨강 집이지만 누구를 만나시렵니까?' 말하며 그 사람을 봤지요. 몹시 허술한 차림을 하고 있었으므로 무슨 볼일인가 생각했던 겁니다."

"그래서요?"

"그랬더니 그 사람은 이렇게 말하더군요. '마크 애블레트 씨는 집에 있는가?' 말은 좀 달랐을지도 모릅니다. 아무튼 별로 주의를 하지 않았으니까요. 그래서 저는 그 사람 앞에 막아서서 무슨 볼일이냐고 다시 물었습니다. 그러니까 그는 웃으면서 '그리운 동생 마크를 만나고 싶네.' 하더군요. 그래서 저도 좀 더 가까이 가서 보았더니 꽤 닮은 얼굴이어서 형님이라 생각했습니다. 그래서 '이 길을 곧장 가면 그 집 앞으로 갈 수 있지만 주인님이 지금 계실지 안 계실지는 알 수 없습니다'라고 말했지요. 그러자 그 사람은 또 괴상하게 웃으면서 '마크 애블레트는 굉장한 저택을 사들였군. 무척 벌어 놓은 모양이지'라고 말하기에 저는 다시 한번 그의 얼굴을 유심히 들여다보았습니다. 신사라면 그런 소릴 쉽게 하지 않는 법이니까요. 이 사람이 정말 주인님의 형일까 생각하고 있는데, 그는 큰소리로 웃으면서 가버렸습니다. 제가 알고 있는 건 대체로 이 정도입니다."

앤드류 에이모스는 증인석에서 내려 방 뒤편으로 물러갔다. 길링검은 그가 심리가 끝날 때까지는 나가지 않을 거라는 것을 확인하고 그의 모습에서 시선을 거두었다. 그리고 베벌리에게 물었다.

"에이모스와 이야기하고 있는 건 누군가?"

"퍼슨즈라고 하는데, 정원사 가운데 한 사람이지. 그는 스탠튼 거리에 오두막을 한 채 갖고 있네. 오늘은 그 집에서 일하는 사람들이 빠짐없이 모여들었군. 마치 휴일 같네그려."

'저 사람도 증언하는 걸까' 길링검은 생각했다. 짐작대로 그가 에이모스 다음으로 증인석에 불려나갔다. 그는 그날 현관 앞에서 잔디밭을 손질하고 있을 때 로버트 애블레트가 도착하는 것을 보았다고 말했다. 그러나 총소리는 듣지 못했다. 미처 깨닫지 못했던 것이다. 그는 귀가 잘 들리지 않았다. 그리고 5분 후에 신사 한 사람이 도착했다는 것이었다.

"그 신사는 이 심리법정에 와 있습니까?" 검시관이 물었다. 퍼슨즈는 천천히 방 안을 두리번거렸다. 길링검은 그의 시선과 마주치고 미소를 지어 보였다.

"저분입니다." 퍼슨즈는 가리켰다. 그의 손가락을 따라 모든 사람들의 시선이 길링검에게로 쏠렸다.

"5분 후였나요?"

"그쯤 됩니다."

"그 신사가 도착하기 전에 집에서 나간 사람은 없었습니까?"

"없었습니다. 그건 제가 보지 못했다는 뜻입니다."

다음은 하녀 오드리였는데, 그녀는 경감 앞에서 말한 것과 똑같은 증언을 했을 따름이며, 새로운 사실을 진술하지는 않았다. 그리고 엘시의 차례가 되었는데, 신문기자들은 그녀의 증언이 방 안의 이야기를 엿들은 대목에 이르자, 마구 갈겨쓰고 있던 기사에다 괄호를 넣고 비로소 '심문정 안이 소란해졌음'이라고 덧붙였다.

검시관이 물었다.

"그런 말소리를 듣고 얼마 후에 총소리가 들렸소?"

"거의 같은 시간이었습니다."

"1분 후였소?"

"확실히 말할 순 없습니다만, 매우 빨랐습니다."

"당신이 홀에 있을 때였소?"

"아닙니다. 제가 가정부 스티븐즈 부인의 방 앞에 있을 때였습니다."

"홀에 돌아가서 확인해 보고 싶은 생각은 없었소?"

"그런, 그런 생각은 할 수 없었습니다. 큰어머니의 방에 들어갔더니 그분이 떨리는 목소리로 '저게 무슨 소리니?' 하고 물었어요. 그래서 제가 말했습니다. '저건 집 안에서 나는 소리예요. 틀림없어요.' 마치 뭔가 터지는 소리였어요."

"질문은 이만." 검시관은 말했다.

케일리가 증인석에 앉자 법정 안이 다시금 소란해졌다. 아니, 이번에는 '소란하다'고 까지는 말할 수 없었다. 그것은 적지않은 흥미와——적어도 길링검에게는 그렇게 느껴졌다——동정의 표시였을 것이다. 재판은 마침내 최고조에 달했다. 그의 증언은 신중하였고, 진실을 말할 때와 조금도 다름없이 그 거짓말을 천천히 생각하면서 말했다. 길링검은 그의 모습을 유심히 살펴보며, 그의 주위에 사람들의 마음을 사로잡는 그 무엇이 감돌고 있는 것은 무엇 때문일까 생각했다. 왜냐하면 길링검은 그 자신이 믿고 있듯이 그가 거짓말을 하고 있다는 것, 그가 마크를 위해서가 아니라 그 자신을 위해 거짓말을 하고 있다는 것을 알면서도 그에게 동정을 느끼지 않을 수 없는 것이 이상했기 때문이었다. 검시관이 물었다.

"마크는 권총을 갖고 있었던가요?"

"제가 알기로는 갖고 있지 않습니다. 갖고 있었다면 제가 모를 리 없습니다."

"그날 오전 중 집 안에 당신과 마크를 제외하고는 아무도 없었습니까? 그때 마크는 로버트의 방문에 관해서 아무것도 이야기하지 않았습니까?"

"오전 중에 저는 그와 별로 만나지 못했습니다. 저는 제 방에서 일도 하고 바깥에도 나가봐야 했기 때문에 좀 분주했습니다. 그렇지만 점심 때는 잠깐 이야기하였습니다."

"어떤 태도로 말하던가요?"

"글쎄요……." 그는 망설이다가 계속했다. "초조한 듯했다고나 할까요. 가끔 다음과 같이 말했습니다…… 어떤 용건으로 형이 찾아온다는 걸 알고 있었다고도 하고……. 왜 귀국하게 되었을까, 편지의 말투가 달갑지 않다, 한바탕 소동을 일으킬 작정으로 나타나는 것이 아닐까…… 등등의 말을 했습니다."

"형이 영국에 와 있는 줄 생각지도 못했다는 말은 하지 않았던가요?"

"언제 돌아오게 될는지 알 수 없다고, 그것을 걱정하고 있었던 건 사실입니다."

"……그래서 그들 형제는 함께 사무실에 들어갔겠군요. 그때 이야기는 들리지 않았습니까?"

"듣지 못했습니다. 마크가 사무실에 들어가자 저는 서재에서 줄곧 있었으니까요."

"서재의 문은 열려 있었습니까?"

"네, 열려 있었습니다."

"조금 전의 증인 엘시를 보거나 그의 말소리를 듣거나 하시진 않았습니까?"

"아니오."

"당신이 서재에 계시는 동안에 누군가가 사무실에서 나왔다고 합시다. 그때 당신은 그걸 알 수 있었을까요?"

"알 수 있었을 거라고 생각합니다. 각별히 소리를 내지 않으려고 했다면 모르지만."

"그렇겠군요…… 마크는 성급한 편이었습니까?"

케일리는 이 문제에 대답하기 전에 뭔가를 신중히 생각하는 듯했다.

"성급하다고 말할 수도 있습니다. 하지만 난폭할 정도는 아닙니다."

"몸은 어떻습니까? 운동선수처럼 민첩하고 힘차다든가……?"

"그렇습니다. 민첩하고 힘차기는 하지만 특히 보통 사람보다 억세다고는 할 수 없습니다."

"또 한 가지, 마크는 평소에 상당한 액수의 돈을 갖고 있는 습관이었습니까?"

"네, 그런 습관이 있었습니다. 100파운드 지폐 한 장은 늘 지니고 있었습니다. 그러니 10파운드나 20파운드 지폐도 역시 갖고 있었으리라고 생각합니다."

"질문은 끝났습니다. 케일리 씨."

케일리는 무거운 발걸음으로 제자리로 돌아갔다.

"제기랄!" 길링검은 혼자 중얼거렸다. "어째서 나는 저런 친구에게 호의를 갖고 있었을까!"

"앤토니 길링검 씨!"

또다시 법정 안에는 큰 관심이 기울여지는 분위기가 느껴졌다. 이 사건에 수수께끼처럼 휩쓸려든 그 낯선 사나이는 누구일까?

길링검은 베벌리에게 미소를 던지고 증인석으로 올라갔다. 그는 웃덤의 조지 여관에 묵게 되었던 경위로부터 시작해서 '빨강 집'의 근처임을 알았다는 것, 언덕을 넘어 친구 베벌리를 찾아갔는데 비극 직후에 그 집에 도착했다는 것 등을 이야기했다. 나중에 생각해 보았더니 확실히 총소리를 들은 적이 있었지만 그때에는 주의하지 않았다고 설명했다. 그 집에는 웃덤 쪽으로 갔기 때문에 그보다 몇 분 앞서 간 로버트 애블레트의 모습은 당연히 보지 못했다는 식으로, 그의 증언은 케일리의 그것과 일치하고 있었다.

"당신과 케일리 씨는 함께 프랑스 창으로 달려가 그것이 닫혀 있는 걸 발견했겠군요."

"네."

"당신들은 그걸 비틀어 열고 시체가 있는 데로 달려갔습니까? 물론 누구의 시체인지 당신은 몰랐겠지요?"

"그렇습니다."

"케일리 씨는 뭐라고 말했습니까?"

"시체를 반듯하게 눕혀 놓고 이렇게 말했습니다. '아아, 다행이군!'하고요."

여기서 또 기자들은 '심문정 안이 소란해졌음'이라고 써 두었다.

"그것이 무슨 의미인지 알았습니까?"

"저는 그에게 이 사람이 누구냐고 물었습니다. 그랬더니 그는 로버트 애블레트라고 말했는데, 처음엔 같이 살고 있는 사촌형 마크가 사살되었는가 하고 근심했다고 말했습니다."

"그렇겠군요, 그래, 그때 그는 어떤 태도였습니까?"

"처음에는 걷잡을 수 없이 흥분한 것 같았습니다만, 마크가 아니라는 걸 알고는 어느 정도 침착해진 것 같았습니다."

뒤편의 군중 속에서 신경질적인 어떤 신사가 갑자기 껄껄 웃었다. 검시관은 안경을 쓰고 그쪽을 노려보았다. 신경질적인 그 신사는 당황해서 구두끈을 매기 시작했다. 검시관은 안경을 벗고 질문을 계속했다.

"당신이 자동차길을 걷고 있을 때 집에서 나온 사람은 없었습니까?"

"없었습니다."

"수고하셨습니다, 길링검 씨."

그 다음에는 버치 경감이 나섰다. 오늘이야말로 자신의 최대의 날이며 온 세계의 주목을 끌고 있다고 의식한 경감은 집의 도면을 꺼내어 모든 방의 상황을 설명했다. 설명이 끝나자 도면은 배심원의 손으로 넘어갔다.

버치 경감이 온 세계를 향해 증언한 바에 의하면, 그가 '빨강 집'에 닿은 것은 그날 오후 4시 42분이었다. 매슈 케일리 씨의 마중을 받고, 그에게서 사건의 대강 이야기를 들은 뒤 현장 조사를 시작했다. 프랑스 식 창은 밖으로 열렸고, 홀로 통하는 문은 잠겨진 채였다. 방 안은 샅샅이 수색했으나 열쇠는 끝내 발견되지 않았다. 사무실 옆의 방 창문이 하나 열려 있었다. 창문에는 아무런 흔적도 남아 있지 않았지만 매우 낮은 위치에 있었기 때문에 실험해 볼 것도 없이 구두로 문지방을 더럽히지 않고 밖으로 뛰어내릴 수 있었을 것이다.

창문 밖의 몇 야드 떨어진 곳에 관목 수풀이 펼쳐져 있다. 창문 밖에서 최근의 발자국은 발견되지 않았지만, 그것은 오랫동안 비가 내리지 않아 땅바닥이 아주 굳어진 때문이었다. 그러나 관목 수풀에는 최근에 부러졌다고 추측되는 작은 나뭇가지가 몇 개 떨어져 있었다. 그밖의 증거와 연결시키면 누군가가 거리를 마구 뛰어갔다고 짐작된다. 지체없이 집의 관계자 전원을 조사해 보았지만 수풀 속에 들어간 사람은 한 사람도 없었다. 이 수풀을 지나가면 집에서는 보이지 않게 본채를 돌아서 사냥터로, 스탠튼 방면으로 나갈 수가 있는 것이다.

피해자에 관해 세심한 조사를 해본 결과 판명된 것은 로버트는 고향에서 금전상의 문제를 일으켜 15년 전에 오스트레일리아로 건너갔다. 그와 동생의 출생지인 마을에서는 피해자의 평판이 아주 좋지 않다. 그들 형제는 한 번도 융화한 적이 없었는데, 그 후 마크 애블레트가 재산을 모은 사실로 말미암아 그들의 불화는 한결 심해졌다. 로버트가 오스트레일리아를 떠난 것은 그 직후였다.

스탠튼 역도 조사해 보았으나 그날은 마침 스탠튼 거리에 장이 섰기 때문에 평일보다 훨씬 혼잡해 로버트 애블레트의 도착을 본 사람은 아무도 없었다. 그날 오후 그가 런던에서 타고 왔던 2시 10분에 도착하는 열차에서 무척 많은 사람들이 내렸기 때문이다. 다만 한 사람의 증인이 나타나 같은 날 오후 3시 53분에 같은 역에서 마크 애블 레트라고 생각되는 인물이 열차를 기다리고 있는 것을 보았다고 했다. 그리고 그 인물은 3시 55분 열차에 탔다는 것이다.

빨강 집의 대지 안에는 늪이 있다. 이것도 역시 경감이 수색해 보았으나 아무 수확도 얻을 수 없었다……

그동안 길링검은 경감의 진술에는 막연히 귀를 기울이고 있을 뿐, 혼자만의 생각에 잠겨 있었다. 그 후에 검시관의 증언이 있었지만 그것도 별로 얻을 것이 없었다. 차라리 길링검 자신이 훨씬 진상에 접근하고 있었다. 앞으로 무슨 일이 생기면 비록 그것이 아무리 보잘것 없는 일일지라도 그의 머리에 힌트를 줄 것임에 틀림없었다. 버치 경감은 평범한 사건만을 추구하는 인물이다. 공교롭게도 이 사건만큼 평범한 일과는 인연이 먼 것도 없다. 평범하기는커녕 형언할 수 없는 공포가 감돌고 있다.

존 보덴이라는 사나이가 증언하기 시작했다. 그는 화요일 오후, 플랫폼에 서서 3시 55분 열차로 출발하는 친구를 전송하려는데, 옷깃을 세우고 턱마저 숨기듯 스카프를 두르고 있는 사람을 보았다. 이처럼 더운 날씨에 괴상한 사람도 다 보겠다고 수상히 여겼었는데, 그는 기차가 들어서기 바쁘게 뛰어올랐다는 것이었다.

"존 보덴 같은 사람은 어떤 살인 사건에서나 나타나는 법이야." 길링검은 속으로 중얼거렸다.

"당신은 마크 애블레트를 본 적이 있습니까?"

"한두 번 있습니다."

"플랫폼의 사나이는 틀림없이 마크였습니까?"

"사실은 자세히 보지 못했습니다. 옷깃을 세우고 스카프로 얼굴의 일부를 가리고 있었기 때문입니다. 하지만 이 무서운 사건이 생기고 마크가 행방불명이 되었다는 걸 알게 되자, 저는 아내와 함께 이야기했습니다. 역에서 본 사람이 마크 애블레트가 아닐까 하는 생각이 들기 시작했습니다. 그래서 의논한 끝에 경감님에게 알려야 겠다고 생각했습니다. 키는 꼭 마크 애블레트만 했습니다."

이때에도 길링검은 자기 생각만 쫓고 있었다.

검시관은 지금까지 진술한 모든 증인들의 심리 결과를 요약했다. 그리고 이제 남은 것은 배심원들이 모든 증언을 들었으니 그 방에서 그들 형제 사이에 어떤 일이 벌어졌었는가 하는 판단을 내려야할 차 례였다.

피해자는 무엇으로 사망하기에 이르렀는가? 이 점은 검시관의 증 언대로 권총으로 사격당한 머리의 상처 때문임이 확정되었다. 그럼, 권총을 쏜 사람은 누구인가? 로버트 애블레트의 손에 의해서라면 배 심원은 자살이라는 판정을 내릴 것이다. 이러한 견해가 옳다면 그 권 총은 과연 어디에 있는가? 그리고 마크는 어떻게 되었는가? 자살설 을 채택할 수 없다면 어떤 견해가 남게 되는가? 과실사, 정당방위, 살인의 세 가지이다. 과실사의 경우 가능성이 없다고는 할 수 없지 만, 그렇다면 마크 애블레트의 실종을 어떻게 해석할 것인가? 그가 범행 현장에서 도망쳤다는 것은 증거에 의해서 거의 확정적이다. 사 촌동생 케일리가 사건 현장으로 그가 들어가는 것을 보았고, 하녀 엘 시는 그가 그 방에서 형 로버트와 말다툼하는 것을 엿들었다. 문은 잠겨 있었지만, 최근에 창문을 통해 관목숲을 지나간 사람이 있었다 는 흔적이 남아 있다. 마크의 범행이 아니라면 과연 누구의 짓이었을 까? 형의 죽음에 관계가 없는 그가 도망칠 필요가 있는가 하는 것을 배심원 여러분은 고려해야 한다. 여기서 주의할 일은, 죄를 범하지 않은 사람도 때로는 사려 분별을 잃는 경우가 있다. 설령 마크 애블 레트가 형을 사살하고 시체를 유기한 채 도루한 것이 사실이라 하더 라도 그에게는 정당한 이유가 있고 따라서 법의 추적이 하등 두려워할 게 못되었다는 또 다른 사실이 나중에 밝혀질 수도 있다. 그러므로 배심원 여러분의 주의를 환기시키고 싶은 것은 이것이 마지막 판결이 아니며, 가령 배심원 여러분이 그에 대해 살인죄에 해당한다고 판단하여 기소하더라도 그것은 그가 체포되었을 때의 공판에 아무런 영향도 미치게 되지 않는다는 점이다……. 배심원 여러분은 충분히 생각을 가다듬고 판정 내리기를 바란다.

배심원은 그 말대로 충분히 고려를 거듭했다. 그 결과, 피해자의 사망 원인은 권총 발사로 생긴 머리의 상처에 의한 것이며, 그것을 발사한 사람은 그의 동생 마크 애블레트임이 분명하다고 판정했다.

베벌리는 곁에 있어야할 길링검을 찾았지만, 어느새 보이지 않았다. 뒤를 돌아다보니 앤드류 에이모스와 퍼슨즈 사이에 길링검이 끼어서 어깨를 나란히 하고 문을 나서고 있었다.

베벌리의 활약

이 검시 심문은 스탠튼의 '어린 양(羊)' 여관에서 열렸는데, 이튿날에는 같은 스탠튼에서 로버트 애블레트의 시체를 매장하기로 되어 있었다. 베벌리는 여관 밖에서, 길링검 녀석이 어디까지 따라갔는지 그가 돌아오기를 기다리고 있었다. 그러다가 문득 생각난 것은 케일리도 이제 나오리라는 것이었다. 그의 자동차가 바로 옆에 있었으므로 헤어질 때 인사라도 해야 하기 때문이다. 그래서 그는 일부러 여관 뒤뜰로 돌아가서 담배를 물었다. 마구간 벽에 포스터 한 장이 붙어 있었다. 비바람에 시달린 낡은 것이어서 군데군데 찢어졌지만 큼직하게 '연극 대공연'이라고 씌어 있고, '12월, 수요일'이라고 날짜도 적혀 있었다. 베벌리는 그것을 보면서 저도 모르게 벙글거렸다. 말수가 많은 우편 배달부 조의 역할을 맡은 빌 베벌리의 이름이 바람에 날리고 있는 부분에 보였기 때문이다. 그때는 무대에서 대사를 깜박 잊어 버려 작가의 의도와는 딴판으로 말 없는 우편 배달부 노릇을 하고 말았지만, 그것이 또 관객의 인기를 무척 끌었다. 그러나 그의 웃음도 곧 가시었다. 빨강 집에서는 두 번 다시 그때와 같은 즐거움을 맛볼 수 없게 된 것이다.

"여어, 기다리게 해서 미안하네." 뒤에서 길링검의 목소리가 들렸다. "나의 친구 에이모스와 퍼슨즈가 한잔하고 싶다고 놓아 주질 않았어."

그리고 그는 베벌리의 구부린 팔에다 손을 얹으며 유쾌하게 웃었다. 베벌리는 좀 불쾌한 듯이 말했다.

"그런 친구들을 무엇 때문에 쫓아다니는가? 난 또 어디로 갔나 걱정했지."

길링검은 아무 대답도 하지 않았다. 그리고 포스터를 바라보며, "이건 언제 했었나?" 하고 물었다.

"응?"

"아아, 이거 말인가. 작년 크리스마스였지. 아주 호평이었어."

길링검은 큰 소리로 웃었다.

"자네도 그럴 듯하게 했나?"

"영 글렀어. 배우의 소질은 본디부터 없다네."

"마크는?"

"그는 잘해. 연극을 아주 좋아하니까."

"헨리 스태터즈 목사——매슈 케이 출연. 이건 그 케일리 선생인가?"

"그렇네."

"솜씨는?"

"생각보다는 괜찮았어. 본디 좋아하는 편은 아니지만, 마크가 가르쳐줬겠지."

"노리스 양은 하지 않았던 게로군."

"그 사람은 프로야. 이런 풋내기들 틈에 낄 턱이 있나."

길링검은 웃었다.

"어쨌든 대성공이었겠군."

"물론이지!"

"바보였어. 나는 정말 바보였어." 길링검은 심각한 말투로 뇌까렸다. "더구나 이만저만한 바보가 아니었어."

연거푸 자기 자신을 꾸짖으면서 포스터 앞에서 물러나더니, 베벌리를 한길로 끌고 갔다.

"정말 얼간이야, 바로 조금 전에도……." 그리고는 별안간 이렇게 물었다.

"마크는 치통에 걸린 적이 있었나?"

"치과의사한테 자주 다니더군. 하지만 그게 무슨 상관인가?"

길링검은 또다시 웃음을 터뜨렸다.

"이거 운이 좋은걸!" 그는 빙긋이 웃었다. "그런데 자네는 어떻게 그걸 알고 있나?"

"나하고 같은 치과의사야. 마크가 추천해 주었지. 윈폴 거리의 카트라이트라고 하네."

"윈폴의 카트라이트라." 길링검은 되풀이하면서 생각했다. "알았어, 윈폴의 카트라이트. 아아, 그리고 케일리도 거기 다니는가?"

"그럴 거라고 생각하네. 그래, 분명히 간 적이 있어. 하지만 그건 또 왜?"

"마크는 몸이 건강한 편인가? 가끔 병원에 드나들었는가?"

"별로 다닌 적이 없지, 아마. 매일 아침 일찍 일어나서 체조를 했을 걸세. 아침 식사 때 쾌활한 건 그 때문이라고 자랑하더군. 그처럼 효력이 있다고는 생각되지 않지만 건강에 도움이 되는 것은 확실한 모양일세. 길링검, 자네도 좀."

길링검은 손을 들어 상대방의 입을 막았다.

"또 한 가지, 마지막 질문이야. 마크는 헤엄치기를 좋아했는가?"

"아니, 좋아하지 않았어. 아마 헤엄칠 줄 모를걸. 그런데 갑자기 괴상한 말만 하는군. 머리가 좀 어떻게 된 게 아닌가? 아니면 내가 이상해진 건가. 설마 이러한 게임이 새로 생긴 건 아니겠지."

길링검은 상대방의 팔을 꽉 붙잡았다.

"나의 친구 베벌리, 이것이 그 새로운 게임일세. 게다가 선물이 굉장하네. 원폴거리의 카트라이트라."

두 사람은 웃덤으로 뻗은 한길을 반 마일 가량이나 말없이 걸어갔다. 베벌리는 몇 번이나 친구의 입을 열려고 해보았지만 길링검은 대답 대신 입 속으로만 중얼거리고 있었다. 베벌리가 또 한 번 말을 건네자 그는 갑자기 멈춰서서 자신 없는 눈빛으로 쳐다보았다.

"실은 자네한테 부탁하고 싶은 일이 하나 있네." 얼굴빛을 살피며 베벌리를 쳐다보았다.

"무슨 일인데?"

"아주 중대한 일이며, 게다가 지금 내가 희망을 걸고 있는 유일한 일일세."

베벌리는 저절로 기운이 솟아났다.

"그럼, 자네는 드디어 해결했는가?"

길링검은 끄덕였다.

"이제는 조금 남았네, 알고 싶은 일은 하나밖에 남지 않았어. 자네가 스탠튼으로 돌아가 주면 되는 걸세. 아직 그다지 멀리까지 온 건 아니니까 별로 시간도 걸리지 않을 거야. 해주겠나?"

"나의 홈즈여, 무슨 일이건 서슴지 않고 하겠네."

길링검은 히죽 웃으며 좀 더 생각하고 있었다.

"스탠튼에는 다른 여관도 있었지. 역 근처에?"

"자네가 말하는 건 '호미와 말' 여관일세. 역으로 가는 오르막길이 구부러진 모퉁이에 있는……."

"그래. 자네 주량은 아직도 건재한가?"

"물론이지." 베벌리는 싱글벙글 웃으면서 대답했다.

"그거 마침 잘됐네. 그럼 '호미와 말'에서 한잔하게나. 두 잔도 상관없네. 그리고 주인이건 주인 아주머니건 붙잡고 이야기하게. 그러면서 월요일 밤에 묵고 간 녀석이 있는지 없는지 알아봐 주게나."

"로버트 말인가?" 베벌리는 눈을 깜박이면서 물었다.

"로버트라고는 말하지 않았네." 길링검은 미소를 지었다.

"다만 월요일 밤에 거기서 자고 간 녀석이 있나 없나 하는 것만 알아 오게. 그 지방 사람이 아닌 타지 사람이야. 될 수 있는 대로 특징을 알아 오게. 하지만 주인이 눈치채지 않도록 조심하게."

"맡겨둬. 자네 의도는 알 만하네."

"하지만 로버트든 누구든 특정한 사람한테 선입감을 가져서는 안되네. 상대방이 제멋대로 이야기하도록 내버려 두게. 키가 크니 작으니 하고 자네 편에서 먼저 이야기해서는 안된단 말일세. 상대방은 자연히 자네 이야기에 영향을 입어 멋대로 이야기하도록 하면 되네. 상대가 여관집 주인이라면 한두 잔 권하는 편이 좋겠지."

"알았어." 베벌리는 자신만만하게 말했다. "나중에 어디서 만날까?"

"조지 여관으로 오게나. 자네가 먼저 돌아오게 되면 8시에 식사하겠다고 일러 두게. 어쨌든 8시에는 만나게 되겠지."

"좋아." 그는 길링검에게 끄덕이고는 다시 스탠튼을 향해 성큼성큼 걸어갔다. 길링검은 열성스러운 친구의 뒷모습을 웃는 얼굴로 바라보고 있다가 갑자기 무엇을 찾기라도 하는 것처럼 사방을 천천히 둘러보았다. 20야드쯤 되는 거리에 한길에서 왼쪽으로 갈라진 오솔길이 있었다. 그 길을 걸어가면 오른쪽에 작은 문이 하나 보이는데,

그는 파이프에 담배를 담으면서 문 앞에까지 이르러 불을 붙여물고는
그 문 앞에 주저앉아서 두 손으로 머리를 짚었다. 그는 중얼거렸다.

"그럼, 처음부터 생각해 보기로 할까."

우리들의 아슬아슬한 명탐정 빌 베벌리 씨가 조지 여관에 도착한
것은 거의 8시가 가까울 무렵이었다. 먼지투성이의 몹시 지친 몰골이
었다. 길링검은 이미 돌아와 있었다. 모자를 벗고 세수를 한 말끔한
모습으로 문어귀에 서서 베벌리가 도착하기를 기다리고 있었다.

"식사 준비는?" 베벌리는 제일 먼저 그것부터 물었다.

"다 되어 있네."

"그럼, 손을 씻고 빨리 먹어야겠네. 시장해서 못 견디겠어."

"안됐군. 부탁하지 말 걸." 길링검은 뉘우치듯 말했다.

"괜찮아. 곧 씻고 오겠어." 그리고 층계를 반쯤 올라가다가 돌아보
며 물었다. "나도 같은 방인가?"

"그렇게 해 두었어. 방은 알겠나?"

"응, 식사를 시작하세나. 맥주를 넉넉히 준비해 두고."

그는 2층으로 올라갔다. 길링검은 천천히 식당으로 들어갔다.

맹렬한 식욕의 첫단계가 끝나고 포크를 움직이는 손에 일단 여유가
생기자 베벌리는 그날의 모험을 털어놓기 시작했다. '호미와 말' 여관
의 주인은 무뚝뚝한 양반이었다. 너무 철저하게 무뚝뚝해서 처음에는
아무래도 이야기를 나눌 수가 없었다. 그러나 베벌리에게는 재치가
있었다. 기지가 넘친다는 것은 그를 두고 하는 말 같았다.

"주인 녀석은 검시 심문에 관한 이야기만 지껄였어. 그처럼 기묘한
건 없다고 불평을 늘어놓는 걸세. 그 녀석의 처갓집도 역시 여관인
데 거기서 한 번 검시 심문이 열린 적이 있었다더군. 그 친구는 그
걸 아주 자랑했어. 그런데 나는 할 이야기가 있어야지. '분주하시

겠지요, 요즈음은?' 이 소리만 되풀이했다네. 저편에서는 예사라고만 대답하고는 또 수잔 이야기로 돌아가 버리더군. 그건 검시 심문이 열렸던 여관의 주인 이름이야. 그건 주인 녀석은 열병에 걸린 것처럼 되풀이했었지. 그래서 나는 슬쩍 물었네. 요즘엔 경기가 좋지 않냐고 말일세. 그랬더니 저편은 보통이라고 대답했어. 이래서는 안되겠다는 생각에 한 잔 더 권했지. 그런데도 이야기는 더 진전되지 않는 걸세. 하지만 마지막에는 잘됐어. 내가 존 보덴 이야기를 꺼냈는데 그게 먹혔어. 역에서 마크를 봤다고 말한 증인말이야. 다행히 주인은 보덴을 잘 알고 있었네. 보덴의 처갓집 이야기마저 하던걸. 처갓집 가족 가운데 한 사람이 불에 타서 죽었다는 이야기도 했지. '아아, 맥주는 자네가 먼저 들게나, 이거 고맙네'라고 하더군. 나는 자연스러운 말투로, 많은 사람들을 상대하니까 일일이 모두 기억해 두기는 어려울 거라고 말했더니 주인은 끄덕이면서 사실 무리한 이야기라고 맞장구를 쳐주더군. 그래서."

"그 다음은 내가 말하지." 길링검은 상대방의 말을 가로막았다.

"세 가지만 맞추겠네. 자네는 주인더러 손님들의 얼굴을 전부 기억하느냐고 물었겠지?"

"그렇지, 그럴 듯한 질문이라고 생각하지 않나?"

"훌륭했어. 그래, 결과는?"

"결과는 여자였네."

"여자라구?"

"응, 여자였어." 베벌리는 힘있게 말했다. "나도 그때까진 로버트의 이야기가 나올 줄만 생각했었지. 그렇지 않겠는가. 그런데 그게 아니야. 그건 여자였어. 월요일 밤 늦게야. 자동차로 왔더래. 직접 운전하는 차로. 그리고 이튿날 아침에 일찍 떠나 버렸대."

"어떤 여자였는지 주인은 말하던가?"

"보통 여자라는 이야기였어. 보통 키, 보통 나이, 보통 살빛, 그가 하는 이야기는 뭐든지 보통이 아니면 예사란 말이야. 쓸모가 없을까? 하여튼 여자라는 걸 알았어. 그렇게 되면 자네 이론이 무너지는가?"

"그렇지도 않네, 베벌리. 별로 달라진 것은 없어."

"그럼 처음부터 여자라는 걸 알고 있었는가? 아니면 짐작만 했었나?"

"그 이야기는 내일까지 기다리게. 내일은 모든 걸 말해 주지."

"왜 내일인가?" 베벌리는 낙심한 듯이 말했다.

"그렇지만 한 가지만은 오늘 밤에 이야기해도 되네, 다른 질문은 하지 않는다는 약속을 하면. 그러나 자네는 이미 알고 있는 일일는지도 몰라."

"무슨 이야기인데?"

"마크 애블레트는 형을 죽이지 않았다는 거야."

"그럼, 케일리인가?"

"그것 보게, 벌써 다른 질문이 아닌가? 하지만 가르쳐줘도 좋네. 케일리도 아니야."

"그럼 대체 누구란 말인가?"

"맥주나 더 마시게." 길링검은 웃으면서 말했다.

그날 밤 두 사람은 일찌감치 침대에 누었다. 그들은 매우 피곤했던 것이다. 베벌리는 염치 불구하고 코를 골기 시작했지만, 길링검은 눈을 뜬 채 생각에 잠겨 있었다. 지금쯤 빨강 집에서는 어떤 일이 일어나고 있을까? 내일 아침에는 알 수 있을 것이다. 한 통의 편지가 날아들 것이다. 사건의 경과를 처음부터 다시 생각해 보았다. 어디에 잘못이 있는 것이 아닐까? 앞으로 경찰은 어떠한 수사 방법으로 할 것인가? 과연 그들은 진상을 알아 낼 수 있을까? 나는 그것을 경찰에 알려야 할 것인가? 아니다. 그들 좋을대로 찾아내게 하자. 그것이 그들의 직무가 아닌가. 이번에야말로 나는 실수하지 않을 것이다. 이 이상 생각할 필요는 없다. 내일은 모든 것이 드러난다.

　과연 이튿날 아침 한 통의 편지가 그에게로 왔다.

변명의 수기

친애하는 길링검 씨.

당신의 편지를 받고 당신이 몇 가지 사실을 발견하셨다는 것, 그것을 경찰에 통고하는 것을 의무로 생각하신다는 것, 그리고 이번 살인 사건의 범인으로 제가 체포를 면하기 어렵다는 것을 잘 알았습니다. 이와 같은 사정 아래에서 어찌하여 그토록 너그러우신 경고를 해주시는지 저로서는 이해하기 어려운 일이기는 합니다만, 조금이나마 제게 동정을 베풀어주신 것이라고 생각되어 기쁨을 느끼지 않을 수 없는 바입니다. 동정하신 것인지 어떤지는 둘째 문제로 하고 애블레트가 살해된 방법과 그의 죽음을 초래한 이유를 당신도 알고 싶으실 것이지만 저 역시 그것을 말씀드리지 않고서는 견딜 수 없는 심정입니다. 만일 당신이 경찰에 알려야겠다는 생각이시라면 저는 별로 말씀드릴 의견이 없습니다. 모름지기 그들은 아니 당신조차도 이것을 살인 사건이라고 부르실 것입니다. 그러나 그때는 이미 저는 이 세상 사람이 아닙니다. 어떤 명칭으로든 마음대로 불러 주십시오.

이야기는 15년 전의 어느 여름철로 거슬러 올라갑니다. 그때 저는

15살의 소년이었고 마크는 25살의 청년이었습니다. 지금에 와서는 그럴 듯한 자선가로 자처하고 있습니다만 그 사람의 생애는 허위와 엉터리의 연속이었습니다. 그러한 그가 저희들의 좁다란 객실에 앉아서 장갑으로 왼쪽 손등을 가볍게 두드리고 있는 것이었습니다. 그것을 보고 사람 좋은 저의 어머니는 얼마나 점잖은 청년 신사인가 감탄했습니다. 저와 저의 동생 필립은 어머니가 시키는 대로 황급히 얼굴을 씻고 옷을 갈아입고는 그의 앞에 섰습니다. 마음속으로는 놀고 있는 것을 방해한 그를 원망하면서 우리는 서로 몰래 옆구리를 찌르기도 하고 발등을 밟기도 했습니다. 친절한 사촌형 마크는 우리들 가운데 한 사람을 양자로 삼기 위해 찾아왔습니다. 무엇 때문에 제가 선택되었는지는 알 수 없습니다. 필립은 아직 11살이어서 저보다도 2년이나 더 기다리지 않으면 안되었던 것이 이유가 아니었을까요? 이리하여 마크는 제게 교육을 베풀어 주었습니다. 저는 퍼블릭 스쿨을 거쳐 캠브리지에 진학하였고, 졸업 후에는 그의 비서가 되었습니다. 그러나 실제로는, 친구 되시는 베벌리 씨에게서 들으셨으리라고 생각합니다만 비서가 아니었습니다. 토지 관리인이고 재정 고문이며 여행 동반자일 뿐 아니라, 무엇보다도 그의 이야기를 들어 주는 것이 저의 가장 중요한 직책이었습니다. 그 사람은 고독하게는 살 수 없는 인간이었습니다. 언제나 반드시 이야기를 들어 주는 사람이 필요했습니다. 생각건대 그는 제가 그의 전기작자가 되기를 바랐을 것입니다. 사실 한 번은 사후의 저작권을 일체 저에게 관리시키겠다고 말한 적도 있습니다……불쌍한 사람입니다. 제가 어쩌다 그의 곁을 떠나 있을 때는 하찮은 이야기를 지루하게 적은 편지를 보내는 것이었습니다. 물론 저는 읽자마자 찢어 버리곤 했습니다. 그는 그렇게 부질없는 짓만을 하는 사람이었습니다.

3년 전의 일이었습니다만, 제 동생 필립이 문제를 일으켰습니다.

그는 시골의 작은 중학교를 졸업하고 런던의 회사에 취직했는데 겨우 2파운드의 주급으로는 평생 어떤 희망도 가질 수 없다는 것을 곧 알았습니다. 그런데 어느 날 그 동생에게서 절망적인 편지가 날아왔습니다. 당장 100파운드의 돈을 마련하지 않으면 그의 인생은 파멸의 구렁텅이에 빠지고 만다는 것이었습니다. 저는 마크에게 그 문제를 의논했습니다. 짐작하시겠지만 빌려 달라고 부탁했습니다. 그 무렵에 이미 저의 급료는 상당한 액수였기 때문에 3개월 뒤에는 남김없이 갚아줄 자신이 있었기 때문입니다. 그러나 그의 대답은 노였습니다. 아무런 이득이 되지 않을 것으로 생각했기 때문이겠지요, 그런 일은 칭찬도 찬양도 받지 못할 것이라고 믿었을 것입니다. 필립의 감사는, 저에게는 돌아오지만 그에게는 돌아가지 않을 것이기 때문입니다. 저는 간곡히 부탁했습니다. 거친 말도 했습니다. 말다툼까지 했습니다만 그러는 동안 필립이 구속되었습니다. 저의 어머니도 그것이 원인이 되어 세상을 떠났습니다. 어머니는 이 동생을 누구보다도 극진히 사랑했기 때문입니다. 그러나 마크는 그의 성품답게 그러한 사건에조차 쾌감을 느끼는 것이었습니다. 12년 전에 필립을 택하지 않고 저를 데려온 것은 사람을 보는 눈이 있었기 때문이라고 자랑했습니다.

그 후에 제가 지나쳤다고 사과하자 그는 예사롭게 관대한 신사의 연기를 보여 주었습니다. 그러나 그날 이후로 우리들 사이는 표면상으로는 아무런 변화도 없는 것같이 보였지만 원수처럼 되고 말았습니다. 다만 그의 허영심이 그것을 인정하지 않았을 따름입니다. 물론 그것만으로는 그를 죽이는데까지는 이르지 않았을지도 모릅니다. 자기를 미워하고 있는 상대와 친밀한 친구 관계를 유지한다는 것은 위험한 일이기도 하였습니다. 왜냐하면 마크는 저를 감사하는 마음으로 가득찬 충실한 피보호자라고 믿고, 자기 자신을 그 은인이라고 생각하고 있었기 때문에 오히려 저는 마음대로 그를 조종할 수가 있었습니다. 죽일 것까지는 없었을는지도 모르겠습니다만, 저는 그에 대한 복수를 맹세했습니다. 그리고 자만심이 강한 그는 저의 손아귀에 있었습니다. 저는 서두를 필요가 없었습니다.

그로부터 2년 후 저는 제 입장을 다시 검토하지 않을 수 없게 되었습니다. 벼르던 복수의 기회가 저에게서 떠날 위험성이 생겼기 때문입니다. 마크가 술을 마시기 시작했던 것입니다. 저는 그것을 그만두게 할 필요가 있는 것도 아니면서 놀랍게도 어느 새 그의 나쁜 버릇을 그만두게 하기 위해 노력하고 있었습니다. 본능이 이성을 극복했을까요? 아니면 이성의 판단으로, 폭음이 그를 죽음으로 몰아넣으면 복수의 기회를 잃게 된다고 가르쳤기 때문이었을까요? 저로서도 판단할 수가 없습니다. 아무튼 저는 그의 음주벽을 진심으로 고쳐주고 싶었습니다. 술을 마신다는 것은 아름답지 못한 습관이니까요.

그리하여 금주까지는 이르지 못했지만 일정한 양으로 제한시키는 데에는 성공했습니다. 그 때문에 그의 주벽은 저를 제외하고는 알려지지 않았습니다. 아니, 오히려 저는 그를 표면상으로는 예절 바른 신사로 꾸며 놓았습니다. 그때의 제 입장은 자기를 위해서 희생자를 살찌우는 식인종의 심정과 흡사했을 것입니다. 경제적으로나 도덕적으로나 마음대로 마크를 자멸시킬 수 있다고 생각하면 솟구치는 기쁨을 누를 수 없었습니다. 그저 제가 그의 일에서 손만 떼면 끝나는 일이었기 때문입니다. 그러나 거듭 말씀드립니다만 저는 서두를 필요는 없다고 생각했습니다.

그럴 때 그는 스스로 파멸을 초래하는 행동을 하였습니다. 자만심과 허영에 사로잡힌 경박하고 천한 술주정꾼은 제 처지를 망각하고 순진하고 성실한 한 여성에게 야수의 손길을 뻗쳤습니다. 길링검 씨, 당신도 그녀를 보신 적이 있습니다. 그러나 마크에 관해서는 아시는 바가 없습니다. 비록 그가 술주정꾼은 아니라 할지라도 그와 결혼하면 그녀는 절대로 행복해질 수가 없습니다. 저는 몇 해를 두고 그를 관찰하고 있었습니다만 그는 한 번도 부드러운 감정에 움직여 본 적이 없는 사람입니다. 그처럼 이지러진 심정의 소유자와 함께 산다는 건 그녀를 지옥으로 떨어뜨리는 거나 같습니다. 더구나 그러한 인간이 술마저 마시게 되었으니 그녀의 괴로움은 형용할 수 없게 됩니다. 그래서 그를 살려둘 수가 없게 되었습니다. 그녀를 지켜줄 인간은 저 말고는 아무도 없습니다. 그녀의 어머니조차 마크와 손을 잡고 그녀를 파멸의 구렁텅이로 몰아넣으려는 판국이었습니다. 저는 그녀를 위해서라면 공공연히 그를 사살하는 것도 꺼리지 않았으리라 생각합니다. 아니, 기꺼이 그렇게 하였을 것입니다. 그러나 생각컨대 무의미하게 자신을 희생시킬 필요는 없습니다. 그는 본디 저의 손아귀 속에 있는 인간입니다. 그의 자만심을 이용하면 마음대로 조종할 수 있기 때문입니다. 그를 죽이고 과실사로 만드는 것은 그다지 어려운 일이 아니었습니다.

지금 제가 생각했다가 포기한 여러 가지 계획을 지면으로나마 말씀드림으로써 당신의 시간을 낭비하게 하고 싶지는 않습니다. 하지만 늪에서 보트 사고를 일으키는 일만은 며칠 동안 계속해서 생각했습니다. 헤엄칠 줄 모르는 마크를 구하려고 저는 필사적인 노력을 하지만 끝내 기진맥진해서 불행을 초래하고 만다는 각본입니다. 그러던 중에 그가 어떤 아이디어를 주었습니다. 그와 노리스 양 밖에 모르는 비밀스런 취미를 내게 속삭이면서 스스로의 목숨을 내손에 건네준 것입니다. 당신만 발견하지 않았던들 아무에게도 발견될 수 없었던 방법입니다.

우리들은 그 때 유령 이야기를 하고 있었습니다. 마크는 평소 때보다도 더욱 체면만을 세우려고 독선적인 용렬함을 드러냈기 때문에 루스 노리스 양 같은 분은 오히려 자신이 안타까워할 지경이었습니다.

그 때문인지 저녁 식사 후에 그녀는 유령 분장을 하고 마크를 놀라게 하자고 했습니다. 저는 그녀를 위해서, 마크는 어떤 농담이라도 악의로 해석하는 사람이니까 그런 장난을 그만두게 하려고 했습니다만, 노리스 양은 전혀 듣지 않았습니다. 그래서 저도 마음은 내키지 않았습니다만 비밀을 지켜주기로 했습니다. 마음이 내키지는 않지만 그녀에게 비밀 통로를 가르쳐 주었습니다. 그 집에는 서재와 골프장 사이에 지하도가 있습니다. 길링검 씨, 그것이 어디 있는지 찾아 보시지 않겠습니까? 상당히 머리를 쓰지 않으면 안됩니다. 마크는 우연히 그것을 1년 전에 발견하였는데 그에게는 뜻하지 않은 선물이었습니다. 그러나 저에게만은 가르쳐 주었습니다. 악덕을 만족시키기 위해서도 그에게는 관객이 필요했습니다.

제가 노리스 양에게 비밀통로를 가르쳐준 것은 마크를 완전히 전율하게 만드는데 필요하다고 생각했기 때문입니다. 비밀 통로를 지나서 불쑥 골프장에 나타남으로써 그녀는 마크를 놀라게 하는데 대성공을 거두었습니다. 예상대로 마크는 노여움과 복수심에 불탔습니다. 노리스 양은 직업적인 배우이기 때문에 성공했음은 당연합니다. 그녀는 그 계획을 재미있는 장난으로만 여겼지, 그밖에는 아무런 의도도 없다고 생각했습니다. 그리고 그녀는 마크만이 아니라 다른 사람도 놀라게 할 작정이었던 것으로 생각합니다.

그날 밤, 예견했던 대로 그는 분노에 몸을 떨면서 저에게로 왔습니다. 노리스 양은 두 번 다시 초청하지 않을 테니 기억해두게. 특히 잊지 않도록. 괘씸한 여자야. 주인으로서 체통을 생각해야 하기 때문에 참고는 있지만, 날이 밝는 대로 짐을 꾸려 떠나도록 하고 싶네. 할 수 없으니까 놓아 두는 거야. 손님에 대한 예의는 지켜야 하니까. 그 대신 두 번 다시 '빨강 집'에 초청하지 않을 걸세. 무서울 정도로 굳은 결의였습니다. 저도 잊지 않겠다고 언명했습니다. 그리고 저는 그를 달래며 노여움을 풀도록 애썼습니다.

그녀의 장난은 지나쳤고 당신이 화를 내는 것도 무리는 아닙니다. 하지만 그 기분을 남들이 눈치채지 못하게 하는 편이 현명합니다. 물론 두 번 다시 이 집에 초대할 필요는 없지만······.

이렇게 말하다 말고 저는 그만 웃음을 터뜨렸습니다. 그는 화가 난 듯이 저를 쳐다보았습니다.

"뭐가 우스워?" 그는 차가운 말투로 말했습니다. 저는 또 조용히 웃었습니다. 그리고 "지금 문득 생각났습니다" 하고 말을 꺼냈습니다.

"당신이 퍽 유쾌하게 느끼시지 않을까 하고요, 복수하신다면."

"복수? 무슨 뜻이냐?"

"받은 걸 되돌려 주는 겁니다."

"그럼, 같은 방법으로 그 여자를 놀라게 한다는 건가?"

"좀 변장하고 놀려주는 것뿐입니다. 그래서 여러 사람들 앞에서 농락하는 겁니다." 저는 빙그레 웃었습니다. "가슴이 후련해질 테지요."

그는 흥분해서 일어났습니다.

"호오, 케이! 그런 일을 할 수 있겠나? 어떻게 하는 거지? 생각해 주게, 응?"

마크의 연기력에 관해서는 베벌리 씨에게서 들으셨겠지요? 그 사람은 온갖 예술을 조금씩 만지작거렸지만, 어느 것 하나도 제대로 하는 것이 없습니다. 다만 배우의 재능은 상당히 자만하고 있었습니다. 사실 무대에는 어느 정도 재능을 갖고 있었고, 아마추어 연극에서 자기를 칭찬해주는 관객들 앞에서는 그럭저럭 볼 만한 연기도 할 수 있었습니다. 직업 배우로는 어떤 하찮은 배역도 맡을 수 없겠지만 아마추어 연극에서는 주역으로 지방 신문의 극평에서 호평을 받을 만한 재간을 갖고 있었습니다. 그러니까 자기를 조롱한 직업 여배우를 혼내주기 위해 한바탕 연극을 꾸며보자는 저의 제안은 그의 허영심과 복수심을 동시에 만족시키는 일이었습니다. 만일 마크 애블레트가 그의 훌륭한 연기력으로 루스 노리스 양을 속이고 여러 사람들 앞에서 그녀를 조소할 수만 있다면 그의 복수는 완전히 성공하는 셈입니다!

길링검 씨, 이러한 일은 당신 눈에는 무척 어리석은 짓으로 보일 것입니다. 그러나 그렇게 생각하시는 것은 마크 애블레트의 인품을 모르시기 때문입니다.

"어떻게 하나, 케이, 어떤 방법으로 할까?" 그는 열심히 물었습니다.

"아직 완전한 계획은 서 있지 않습니다." 저는 그의 성급함을 진정시켰습니다. "지금 막 생각났을 따름이니까요."

그도 생각하기 시작했습니다.

"어떨까, 극단주를 자처하고 그녀를 만나면? 아니야, 그 여자라면 극단주는 모두 알고 있을지도 몰라. 인터뷰하러 온 신문기자로 할까?"

"그것도 어려울 것 같습니다." 나는 생각하면서 말했습니다.

"당신은 용모에 특징이 있고 그 코밑수염이……."

"수염을 깎아 버리지." 그는 단언했습니다.

"정말입니까?"

그는 눈길을 돌리고 중얼거렸습니다.

"어차피 수염은 깎을 작정이었어. 나는 뭐든지 할 바에는 완전히 하는 주의니까."

"그렇겠지요, 당신은 언제나 예술가였으니까요." 저는 칭찬하듯이 그를 보았습니다. 그는 무던히도 기쁜 모양이었습니다. 예술가라고 불리는 것을 무엇보다도 기뻐했습니다. 그는 이미 저의 술책에 빠져

들고 말았습니다.

"아무튼," 저는 말했습니다. "코밑수염이나 턱수염이 있건 없건 당신의 정체는 곧 드러나겠지요, 좋기야……." 저는 일부러 입을 다물었습니다.

"뭐가 좋다는 건가?"

"로버트가 되신다면 틀림없겠지만." 저는 다시 한 번 웃으며 덧붙였습니다. "그래요! 좋은 아이디어겠지요? 방탕객인 형 로버트로 변장하고 노리스 양에게 귀찮게 구는 거지요. 돈을 빌려 달라거나, 그런 이야기를 해보는 겁니다."

그는 작은 눈을 반짝이면서 저를 보고 고개를 끄덕였습니다.

"로버트가 된단 말이지. 그럼, 어떤 식으로 하면 될까?"

길링검 씨, 당신도 경감도 이미 조사하셨으리라고 생각합니다만 로버트라는 인물은 실재하고 있었습니다. 방탕 생활을 하던 끝에 오스트레일리아로 건너갔습니다. 그러나 화요일 오후에 '빨강 집'을 찾아오지 않았습니다. 아니, 올 리가 없었습니다. 그는 3년 전에 이 세상을 떠났습니다. 그러나 그 사실을 알고 있는 사람은 마크와 저밖에는 없습니다. 작년에 마크는 누이도 잃었기 때문에 가족이라고는 한 사람도 없습니다. 그 누이조차도 아마 죽을 때까지 마크가 살아 있는지 죽었는지 들은 적이 없었을 것입니다. 마크는 그에 관한 일은 일체 입 밖에 내지 않았으니까요.

그 후 이틀 동안에 마크와 저는 계획을 짰습니다. 당신도 이미 깨달으셨으리라고 믿습니다만, 저와 그의 목적은 동일하지 않았습니다. 마크의 노력은 그의 변장을 두 시간 동안 지속시키자는 것이었습니다만, 저는 그와 더불어 영원히 무덤으로까지 보내고자 하는 것이었습니다. 그는 노리스 양과 다른 손님들을 속이면 되는 것이지만, 저는 온 세계를 속이는 것이었습니다. 그가 로버트로 분장하면 저는 그를 죽입니다. 그럼으로써 로버트가 죽고──당연한 일입니다만──마크가 실종되는 것입니다. 마크가 로버트를 죽였다고밖에는 생각할 수 없을 것이기 때문입니다. 그러나 제일 중요한 것은 마크가 어느 정도로 교묘하게 로버트로 변장할 수 있는가 하는, 그로서는 마지막 연기인 것입니다. 서투른 짓이라도 하면 치명적인 실패를 초래하게 될 테니까요.

혹시 당신은 그런 일을 완벽하게 할 수 있는 사람이 아니라고 비평하실지도 모르지만, 그것은 마크를 모르시기 때문이라고 말씀드리고 싶습니다. 그는 예술가가 되는 것이 소원이었던 사람입니다. 오델로 역을 맡고 그처럼 온 몸을 시꺼멓게 물들인 사나이는 없었을 것입니다. 어차피 수염을 깎아 버리겠다고 생각한 것은 노벨리 양의 단순한 한 마디가 도움이 되었습니다. 그녀는 남자들의 수염을 싫어했기 때문입니다. 그러나 제가 가장 신경쓰인 것은 죽은 사나이의 손톱이 깨끗하게 다듬어져 있다면 수상하게 볼거라는 점이었습니다. 제가 5분 가량 예술가로서의 그의 허영심을 부채질해 줌으로써 이 문제도 해결되었습니다. 그에게 손톱을 기르고 지저분하게 깎도록 했습니다. 노리스 양은 곧 당신의 손을 살펴볼 겁니다. 그리고 예술가로서는……하고 저는 수선을 떨었습니다.

다음으로 속옷 따위의 문제가 있었는데, 바지는 양말 목이 보이는 정도가 좋다는 식으로 구태여 제가 주의줄 필요도 없었습니다. 배우로서의 그는 로버트에게 알맞은 바지를 잘 알고 있었습니다. 다만 저는 런던에 가서 바지와 그밖의 것들을 사들이는 임무를 맡았습니다. 상표는 물론 잘라 냈습니다만, 비록 제가 그 일을 잊었더라도 그가 본능적으로 잘라냈을 것이 분명합니다. 오스트레일리아에서 온 사람으로, 또한 예술가로서의 그는 속옷에 동(東) 런던의 상표가 붙어 있는 것을 허용하지 않았을 것입니다. 이렇게 하여 우리 두 사람은 준비를 완전히 갖춰 놓았습니다. 그는 예술가로, 저는……그렇겠군요, 당신은 살인범이라고 부르고 싶을 것입니다. 마음대로 부르십시오, 저는 상관없습니다.

저희들의 준비는 완료됐습니다. 월요일에 저는 런던에 가서 로버트의 이름으로 된 편지를 그에게 부쳤습니다. 여기에도 또한 예술가다운 면모가 있다고 생각하지 않습니까? 동시에 권총도 구입했습니다. 화요일 아침, 그는 아침 식사를 하는 자리에서 로버트의 방문을 발표했습니다. 로버트는 이렇게 다시 살아났습니다. 여섯 사람의 증인이 그것을 증명합니다. 그리고 그 여섯 사람은 그날 오후에 로버트가 찾아온다는 것도 알았습니다. 저희들의 계획으로는 골프하러 간 사람들이 돌아오기 직전, 오후 3시에 로버트가 나타나기로 되어 있었습니다. 하녀가 마크를 찾으러 갔지만 보이지 않기 때문에 사무실로 돌아옵니다. 제가 마크 대신 로버트를 만납니다. 그리고 저는 다음과 같이 제안합니다. 마크는 어딘지 갔기 때문에 제가 차를 마시는 자리에서 이 방탕객 형을 손님들에게 소개한다는 것입니다. 물론 마크 같은 위인이 갑자기 외출했다고 의심할 사람은 없습니다. 골치 아픈 형을 만나기를 꺼렸다는 것은 누구나 눈치채고 있었고, 로버트의 입을 통해서 그런 기색을 보여줄 수도 있었습니다. 그리고 로버트는 일부러 심술궂은 짓을 함으로써 손님들을 괴롭힙니다. 물론 지나친 행동은 삼가야 하겠지만 노리스 양에게는 유달리 귀찮게 굴 필요가 있습니다.

그것이 우리들의 계획이었습니다. 아니, 마크 자신의 비밀 계획이라고 해야 할는지도 모릅니다. 제 자신의 계획은 아니었습니다. 골프장으로 모두들 떠나자 오전 중에 준비를 서둘렀습니다. 무엇보다도 제일 조심한 것은 로버트라는 인간의 존재를 증거로 나타내야 하는 일이었습니다. 그래서 저는 마크에게, 분장이 끝나면 곧 지하도로 구기장에 갔다가 거기서 도로 자동차길로 돌아오기를 권했습니다. 도중에 오두막집을 지키는 사람과 이야기를 나눌 필요가 있었습니다. 이러한 방법으로 로버트의 도착을 증명하는 두 사람의 증인을 만들어 낼 수 있었던 겁니다. 첫째는 오두막지기, 둘째는 정원사로 그에게는 제가 현관 앞의 잔디밭을 손질하라고 지시해둘 작정이었습니다. 마크는 물론 반대할 까닭이 없었습니다. 오스트레일리아 사투리를 시험해 보기에는 오두막지기가 알맞은 상대입니다. 마크가 저의 암시를 아무런 이의없이 받아들인 것은 오히려 당연할 정도였습니다. 희생자 자신이 이처럼 주도면밀하게 계획을 세운 살인이란 아마 그 예가 없는 일일 것입니다.

그는 사무실 옆의 방에서 로버트의 복장으로 갈아입었습니다. 이렇게 하는 것이 우리 두 사람에게는 가장 안전한 방법이었기 때문입니다. 변장을 끝내자 저를 불러들여 점검시켰는데, 사실 놀라울 만큼 훌륭한 솜씨였습니다. 그것도 자신의 얼굴에 방탕한 생활에 지친 흔적까지 고스란히 나타나 있었기 때문입니다. 그러나 지금까지는 코밑수염과 턱수염 밑에 숨어 있던 것이 그것을 말끔히 밀어 버렸기 때문에 노출되었을 뿐이었습니다. 다시 말하면 그 자신이, 변장이 필요없는 방탕자라는 분명한 증거입니다.

"정말 그럴 듯합니다." 저는 말했습니다. 그는 씩 웃고 나서 제가 잊어 버렸을지도 모를 예술가다운 여러 가지 채비를 자랑해 보였습니다.

"훌륭한걸." 저는 마음속으로 또 한 번 중얼거렸습니다. "이만하면 탄로날 염려는 없군."

홀을 내다보니 아무도 없는 것 같았기에 우리 두 사람은 서재로 뛰어 들어가 가만히 지하 통로로 자취를 감췄습니다. 저는 침실로 돌아와서 그가 벗어 놓은 옷가지를 거둬 굴 속에 감추고는 홀에 나가서 기다리기로 했습니다.

당신은 하녀 오드리의 증언을 들으셨겠지요? 그녀가 마크를 찾으러 성당 쪽으로 나가자 저는 곧 사무실로 들어갔습니다. 그때 저의 손은 호주머니 속에서 권총을 꽉 잡고 있었습니다.

그는 곧 로버트의 역할을 하기 시작했습니다. 오스트레일리아에서 뱃삯 대신 배 안에서 일하며 영국으로 건너왔다는 장황한 이야기를, 저의 조언과 창의를 섞어가면서 자랑거리인 연기로 보여 주기 시작했습니다. 그리고 반드시 노리스 양에게 복수할 수 있다는 자신이 생긴 모양이어서 크게 들떠서 혼잣말했습니다. "이번엔 내 차례야. 기다리고 있어." 엘시가 들은 것은 바로 이 말이었습니다. 홀에 볼일이 없는 하녀가 나타났기 때문에 자칫하면 모든 것이 실패로 돌아갈 뻔했었지만, 결과는 도리어 다행이었습니다. 마크와 로버트가 그 방에 있었다고 증언하는 사람이 저 외에 또 한 사람 나타났습니다. 저는 아무 말도 하지 않았습니다. 그 방에서 입을 열었다가는 다른 사람이 들을 위험성이 있었기 때문입니다. 저는 가엾고 어리석은 그 사람에게 마지막 웃음을 던지면서 권총을 꺼내 쏘아 죽였습니다. 그리고는 서재로 돌아와 기다리고 있었습니다. 그때의 일은 증언했던 대로입니다.

별안간 당신의 모습을 보고 내가 얼마나 놀랐는지 길링검 씨, 당신은 도저히 상상할 수 없을 것입니다. 온갖 가능성을 검토했던——저는 그렇게 생각합니다——'살인범'이 뜻하지 않은 새로운 문제에 부딪쳤을 때의 마음, 그것을 당신은 이해하실 수 있을까요? 당신의 등장으로 저의 계획에 어떠한 차질이 생길 것인지 저로서는 짐작도 할 수 없었습니다. 변하지 않을지도 모르지만, 얼마나 크게 변할지 모르는 일이었습니다. 게다가 아주 중요한 일을 잊고 있었습니다. 창문을 열어 두지 않았습니다!

저의 살인 계획이 잘되었다고 칭찬을 받으리라고는 생각하지 않습니다만, 뜻하지 않던 당신의 출현으로 실패의 위기에 닥쳤음에도 불구하고 제가 일단 절망적인 그 경지에서 재기했다는 것만은 인정해 주시기를 바랍니다. 길링검 씨, 저는 당신의 코 앞에서 창문을 여는 데 성공했습니다. 그것은 당신이 친절하게 설명해주신 것처럼 가장 적당한 창문이기도 했습니다. 그리고 열쇠, 그 점에서는 당신도 뛰어나셨지만 저는 한층 더 뛰어났다고 자랑하고 싶습니다. 구기장에서 당신과 친구 베벌리 씨의 이야기를 엿들었기 때문에 그 열쇠 문제에서 당신을 속일 수가 있었습니다. 어디서 엿들었다고 생각하십니까? 길링검 씨, 당신도 한 번 비밀의 통로를 찾아보실 필요가 반드시 있을 것입니다. 그러나 이런 일을 자랑해도 소용이 없습니다. 저는 끝내 당신을 완전히 속일 수는 없었습니다. 당신은 비밀을 발견하셨습니다. 로버트가 마크임이 분명하다는 제일 중요한 점을 어떠한 방법으로 발견하셨는지 알 수 없습니다. 제가 어떤 점에서 실수했을까요? 아마 당신은 처음부터 저를 속여 오셨는지도 모릅니다. 아마 당신은 열쇠 문제도 알고 계셨겠지요. 창문도, 비밀 통로도. 길링검 씨, 당신은 정말 빈틈없는 분이었습니다.

저는 마크의 옷가지를 처분할 필요가 있었습니다. 굴 속에 숨겨 둘 수도 있었습니다만, 그 비밀 통로는 이미 알려져 있습니다. 노리스 양이 알고 있습니다. 노리스 양에게 비밀 통로를 가르쳐 준 것이 제 계획의 약점이었습니다. 결국 그것은, 경감이 친절하게도 저를 위해 늪을 뒤져 주었기 때문에 수색이 끝난 후 그곳에 던졌습니다. 열쇠도 두 개를 함께 처분했습니다만 권총만은 남겨 두었습니다. 다행히 그것이 지금 여기서 도움이 될 것입니다.

더 이상 말씀드릴 건 없습니다. 긴 편지가 되었습니다만, 이것이 제가 쓸 수 있는 마지막 편지입니다. 물론 저도 행복한 미래의 꿈을 가졌던 적이 있습니다, 결혼하여 '빨강 집'이 아닌 곳에서 사는. 그러나 그 또한 어처구니없는 헛된 꿈에 지나지 않았습니다. 저 역시 마크와 마찬가지로 그녀에게 적합한 남자는 아니었기 때문입니다. 하지만 길링검 씨, 저라면 그 여자를 행복하게 해줄 수 있었을는지도 모릅니다. 저의 힘으로 그녀를 행복하게 해주고 싶었습니다. 그것도 지금에 와서는 덧없는 희망이 되고 말았습니다. 살인범의 손을 그 사람에게 내민다는 것은 주정꾼의 손 못지 않게 추잡한 일일 것입니다. 그 때문에 마크도 죽어야 했으니까요. 오늘 아침에 저는 그 사람을 만났습니다. 아름답고 부드러운, 저와는 다른 세계의 사람이었습니다.

이제 모두 가 버리고 말았습니다. 애블레트 집안의 사람이나, 케일리 집안의 사람은 이로써 한 사람도 남지 않을 겁니다. 제 할아버지가 어떻게 생각하는지는 모르겠지만, 우리들 전부가 죽어 버린다는 것은 그렇게 나쁜 일이 아닌 것같습니다. 그러니 할아버지, 할머니를 너무 탓하지 마십시오. 애블레트 집안이 대물림하는 코모양이나 그 성격도 이젠 걱정하지 않으셔도 됩니다. 저는 다만 할머니의 자손들이 더 이상 세상에 남아있지 않다는 게 너무도 기쁠 따름입니다.

안녕히 계십시오, 길링검 씨. 우리들과 함께 재미도 없는 며칠 동안을 보내시게 하여 죄송스럽게 생각합니다. 그러나 그동안 당신은 제가 처해 있는 괴로운 입장을 이해해 주셨으리라 생각합니다. 저의 행동을 나쁘게 해석하지 않도록 베벌리 씨에게도 설명해 주십시오. 그분은 좋은 사람입니다. 잘 설명해 드리지 않으면 몹시 놀라실 것입니다. 젊은이란 언제나 놀라움이 많은 법이니까요. 그리고 당신이 제가 자유롭게 선택할 수 있는 마지막을 허락해 주셨음에 대해 진심으로 감사드립니다. 이것도 조금이나마 동정해 주신 증거라고 생각합니다. 다음 세상에서 저는 당신과 꼭 친구가 되고 싶습니다. 그리고 저와 그 사람도……. 그녀에게는 생각하시는 대로 설명해 주십시오, 숨김없이 사실을 말씀하시거나 아주 침묵을 지키시거나 최선의 길은 당신이 잘 아실거라고 생각합니다.

그럼, 안녕히 계십시오, 길링검 씨.

매슈 케일리

오늘 밤에는 마크가 없기 때문에 어쩐지 쓸쓸한 생각이 듭니다. 정말 이상한 일이군요.

조용한 아침 식탁에서

"이거 정말 놀라운데!" 편지를 놓자 베벌리가 말했다.

"그렇게 말하리라고 생각했어." 길링검은 나직이 말했다.

"그럼, 자네는 이걸 모두 알고 있었나?"

"어느 정도는 추측하고 있었지. 물론 전부는 아니지만."

"그것도 놀라운데!" 베벌리는 또 한 번 편지에 눈을 돌렸다가 곧 얼굴을 들고

"자네는 그 사람에게 편지를 보냈었군. 뭐라고 써서 보냈나? 어젯밤, 내가 스탠튼에 돌아갔을 동안이었나?"

"응."

"뭐라고 썼지? 마크가 로버트라는 걸 알았다고 썼나?"

"그렇지. 이것만은 말해 줬어. 밤이 새면 윈폴 거리의 카트라이트 씨에게 전보를 쳐서 확인해 보겠다고."

베벌리가 성급히 입을 열렸다.

"그랬군. 그럼, 그건 어떻게 된 일이었나? 어제 자네는 갑자기 홈 즈 식으로 변했었지. 여태껏 함께 일해 오면서 모든 걸 이야기해줬

는데 갑자기 비밀을 숨기고 이야기하는 것도 수수께끼 같았어. 그렇지? 치과의사니 헤엄치기니, 그리고 '호미와 말' 여관의 일도……. 그건 대체 무슨 속셈이었나? 심지어 자네는 별안간 입을 다물어버리지 않았는가? 무슨 말을 하고 있는지 알 수 없을 지경이었어."

길링검은 웃으면서 변명했다.

"미안하네, 베벌리. 그때 나는 갑자기 그런 기분이 되었네. 마지막 30분 동안은 그저 빨리 이야기를 끝내고 싶었던 걸세. 하지만 지금은 모두 이야기하려네. 그렇다고 해서 꼭 설명해야 하는 것도 아니지만. 알고 보면 정말 간단한 이야기야. 첫째로 윈폴 거리의 카트라이트 씨의 일이지만, 그건 물론 시체를 확인하기 위해서였지."

"그렇다면 치과의사라는 건 이상하지 않나?"

"치과의사보다 나은 적격자가 있다고 생각하는가? 자네는 어떤가? 알아볼 자신이 있나? 자네는 한 번도 마크와 같이 헤엄친 적이 없네. 그가 벌거벗은 걸 본 일이 없겠지. 헤엄칠 줄 모르는 사람이라니까. 그럼, 그가 다니던 의사라면 할 수 있을 것 같은가? 특별히 수술 같은 걸 한 적이 있다면 모르지만, 건강했던 사람이라니까 그것도 불가능하지. 그렇지만 치과의사라면 할 수 있다네. 언제 어떤 경우일지라도……. 게다가 수시로 드나들었다니까 간단한 일이지. 그래서 윈폴 거리의 카트라이트 씨 등장이 필요하게 되는 걸세."

베벌리는 고개를 끄덕이며 다시 편지에다 눈길을 던졌다.

"그렇겠군. 그래서 자네는 케일리에게, 시체를 확인시키기 위해 카트라이트한테 전보를 치겠다고 알렸군."

"그렇지, 그러니까 그는 모든 것이 끝났다고 각오하게 되었지. 로버트와 마크가 같은 사람이라는 것이 알려지면 모조리 드러나고 말

테니까"

"자네는 그걸 어떻게 알았는가?"

길링검은 식탁에서 물러나 파이프에 담배를 담기 시작했다.

"뭐라고 설명하면 좋을까. 그렇지, 베벌리, 대수(對數) 문제를 생각해 보게. 'X를 구하라'고 하는 경우에 대수적인 계산을 해나가면서 X가 뭐라는 해답을 끌어내는 방법이 있지만 해법은 그밖에 또 있네. 이건 학교에서는 점수를 주지 않겠지만 답을 추정으로 끌어내는 방법일세. 가령 4로 해 두고, 그것으로 풀리지 않는 경우에는 6으로 고치지. 6도 틀렸으면 5로……이런 식으로 하는 걸세. 이번 사건에서 경감과 검시관과 그밖의 사람들은 그들의 답을 추정하고 그것이 옳은 것처럼 생각했어. 그런데 나와 자네는 그것이 옳지 않다는 것을 알고 있었지. 이 문제에는 그 사람들이 추정해둔 해답으로는 풀리지 않는 몇 가지 의문이 남아 있네. 우리는 그들의 해답이 틀렸다는 것을 알았어. 그래서 다른 해답을 생각하지 않으면 안 되었네. 우리들에게 의문을 주는 점을 남김없이 설명해주는 해답이 필요하게 된 걸세. 그리하여 나는 두 번째 방법으로 하나하나 차례로 생각해봤네. 그러다가 마침내 옳은 해답에 부딪치게 된 걸세. 그런데 자네, 성냥 가지고 있나?"

베벌리가 성냥갑을 꺼내 주자 길링검은 파이프에 불을 붙였다.

"그랬던가. 하지만 그것만은 아니었겠지? 뭔가 자네 머리에 떠오른 육감이라도 있었을 테지? 어럽쇼, 다 썼으면 내 성냥은 돌려주게나."

길링검은 쓴웃음을 지으면서 자기 호주머니에 집어넣었던 성냥갑을 도로 꺼냈다.

"깜박 잊었네. 그럼, 어디 내 생각을 다시 한번 털어놓고 어떠한 경과로 해답을 얻게 되었나 하는 것을 이야기하기로 하지. 처음에는 옷가지였어."

"뭐?"

"케일리는 그 옷가지가 매우 중요한 단서가 되리라고 생각했어. 왜 그렇게 생각했는지 확실한 이유는 알 수 없지만, 케일리와 같은 입장에 있는 사람에게는 사소한 단서가 터무니없이 가치가 있는 것처럼 보이는 수가 있지. 요컨대 케일리는 어떤 이유로 화요일 아침에 마크가 입고 있었던 옷을 매우 중요한 거라고 믿어 버렸어. 양복만이 아니라 속옷도 포함해서 복장 전부를 말하는 걸세. 그리고 그런 경우에, 이것도 이유는 모르겠지만 칼라가 없어졌는데 그건 고의적으로 감춰지지는 않았다는 걸 확신할 수 있었어. 하여튼 그는 옷가지를 주워모을 때 칼라가 없다는 걸 깨닫지 못했어. 무엇 때문이라고 생각하나?"

"세탁물 바구니 속에 들어 있었던 거?"

"그래. 아마 그럴 거야. 왜 케일리는 그런 짓을 했을까? 여기에 대한 확실한 해답은, 그러면 그와 같은 부주의한 짓은 하지 않는다는 걸세. 즉, 마크가 넣은 거지. 마크는 사치를 좋아해서 의복 따위를 많이 가지고 있었네. 이러한 사실은 이미 자네한테서 들었지. 그래서 나는 마크라는 위인은 한 칼라를 두 번 다시 달지 않는 사람이라고 생각했네."

길링검은 한숨 돌리고 나서 다시 또 계속했다.

"어떤가, 틀림없지?"

"으음, 틀림없어." 베벌리는 확신을 가지고 대답했다.

"나도 그렇게 짐작했네. 그리고 문제의 이 부분······옷가지의 부분에 적합한 X를 찾기 시작했네. 마크는 옷을 갈아입었을 때 평소처럼 본능적으로 칼라를 세탁물 바구니에다 던져넣었어. 그런데 케일리가 뒤에 그것을 수거하면서 눈에 보이는 건 모두 거뒀다고 생각했지만 칼라가 없다는 건 깨닫지 못했지."

"그래서?"

"내가 꽤 확신하게된 부분인데, 그 이유를 알고 싶었어. 왜 마크는 옷을 갈아입을 때 침실을 사용하지 않았는가? 대답은 하나, 그는 갈아입은 사실을 비밀에 붙여두고 싶어했다. 갈아입은 건 언젠가? 그 가능성이 있는 시간은 점심 식사――이때는 하녀들이 그를 보았으니까――때와 로버트가 도착하기까지의 사이였네. 그럼, 케일리가 옷가지를 모은 건? 이 경우에도 유일한 대답은 로버트의 도착 전이 되네. 그래서 또 하나의 X를 찾아 내지 않으면 안되었지. 이 세 가지 조건에 꼭 들어맞는 놈을."

"그래서 그 해답은, 살인 의도는 로버트 도착 이전에 생겼다는 것이 되겠군."

"그렇지. 하지만 편지가 원인이 되어 그러한 의도가 생겼다고는 생각할 수 없네. 그 편지 속에 우리가 알지 못하는 심각한 의미라도 깃들어 있다면 별문제지만. 그리고 또 살인이 계획된 이상, 도망치기 위해 의복을 갈아입는 것 말고도 다른 준비가 되어 있지 않았을 리가 없지. 그것만으로는 너무나 유치하지 않은가. 그리고 또한 살인 목적이 로버트에게 있다는 것도 이상한 일일세. 만일 그렇다면 무엇 때문에 그처럼 법석대면서 로버트가 실재하고 있다는 걸 자네들한테 선전하지 않으면 안되었는가? 더구나 노벨리 부인에게까지 알렸다는 데는 개운치 못한 심정마저 느꼈지. 이러한 사실들이 어떤 의미를 지니고 있는 것인가? 나는 모르겠어. 하지만 나는 차츰 로버트란 어떤 조작이 아닐까 하는 생각이 들기 시작했어. 그가 형을 죽이도록 하게 하거나, 아무튼 마크를 살해하는 것이 케일리의 계획임에 틀림없을 거라고 생각하게 되었네. 다만 여기서 더욱 알 수 없는 일은 마크 자신이 이 계획에 협조하고 있는 것같이 보이는 점이었네. "

그는 잠시 입을 다물었다가 혼잣말처럼 중얼거렸다.

"나도 그전에, 비밀 통로의 벽장 속에 빈 브랜디 병이 여러 개 뒹굴고 있는 걸 봐두었지. "

"나한텐 이야기하지 않았군 그래. " 베벌리가 볼멘 소리를 냈다.

"나중에 겨우 그 의미를 알았던 걸세. 그때엔 자네도 알다시피 칼라를 찾고 있었을 따름이었어. 나중에야 그것이 머리에 떠올랐네. 케일리가 얼마나 애태우고 있었는지 알 만하네……. 가엾은 사람일세. "

"그래서. "

"그 다음엔 검시 심문이었어. 그래서 나는——자네 역시 마찬가지였겠지만——기묘한 사실을 깨달았네. 로버트가 최초의 오두막집이 아니라 두 번째 오두막에서 길을 물었다고 하는 점일세. 나는 곧 에이모스와 퍼슨즈와 이야기해 보았어. 그랬더니 더욱 더 기묘한 일을 알았네. 에이모스의 이야기로는, 로버트가 일부러 다른 길로 접어들면서 이야기했다는 것이었어. 또 퍼슨즈의 이야기는, 그의 아내가 오후에 줄곧 첫째 오두막 앞의 밭에 있었지만 로버트가 지나가는 것을 보지 못했다는 걸세. 그리고 그 사람은 케일리로부터 오후에 현관 앞의 잔디밭을 손질하라는 분부를 받았다고 하네. 그래서 나는 또 한 번 추리를 해봤어. 로버트는 그 비밀 통로를 지나가지 않았을까? 첫 번째의 오두막과 두 번째 오두막 사이에서 지상으로 빠지는 굴 속 말일세. 그렇다고 하면 로버트는 그때까지 집 안에 있었다는 셈이지. 결국 이것은 로버트와 케일리가 둘이서 꾸민 계획이라고 생각할 수 있었네. 그러나 로버트는 어떻게 해서 마크에게 들키지 않고 집 안에 있을 수가 있었을까? 아니, 이건 분명히 마크도 알고 있었다고밖에는 생각할 수가 없어. 이 모든 것이 대체 무엇을 의미하는 걸까 ? "

"그걸 언제 생각했나 ? " 베벌리가 입을 열었다. "검시 심문 후였 겠군. 에이모스와 퍼슨즈를 만난 뒤겠지 ? "

"그렇네. 나는 그들의 이야기를 듣고는 곧 자네를 찾으러 왔어. 그 리고 다시금 의복 문제로 생각을 돌렸네. 왜 마크는 사람들의 눈을 피하면서까지 옷을 갈아입었을까 ? 변장일까 ? 그렇다면 얼굴은 어떻게 할 작정이었을까 ? 이건 의복보다도 더욱 중대한 의미를 가 지고 있지. 수염 ? 이건 밀어 버릴 수밖에 없어⋯⋯. 그때 갑자기 생각이 났어. 어째서 이런 걸 몰랐을까 ? 자네가 연극 포스터를 바 라보고 있었을 때 깨달았네. 마크는 그때까지 여러 번 무대에도 섰 고 메이크업도 했고 분장도 해보았어. 나는 터무니없는 실수를 저 지를 뻔했던 걸세 ! 마크가 로버트였던 거야⋯⋯ 성냥 좀 빌려 주 게. "

베벌리는 성냥갑을 주고 길링검이 파이프에 불을 붙일 때까지 기다 렸다. 그리고 손을 내밀어 성냥갑을 받아 넣었다. 이번에도 하마터면 상대방의 호주머니에 들어갈 뻔했기 때문이다.

"그렇군 ! 정말 그래. " 베벌리는 생각에 잠겼다. "하지만 좀 기다 려 주게. '호미와 말' 여관의 이야기는 어떻게 된 건가 ? "

길링검은 우스꽝스러운 눈초리로 상대방을 보았다.

"베벌리, 자네는 아마 나를 용서해 주지 않을 거야. 나와 함께 수 사에 관계하는 건 질색이라고 말할걸. "

"무슨 이야기인가 ? "

길링검은 한숨을 내쉬었다.

"그건 엉터리일세, 왓슨. 나는 자네가 내 곁에 없길 바랐어. 혼자 있고 싶었다네. 나는 X에 짐작이 갔지. 그래서 그걸 시험해 보고 싶 었던 걸세. 모든 면에서 지금까지 입수한 모든 데이터와 조회해서 확인해 보고 싶었던 걸세. 그러기 위해서는 혼자 있을 필요가 있었어. 그래서……," 길링검은 미소와 함께 덧붙였다. "게다가 자네도 한잔 하고 싶을 거라 생각했지."

"고약한 친구로군." 베벌리는 그를 흘겨보았다.

"그렇지만 내가 그 여관엔 여자 손님이 혼자 묵고 갔다는 이야기를 할 때 자네는 퍽 흥미있게 듣고 있던걸."

"자네가 그만큼 노력해 주었으니까 흥미있게 들어주는 게 도리라고 생각했을 뿐이네."

"젠장! 이 괘씸한 홈즈 녀석! 게다가 한술 더 떠 성냥갑마저 훔 치려고 한단 말이야. 그리고 어떻게 했나?"

"그것으로 끝이야. 나의 X는 틀림없어."

"노리스 양의 일도 처음부터 알았나?"

"전부라고는 할 수 없지. 처음부터 그걸 케일리가 꾸며서 노리스 양을 부추겨 마크를 놀라게 했다고는 생각하지 못했어. 케일리는 다만 찬스를 이용했을 따름이라고 생각했던 걸세."

베벌리는 오랫동안 잠자코 있었다. 그리고 시름없이 파이프만 피우고 있다가 불쑥 중얼거렸다. "케일리는 자살했을까?"

길링검은 다만 어깨만 으쓱 했을뿐이었다.

"가엾은 사람일세." 베벌리가 말했다. "그 사람에게 그와 같은 기회를 준 건 정말 잘했다고 생각하네. 자넬 다시 봤어."

"웬지 미워할 수 없는 사람이었네."

"아무튼 머리가 좋은 사나이였어. 자네가 아니었던들 영원히 드러나지 않았을 걸세."

"글쎄, 어떨까. 교묘한 계획이었지만, 교묘한 것일수록 탄로날 확률도 높은 법이니까. 케일리의 약점도 그런 데 있었어. 결국 마크는 실종된 것으로 되어 있지만 본인도 시체도 영구히 발견되지 않는다는 점이지. 행방불명된 사람이라면 그럴 수가 없어. 언젠가는 반드시 발견되는 법일세. 전문 범죄자라면 모르지만 마크 따위는 아주 풋내기니까. 케일리가 어떠한 방법으로 마크를 죽였는지 그건 알려지지 않을지도 모르지만 머지 않아 범인이 그라는 것은 알려졌 겠지.”

“과연 그렇겠군. 아! 그렇지. 하나 더 묻고 싶은 게 있네. 왜 마크는 실제로 살아있지도 않은 형의 이야기를 노벨리 양에게 들려 줬을까?”

“그 문제는 나도 골치가 아팠네. 다시 말하면 그건 오델로 역을 맡았을 때 온 몸을 까맣게 칠하지 않고서는 배기지 못한 것 같은 기분의 표현이 아니었을까. 로버트로 분장하면 로버트와 똑같이 되어 자기 자신조차 로버트의 실재를 믿어 버리고, 만나는 사람마다 로버트의 이야기를 하지 않고서는 견디지 못하는 그러한 심리가 아니었을까? 그리고 또 이런 것도 있지. 아니, 이편이 오히려 더 강한 이유일는지도 모르지만, 로버트의 이야기를 자네들 모두에게 해버렸기 때문에 노벨리 양에게도 알려두는 편이 좋다고 생각했을 거야. 그 사람이 자네들 중 누군가를 만났을 때를 대비해서. 만일 자네들 중의 한 사람이 로버트의 방문이 가까워오고 있다는 이야기라도 하면, ‘그분에게는 형님 되시는 분이 계시지 않을 텐데요. 계시다면 그분이 저한테 말씀해 주셨을 거에요’라는 이 한 마디로 그의 연극은 구멍이 뚫리고 마는 거니까. 아마 이것은 케일리의 지시에 따랐을 걸세. 그는 분명히 되도록 많은 사람들에게 로버트의 존재를 믿게 하려고 했을 거야.”

“그래, 자네는 이걸 경찰에 알릴 작정인가?”

“그렇네, 알리지 않을 수 없겠지. 케일리는 또 한 통의 고백 편지를 남겨 두었을지도 모르니까. 나는 좀 빼주면 좋으련만……. 그렇잖아, 나는 어젯밤 이후로 종범(從犯) 비슷한 것이 되어있으니까. 그리고 또 노벨리 양한테도 편지 때문에 다녀와야하니……."

"내가 질문한 건" 베벌리는 설명하였다. "베티를 만나 뭐라고 해야 좋을지 모르겠기 때문이야. 캘러더인 양 말일세? 그녀는 반드시 물어볼 테니까."

"하지만 자네는 아마 앞으로 한동안 그녀와 만나지 못한다고 했지?"

길링검은 동정하듯이 말했다.

"그랬는데 말이지, 마침 그녀가 벌링턴 집안에서 열리는 파티에 참석한다는 소식을 들었네. 그래서 내일 나도 그리로 가기로 했지."

"그럼, 할 수 없지. 어차피 자네는 지껄이고 싶어서 근질거릴 테니까. 하지만 하루나 이틀쯤은 절대로 남에게 이야기하지 말도록 일러 주게. 이야기해도 상관없게 되면 내가 편지로 알리겠다 전해 주게."

"부탁하네!"

길링검은 파이프의 재를 털고는 일어섰다.

"벌링턴 집안의 파티에는 사람들이 많이 모이는가?"

"꽤 될걸."

길링검은 그의 친구에게 웃음을 던졌다.

"그럼, 잊지 말게나. 그들 중에 누가 살해당하는 일이라도 생기면 곧 나를 불러주게. 드디어 물이 오른 탐정의 진면목을 유감없이 발휘할테니!"

THE LENTON CROFT ROBBERIES

렌턴관 도난사건

아더 모리슨

렌턴관 도난사건

스틀랜드 거리에서 가까운 어느 골목에 아주 초라한 사무소가 있다. 언제나 활짝 열어 놓은 입구로 들어가 구중중한 계단을 올라가면 정면에 젖빛 유리가 끼워진 문이 나온다. 먼지투성이가 된 문 위쪽에는 '휴이트'라고만 씌어 있고, 오른쪽 아래에는 조그맣게 '사무실'이라고 씌어 있다.

어느 날 아침 사무원들이 출근하고 아직 얼마 안 되었을 때, 사무실 입구에 말쑥한 옷차림을 한 젊은 사나이가 안경을 번뜩거리면서 뛰어들어왔다. 젊은 사나이는 바로 그 순간, 계단 아래에서 조금 살찐 사나이와 우연히 머리를 맞부딪치고 말았다.

"아, 실례." 안경을 쓴 사나이가 말했다. "휴이트 탐정 사무소가 여깁니까?"

"예, 분명히 그렇습니다. 사무원에게 물어 보십시오."

상대방은 그대로 텅텅 계단을 울리며 올라가 버렸다. 보기만 해도 건강한 것 같은 둥근 얼굴에, 면도를 깨끗이 한 사나이였다.

젊은 사나이는 뒤따라 계단을 올라가서, 코가 받힐 정도로 좁은 접수처에서 잉크로 손가락 끝을 새까맣게 더럽힌 장난꾸러기 같은 사환을 붙들고 소장에게 면회를 신청했다. 사환은 상대방의 이름과 용건을 간단하게 메모지에 기록하고, 문 안으로 들어갔다가 곧 나타나서 "자, 어서 들어오십시오" 하고 안으로 안내했다.

젊은 사나이가 방으로 들어가 보니, 중앙에 커다란 책상을 놓고, 그 건너편 의자에 거만하게 앉아 있는 사람은, 방금 계단 아래에서 사무원에게 물어 보라고 말한 바로 그 사람이었다.

"이런, 로이드 씨라고 하십니까? 버논 로이든 씨군요." 메모를 대충 훑어보면서 그는 붙임성 있게 말했다. "나는 항상 어느 분일지라도 이렇게 해서 용건을 들어 본 다음 만나기로 하고 있습니다. 그러니까 제임스 경(卿)의 일로 오셨습니까?"

"제임스 경의 비서 일을 맡고 있는 로이드라고 합니다. 갑자기 죄송합니다만, 급히 렌턴관까지 선생님께서 가 주십사고 찾아 뵈었습니다. 실은 경으로부터는 전보로 초대하라는 명령을 받았는데, 공교롭게도 선생님 사무소의 주소가 확실치 않아서 이곳까지 오게 되었습니다. 어떠십니까, 다음 기차로 출장을 가 주시지 않겠습니까? 퍼칭턴을 11시 반에 출발하는 기차라면 지금부터 서둘면 시간에 댈 것으로 생각합니다만……."

"그거야 충분히 시간에 대겠지만, 일단 용건을 들어 봅시다."

"저택에서 도난사건이 발생했습니다. 손님의 보석을 도둑맞았습니다. 그것도 한 번이 아니고, 어젯밤까지 세 번이나 됩니다. 뭐, 이야기는 이쯤 하고 선생님께서 직접 현장을 봐 주시기 바랍니다. 그리고 출장을 가 주시게 되면, 전보를 쳐 두지 않으면 안 됩니다. 제임스 경이 정류장까지 마중을 나오신다고 말씀하셨습니다. 그래서 지금 전보로 알리지 않으면 늦게 됩니다. 저택에서 정류장까지 상당한 거리여서 시간이 꽤 걸립니다."

"그럼, 11시 반 기차를 타기로 합시다. 당신도 그곳으로 돌아가십니까?"

"나는 이밖에도 용무가 있어서, 다음 기차로 돌아가겠습니다. 그럼, 실례합니다. 전보는 곧 쳐 둘 테니까요……."

머틴 휴이트는 당장 서류를 치우고, 책상 서랍을 잠그고, 사환을 불러 마차를 준비하도록 말했다.

트와이포드 정류장에서는 제임스 노리스 경이 마차를 준비하고 기다리고 있었다. 경은 나이는 쉰에 가까우나, 건강미 넘치는, 키가 큰 남자였다. 그는 막대한 재산뿐 아니라, 그 지방의 권위자로서도 세상에 이름이 알려져 있었다. 특히 이 지방에서는 경이 사냥을 좋아한다는 사실을 모르는 사람은 한 사람도 없었다. 그리고 경의 광대한 사냥터는 밀렵자들에게 엉망으로 괴로움을 당하는 곳이기도 했다.

경은 휴이트의 모습을 보자 곧 마차로 안내했다.

"집까지 7마일이나 되니까 이야기는 마차 안에서 하기로 하지. 이런 이야기는 아무도 모르게 자네에게만 해 두고 싶어. 그래서 일부러 여기까지 나온 거야."

휴이트는 고개를 끄덕였다.

"로이드가 이야기했으리라고 생각하는데, 자네를 이곳까지 오게 한 것은, 어젯밤 집에 도난 사건이 있었기 때문이야. 그것도 이번이 세 번째야. 세 사건이 모두 한 사람의 수법인 것 같아. 범인은 분명히 한 사람이야. 사건은 어제 저녁때 즈음……."

"잠깐만 기다려 주십시오. 이야기를 처음 사건부터 순서를 세워서 듣는 편이 명확히 이해할 수 있다고 생각합니다……."

"그것도 그래. 그럼 처음 사건부터 이야기하기로 하지. 그럭저럭 11개월쯤 전이 되는데, 내 집에서 상당히 성대한 만찬회를 열었어. 손님을 많이 초대했는데, 그 가운데 히스 대령 부부도 계셨어. 부인은 내 죽은 아내의 친구이며, 자네도 알고 있는지 모르겠는데, 그 무렵 막 귀국했어. 근무지가 인도였던 관계로 부인은 여러 가지 보석을 모았어. 그 가운데 특히 멋진 것은 온통 진주를 박아 넣은 금팔찌였어. 황홀한 큰 진주알인데, 대령이 인도를 떠날 때, 주재하고 있던 후국(侯國)의 임금님으로부터 받은 선물이라고 했어. 그 금팔찌는 동양 일류 세공장이의 손으로 만든 극히 정교한 금세공이며, 그 가벼움이란 마치 매미 날개 같았어. 팔에 끼고 있어도 끼고 있다는 사실을 잊어버릴 정도였지. 더구나 그 진주는 일생 동안 두 번 다시 볼 수 있을까 말까할 정도의 물건이야. 대령 부부는 만찬회 날 저녁 무렵에 도착했는데, 이튿날 점심 식사가 끝나자 남자들은 모두 어울려서 사냥하러 갔어. 그 뒤 내 딸과 여동생이 대령 부인을 불러 내어 고사리를 캐러 가게 되었어. 그런데 내 여동생은 외출 때 언제나 채비에 시간이 걸리는 여자란 말야. 그 사실을 잘 알고 있는 딸아이는 그 동안 대령 부인 방에서 기다리기로 했어.

그러자 부인은, 여성의 버릇인데, 소지하고 있는 보석을 죽 늘어놓고 자랑을 하기 시작했어. 그럭저럭 하는 사이에 여동생의 채비가 끝나서 그대로 모두 외출해 버렸어. 물론 그 팔찌는 다른 보석과 함께 화장대 위에 그대로 둔 채였어. ”

“잠깐 기다려 주십시오, 그분들이 외출할 때, 문은 잠갔습니까?”

“틀림없이 자물쇠를 채웠다는 거야. 딸아이가 특히 주의를 기울였다더군. 왜냐면 그 당시 집에 새로 고용한 하인이 있었기 때문이야.”

“그럼, 창문은?”

“창문은 열어 놓은 채였어. 그것까지는 닫지 않았지. 그리고 조금 후에 부인들은 고사리를 손에 들고 돌아왔어. 도중에 우연히 만났는지, 비서인 로이드도 함께 왔어. 그때는 이미 주위가 어두어져서 만찬 시간까지 여유가 없었어. 대령 부인은 옷을 갈아 입으려고 방으로 들어갔어. 그런데——문제의 팔찌가 없어져 버린거야!"

"그때 방 안의 상황은?"

"휘저은 흔적은 전혀 없었어. 나갈 때 그대로였어. 다만 팔찌만 보이지 않았어."

"경관을 부르셨겠지요?"

"물론이지. 이튿날 아침 경시청에다 출장을 나오도록 부탁했어. 출장 나온 사람은 상당히 날카로운 눈매의 사나이었어. 그 사나이는 성냥개비를 찾아 냈지. 화장대 위, 팔찌가 놓였던 곳에서 겨우 1, 2인치 떨어져서 타다 남은 성냥개비가 있었어. 이상하다고 생각한 까닭은 그날 그 방에서는 성냥을 사용한 사람이 없으며, 가령 있었다고 하더라도 타다 남은 성냥개비를 화장대 위에 버리는, 그런 몰상식한 사람이 내 집에는 없기 때문이야. 하여튼 사건은 주위가 어두워진 뒤에 일어난 것 같아. 대령 부인이 돌아오기 조금 전에 말이야. 범인은 서둘러 성냥 불빛으로 많은 보석 가운데 가장 값 나가는 것을 찾아 내어 가지고 갔다고 생각돼."

"정말 그런 것 같습니다. 다른 것에는 손을 안댔나요?"

"무엇 하나 손대지 않았어. 게다가 그녀들이 산책하고 돌아오기 조금 전에 생긴 일인데, 아무도 범인의 모습을 보지 못했어. 그것으로 보면, 녀석은 창문으로 도망쳤다고 생각할 수밖에 없어. 그런데 잘 조사해 보면, 그 의견이 또한 의심스러워진단 말야. 저 창문 근처에 낙숫물 떨어지는 홈통이라도 있다면, 그것을 타고 땅으로 내려갈 수 있겠지만, 그런 것은 그림자도 없어. 물론 집 안에 사다리가 있기는 하나, 정원사가 낮에 잠깐 쓰고, 그 뒤에는 헛간에 간수하는데, 사용한 흔적이 전혀 없다는 거야."

"범인이 쓰고, 다시 본래대로 해 두지 않았을까요?"

"경시청 형사도 처음에는 그렇게 의심한 듯해. 어지간히 정원사를 몰아 세웠는데, 정원사가 아무것도 모른다는 사실을 곧 알게 된 모양이야. 그리고 집 근처에서 수상한 사나이가 돌아다녔다는 이야기도 못 들었고, 게다가 보석을 테이블 위에 놓아 둔 채 외출한다는 사실을 외부 사람이 예측할 수도 없었겠지. '범인은 밖에서 와서 밖으로 도망치진 않았다. 집 안 사람임에 틀림없다'는 것이 그때 경찰측의 결론이었어. 그래서 하인들의 소지품을 모조리 조사해 보았는데, 그것도 역시 헛수고였어. 아무런 짐작도 하지 못한 채, 수사는 중단되고 말았어. 최초의 사건이란 그런 거였어. 알겠나?"

"잘 알았습니다. 두세 가지 묻고 싶은 점이 있는데, 현장을 본 다음에 하지요. 그리고 그 다음 사건은?"

"그 다음에 도둑맞은 것은 그저 명색뿐인 값싼 물건이어서 다른 일이 일어나지 않았다면 문제도 안 될 사건이었어. 그것은 히스 대령 부인 사건이 있고나서 4개월쯤 지난 올 2월의 일이었어. 아미테이지 부인이라는 젊은 미망인이 있는데, 이 여자는 사교 시즌 동안엔 런던을 떠날 수 없어서, 매년 시즌이 끝나면 부랴부랴 내 집을 방문하곤 했지. 이때도 아미테이지 부인은 일 주일 가량 머물고 돌아갔어.

집에 도착한 첫날, 부인은 젊고 건강이 좋은 사람이어서, 도착한 지 30분도 되지 않아 딸 에브와 함께 결혼 전의 아는 사람들을 방문하고 싶다고 마차를 준비해서 마을까지 나갔어. 정오를 조금 지나 출발했기 때문에 한 바퀴 두루 돌고 돌아온 때는 늦은 저녁이었는데, 만찬 시간 직전이었지.

그런데 부인이 마을로 떠난 사이에 부인의 방에서 작은 브로치가 없어졌어. 순금제이기는 하지만, 외투인지 뭔지의 옷깃 언저리를 고정시키는 불과 2, 3파운드짜리 싼 물건인데, 부인은 그것을 외출할 때 화장대 위의 바늘겨레에 걸어 두었대."

"대령 부인과 같은 방이었습니까?"

"아니, 다른 방이야. 화장대 위에는 반지 등 더 값이 비싼, 그야말로 10배나 가치가 있는 물건들이 아무렇게나 놓여 있는데, 고르고 골라 그 값싼 브로치를 가지고 갔다는 사실이 아무래도 이상해서 견딜 수 없었어…….

문에는 자물쇠가 채워져 있었어. 아미테이지 부인 자신은 자물쇠를 채웠는지 어쨌는지 기억이 애매하다고 말했지만. 어쨌든 돌아와서 보니, 자물쇠는 분명히 채워져 있었어. 내 조카딸이 남아서 집을 지켰는데, 마침 그날 가스관이 파손되어 공사하는 사람을 불러 수리시키고 있었지. 그 수리 장소가 마침 부인 방 근처여서 그 사나이를 불러 확인했는데, 역시 그 방에는 자물쇠가 채워져 있었다고 했어.

물론 공사한 사나이의 신원이나 소행을 세밀히 조사해 보았는데, 그는 성실하여 도둑질을 할 사람이 아니었어.

문제는 창문인데, 사건 당일 아침, 어쩌다가 그만 창문을 끌어당기는 줄이 끊어져, 아미테이지 부인은 옷솔을 받쳐 1피트 정도 열어 두었다고 했어. 부인이 나갈 때도 그랬으며, 돌아왔을 때도 역시 같은 상태였다고 해. 그러니 휴이트 군, 생각해 보면 이건 문제가 안될 거야. 줄이 끊어진 창문을 소리를 내지 않고 열거나, 받쳐 놓은 옷솔을 그대로 두고 출입하는 일은, 사람이 할 수 있는 일이 아니니까 말야."

"말씀대로입니다. 그런데 브로치는 정말 도둑맞았습니까? 설마 부인이 둔 곳을 잊은 건 아니겠지요?"

"온 집 안을 구석구석까지 찾아보았네."

"창문만 열면 몰래 들어올 수 있습니까?"

"몰래 들어올 마음만 먹으면 간단하지, 저 창문 아래는 당구실 지붕이니까. 당구실은 내가 설계해서 최근에 증축했는데, 그 새 당구실이 바로 부인 방 창문 아래 있으니까 그 창문에서 지붕으로 나가기는 쉬운 일이야. 그러나 실제로는 범인이 그 쪽으로 도망쳤다고 생각할 수는 없어. 왜냐하면, 당구실 지붕에는 채광을 위해 거의 유리를 끼웠기 때문에, 지붕을 걸으면 반드시 밑에서 다 보이기 때문이야. 그리고 그 무렵 나는 두 시간쯤 당구 연습을 하고 있었으니까, 그런 놈이 있다면 알아채지 못 할 리가 없어."

"그렇군요, 그래서 어떻게 했습니까?"

"하인들을 모두 엄중히 문초했어. 수상한 자는 한 명도 없었어. 정말이지, 이때도 경찰을 불러오려고 했는데, 물건을 잃어버린 당사자인 부인이 반대했기 때문에 그만두었지. 그런 값싼 브로치로 크게 떠드는 게 싫다고 했어. 그래서 결국 흐지부지하게 돼 버렸는데, 필시 범인은 하인들 가운데 있었을 거야. 값진 물건을 훔치면 소동이 커져서 꼬리가 빨리 잡힐 두려움이 있기 때문에 일부러 값싼 브로치를 훔쳤다는 것이 내 의견이었지."

"지당합니다. 하지만 범인이 풋내기였다면, 그런 선택을 하고 있을 여유가 없었을 텐데요. 그것은 어쨌든, 그 두 사건을 연결해서 생각하신 근거는?"

"나도 처음엔 이 두 사건이 관련이 있다고 생각하지는 않았어. 그런데 바로 한 달쯤 전의 일인데, 나는 브라이턴에서 우연히 아미테이지 부인과 마주쳤어. 그때 마침 그 사건에 대한 이야기가 나와, 나는 히스 대령 부인의 팔찌가 도둑맞았을 때 이야기를 자세히 했지. 그러자 부인은 갑자기 깜짝 놀라 외쳤어. '어머, 이상해요, 내 것이 없어졌을 때도 화장대 위에 성냥개비가 있었어요' 하고 말이야."

"타다 남은 성냥개비지요?"

"요컨대 두 사건에서 똑같이 화장대 위에, 도난품으로부터 1인치 정도 떨어진 곳에 타다남은 성냥개비가 떨어져 있었다는 말이야. 어떤가, 자네는? 이상하다고 생각되지 않나? 그래서 나는 브라이턴에서 돌아오자 곧 비서 로이드를 불러 이야기해 보았어. 그도 정말 이상하다고 하더군."

"요란하게 떠들어 댈 만큼 중요한 문제인지, 조사해 보지 않고서는 알 수 없습니다. 성냥은 아무라도 사용할 수 있는 것이고……."

"여하튼 나는 기묘한 일치에 몹시 놀랐네. 그래서 경찰을 불러 지금까지 신고도 안 했던 브로치의 일을 설명하고, 새삼스럽게 수사를 의뢰했어. 경찰은 즉시 전당포 방면을 들추어 조사해 주었네. 앞서 팔찌 사건에서도 그 수배는 해 주었는데, 그때는 허사였어. 그런데 이번 브로치는 값싼 물건이어서 범인이 당장 전당포에 가지고 갈 것 같아, 그것이 계기가 되어 팔찌의 행방까지도 알 수 있지 않을까 하고 생각했지."

"꽤 좋은 생각이었습니다. 그래서 그 결과는 어떻게 됐습니까?"

"내 예상이 딱 들어맞았어. 런던에서 가까운 첼시의 어느 전당포에 여자가 그것을 잡히러 왔다는 사실을 알았어. 다만 상당히 오래 된 일이기 때문에, 어떤 여자였는지 전당포 주인도 기억나지 않는다고 했어. 게다가 주소나 성명이 모두 거짓으로 밝혀져 수사의 실마리가 거기서 다시 뚝 끊어져 버렸어."

"그것이 전당잡힌 그 시간 즈음에 집의 하인들 가운데 휴가 중인 사람은 없었습니까?"

"한 사람도 없었어."

"그럼, 여자가 전당포에 나타난 날 외출한 하인은?"

"그런 사람도 없었어. 그날 하인들은 모두 집에 있었어. 내가 직접 물어 보았기 때문에 틀림없어."

"그럼 다음 사건 이야기로 옮겨 주실까요."

"그건 바로 어제 일이야. 세 번이나 같은 사건이 계속되었기 때문에 나는 마침내 견딜 수 없어 자네를 불러 오게 한 거야. 이번 사건이란 이런 거야. 자, 들어 봐.

죽은 내 아내의 여동생이 지난 주 화요일에 놀러 왔어. 그래서 그 팔찌 사건이 일어난 방을 쓰도록 해 주었어. 그런데 여동생도 브로치를 갖고 있었어. 이것은 앞서 말한 그런 값싼 브로치가 아니고, 세상을 떠난 아버지의 초상화가 붙은, 모양은 극히 옛날식이지만, 세 개의 커다란 다이아몬드를 둘러싸고, 작은 보석을 온통 박아 넣은, 참으로 뛰어난 브로치야. 아, 벌써 집에 다 왔군. 나머지 이야기는 집에서 하기로 하지."

휴이트는 남작의 손을 누르며 말했다.

"아아, 아닙니다. 제임스 경, 이대로 마차를 달려 주십시오. 사건의 전말은 마차 안에서 모두 듣고 싶습니다."

"그것도 좋군."

제임스 경은 말 머리를 다시 일으켰다. 그리고 채찍질을 하면서 말을 이었다.

"어제 오후, 여동생은 옷을 갈아 입다가 무슨 일이 있었는지 내 딸아이 방으로 갔어. 딸아이의 방은 같은 복도에 있는 옆방이어서, 방을 비운 시간이래야 3, 4분에 불과했어. 그런데 돌아와 보니 화장대 위에 둔 브로치가 없어졌어. 이번에는 창문도 꼭 닫혀 있었어. 물론 문은 열어 두었는데, 딸아이의 방도 문이 열려 있었기 때문에 누군가가 다가오면 반드시 발소리가 들렸을 거야. 그리고 이상한 것은 그것뿐이 아니야. 나는 기절할 듯이 놀랐는데, 브로치가 있던 장소에 또다시 그 타다 남은 성냥개비가 있었어! 더구나 대낮에, 해는 아직 하늘 높이 떠 있는데 말이야!"

휴이트는 코끝을 문지르면서 잠자코 생각에 잠겼다.

"정말 그건 이상하군요. 그 밖에 더 말씀하실 것은 없으십니까?"

"다음 것은 자네가 찾아야 해. 자네가 도착할 때까지 방에는 자물쇠를 채운 채 아무도 못 들어가게 했어."

"안심하십시오. 모든 일을 제 솜씨에 맡겨 주시기 바랍니다. 자, 저택으로 마차를 돌려 주시겠습니까. 그런데 저택을 증축하거나 개축할 예정은 없으십니까?"

"없는데. 그건 왜?"

"그렇다면 저를 저택에 있는 방의 장식을 바꾸기 위해, 또는 헛간에 마차 차고를 만들기 위해 불러 온 사람이라고 말씀해 주십시오. 건축 기사라고 해야 저택 안을 조사하는 데 편리하기 때문입니다."

"자네 신분은 절대 비밀로 하고 있어. 가족과 로이드 외에는 아무에게도 알리지 않았어. 아무쪼록 수고해 줘. 사례금은 자네 사무소의 규정 요금에다가 3백 파운드를 더 줄 생각이네."

머틴 휴이트는 공손히 절을 했다.

"반드시 기대에 보답해 드릴 작정입니다. 저도 탐정이란 직업을 갖고 있는 이상, 보수가 많은 것보다 더 좋은 일은 없는데, 이 사건은 보수보다 오히려 사건 그 자체에 흥미를 돋우는 점이 있으니까요."

"나도 같은 의견이야. 대단히 괴기한 사건이지. 여자 세 사람이 내집에 머물렀어. 화장대 위에 보석을 두기만 하면 눈깜짝할 사이에 도둑맞아버려. 그 후에는 언제나 반드시 타나 남은 성냥개비가 있어. 더구나 그 방이란, 어디를 살펴 봐도 몰래 들어갈 데가 없어. 게다가 범행 뒤에는 아무런 단서도 남아 있지 않아!"

"방을 볼 때까지는 아무 의견도 말씀드리고 싶지 않습니다. 아무튼 맡겨 주십시오. 이 세상에는 해결 불가능한 사건이 없으니까요. 아, 저택의 문이군요. 저기에 있는 사람이 첫 번째 사건 때 사다리 일로 문초를 받았다는 그 정원사군요?"

휴이트는 나무 울타리에 가위질을 하고 있는 사나이를 턱으로 가리켰다.

"그래. 뭐 물어 보고 싶은 일이라도 있는가?"

"나중에 묻지요. 그것보다도 저는 건축 기사이며, 저택의 개축 때문에 방문했다는 것을 잊지 말아 주십시오. 지장이 없으시다면 곧 방을 보겠습니다."

"여동생 카사노바 부인이 묵은 방 말인가? 곧 안내하지."

카사노바 부인은 중년인데, 지난날의 아름다움은 이미 사라지고 없었지만, 아직도 건강하고 쾌활한 부인이었다. 머틴 휴이트의 이름을 듣자, 허리를 조금 굽히고 고개를 끄덕이며 가볍게 인사를 하고 입을 열었다.

"어머, 휴이트 선생님. 바쁘신데 일부러 오시게 해서 죄송해요. 선생님의 힘으로 범인을 찾아 내 주신다면 그보다 즐겁고 기쁜 일은 없을 거예요. 방으로 안내해 드릴 테니, 잘 조사해 주세요."

방은 3층에 있었다. 저택의 제일 높은 곳이며, 방 한쪽 구석에는 벗어 놓은 옷가지가 있었다.

"사건 당시 그대로군요."

"아무것도 움직이지 않았어요. 사건이 일어나자 나는 곧 방을 잠그고, 다른 방을 쓰고 있어요."

휴이트는 즉시 화장대 앞에 서 보았다.

"이것이 그 타다 남은 성냥개비이군요. 여기에 있었나요?"

"그래요."

"브로치는 어디쯤 두셨습니까?"

"성냥개비가 놓인 장소와 거의 같아요. 1인치도 안 틀릴 거예요."

휴이트는 성냥개비를 집어 들고, 주의 깊게 살피다가 말했다.

"불을 붙이고 곧 껐군요. 그런데 부인, 그때 성냥 긋는 소리가 들리지 않았나요?"

"그럼 부인, 잠깐 아가씨 방까지 가 주십시오. 실험을 해 보고 싶습니다. 제가 여기서 성냥을 그어 볼 테니까, 소리가 들리는지 안 들리는지 그리고 몇 번 그었는지, 그 횟수까지 아시면 말씀해 주십시오."

휴이트는 그 방의 성냥갑이 비어 있어서, 경의 딸 방에서 가지고 와 실험을 시작했다. 문을 닫고 했는데, 벽 너머로 분명히 성냥을 긋는 소리가 들렸다.

"어제, 부인 방이나 아가씨의 방이나 전부 문이 열려 있었던가요?"

"그래요."

"고맙습니다, 부인. 우선 물어 보고 싶은 말은 그것뿐입니다."

휴이트는 출입구에 서서 상황을 보고 있는 남작을 향해 말했다.

"그럼, 다른 방을 보겠습니다. 그리고 괜찮으시다면 저택의 주위를 걸어 보고 싶습니다. 아, 그리고 그 성냥개비 말인데, 먼저 사건 때의 것도 아직 있습니까?"

"그건 경시청에 가 있네."

아미테이지 부인이 묵었던 방도 별다른 데는 없었다.

창문 밖 몇 피트 아래에 당구실 지붕이 보이는데, 채광을 위한 유리가 커다랗게 반짝이고 있었다.

휴이트는 사방의 벽을 대충 둘러본 다음, 가구와 집물을 주의 깊게 살피고, 밖에 나가서 창문을 보고 싶다고 말했다.

"제임스 경, 당시의 상황을 좀 더 자세히 생각해 내 주실 수 없겠습니까? 세 번의 사건 때 경의 행동을 이야기해 주시면 참고가 되겠는데요."

"첫 번째 대령 부인의 사건 때는 더그리 숲에서 한창 사냥 중이었어. 아미테이지 부인 때도 역시 그랬고, 어제는 농장에 가 있었어. 설마 자네는 나까지 혐의자로 보는 건 아니겠지?"

그는 휴이트의 얼굴을 뚫어지게 보면서 소리 내어 웃었다.

"당치도 않습니다. 다만 경 자신의 행동을 말씀해 주시면, 그날 저택 안에서의 움직임을 한층 더 잘 알 수 있기 때문입니다. 아무쪼록 오해가 없으시도록…… 그런데 특히 수상하다고 생각되는 사람은 없습니까?"

"하인들의 일을 난 잘 알 수 없어. 자네가 한 사람 한 사람 조사해 봐."

"저는 사건 당시 관계자들의 소재를 확인해서, 그 중 범행 가능성이 있는 사람에게만 점을 찍고 싶습니다. 물적 증거를 가지고 용의자를 찾아 낼 수도 있습니다만, 방금 말씀드린 방법 쪽이 빠릅니다. 그 점, 협력해 주시면 도움이 되겠습니다만…… 그리고 그때 다른 손님은 없었습니까?"

"한 사람도 없었어."

"그래요. 그리고 따님은 분명히 두 번 다 피해자와 함께 외출하셨지요? 조카 따님은 어땠습니까?"

"무엄하군, 휴이트 군. 난 조카딸을 용의자 취급받게 할 수는 없어. 양친을 여읜 뒤부터 내가 죽 돌보고 있는 처녀야. 그애를 의심하는 짓은 나로선 용서할 수 없어."

휴이트는 또다시 당황해서 손을 흔들며 말했다.

"방금 말씀드리지 않았습니까? 저는 아직 아무도 수상하다고 결정

짓지 않았습니다. 다만 수사를 쉽게 진행하기 위해, 사건이 일어났을 때 누가 어디에 있었는지를 확실히 알고 싶을 뿐입니다. 두 번째 사건 때 분명히 아미테이지 부인의 문에 자물쇠가 채워져 있었다고 증언하신 분은 조카 따님이었다고 생각합니다만."

"그래."

"바로 그 장본인인 부인 자신이 자물쇠에 대해 확실한 기억이 없다고 하기 때문에 물어 보았을 따름입니다. 어제 조카 따님은 외출하셨습니까?"

"외출은 안 했다고 생각해. 그다지 외출하는 성질이 아니어서 말야. 몸이 약해서 집 안에만 있는 아가씨지. 히스 대령 부인 사건때도 집 안에 있었던 모양이야. 그러나 어느 쪽이든 그애가 이 사건에 관계가 있다고는 도저히 믿어지지가 않아."

"오해하시면 곤란합니다. 저는 다만 여러분의 행동을 물어 보고 있을 뿐입니다. 가족은 그 사람들뿐이었지요? 경은 나머지 사람들의 일은 알 수 없을 테고…… 비서인 로이드 씨의 일만은 아시겠지만……."

"로이드? 아, 그는 처음 사건 때는 부인들과 함께 집 밖에 있었던 것 같아. 두 번째 때는 모르고, 어제는 아마 자기 방에 있었을 거야."

제임스 경은 의아스러운 듯이, 온화해 보이는 탐정의 마음 속에 어떤 생각이 숨어 있는지를 살피는 것처럼 그를 응시하고 있었다. 휴이트는 싱글싱글 웃으면서 말했다.

"한 사람이 동시에 두 곳에 모습을 나타내는 일은 절대로 불가능합니다. 그러기에 알리바이가 범죄 수사의 중요한 포인트입니다. 저는 그래서 사실을 수집하고 있습니다. 다음엔 하인들을 조사할 생각입니다. 저택 외부를 보여 주시겠습니까?"

렌턴관은 옛 건물이어서 시간이 지나면서 차례차례 증축해 왔기 때문에, 광대하기는 하나, 매우 산만한 느낌을 주었다. 제임스 노리스 경 자신의 표현을 빈다면, 도미노 게임을 생각나게 하는 건물이었다. 휴이트는 저택 주위를 천천히 돌아다니면서, 문제의 두 창문 바로 아래까지 갔다. 그는 멈춰 서서 잠깐 올려다보고 있다가, 마굿간과 마차 두는 곳이 나란히 붙어 있는 곳으로 다가갔다. 마부가 열심히 수레바퀴를 씻고 있었다.

"담배 좀 피우겠습니다. 어떻습니까, 이 여송연은? 피우지 않으시겠습니까? 그렇게 강하지 않습니다. 성냥이 없군요. 저 마부에게서 빌려 오겠습니다."

제임스 경이 주머니에서 성냥을 찾고 있는 사이에 그는 성큼성큼 마차 두는 곳으로 들어갔다. 마부에게 말을 걸어 성냥을 빌려 여송연에 불을 붙였다. 그러자 건물 안쪽에서 귀여운 테리어(영국원산인 애완견) 한 마리가 휴이트 옆으로 달려왔다. 휴이트는 개의 머리를 쓰다듬으면서 마부와 뭔가 지껄이기 시작했다. 제임스 경은 잠깐 건물 밖에서 작은 돌을 차면서 기다리고 있었는데, 두 사람의 이야기가 좀처럼 끝날 것 같지 않자 단념한 표정으로 먼저 돌아갔다.

휴이트는 20분 가까이나 이야기를 나눈 뒤 저택으로 돌아갔다. 그는 현관에서 제임스 경과 마주치자 입을 열었다.

"실례했습니다, 제임스 경. 저 테리어는 꽤 좋은 개군요?"

"그런가."

경은 혼자 내버려 둔 데에 대해 조금 화가 난 모습이었다. 휴이트는 경의 안색 따위는 전혀 안중에 없는 모양으로 말을 계속했다.

"하나 더 여쭤 보고 싶은 말씀이 있습니다. 어제 도난이 있었던 카사노바 부인의 방은 분명히 3층이었지요? 그 바로 아래의 방은 누가 쓰고 있습니까?"

"1층은 내 거실이고, 2층은 로이드의 방이야. 로이드는 서재로 쓰고 있을 거야."

"그러면 첫 번째 사건 때, 범인이 대령 부인의 방에 몰래 들어가려고 뜰에서 사다리를 걸었다면, 경이나 로이드 씨의 방에서라면 볼 수 있었겠군요?"

"경시청에서 온 사람도 자네와 같은 말을 했어. 그런데 공교롭게도 그 사건 때는 어느 쪽 방에도 사람이 없었어. 적어도 창문으로 밖을 보고 있던 사람은 말야."

"그 점을 제가 조사해 보고 싶습니다. 그때 아랫방에 누군가 있었습니다. 누군가 있었다면, 무엇이 보였는지, 혹은 무엇을 볼 수 있었는지, 제 눈으로 확인했으면 합니다."

제임스 노리스 경은 우선 그를 아래층의 거실로 안내했다.

문이 있는 데서 책을 손에 들고 바쁜 걸음으로 나오는 젊은 여자와 마주쳤다.

"따님입니까?"

"아니, 조카딸이야. 뭔가 묻고 싶은 말이 있으면 물어 보게나. 이쪽은 이번 사건의 수사를 부탁한 휴이트 씨다. 네가 알고 있는 것은 모두 말씀해 드려라."

"저 말인가요? 하지만 백부님, 전 아무것도 모르는걸요."

"아가씨, 아미테이지 부인의 방에는 자물쇠가 채워져 있었다고 하던데?"

"네, 채워져 있었어요."

"안쪽에서 걸려 있었습니까?"

"글쎄요, 전 거기까지는 알 수 없었어요."

"그렇습니까. 그 밖에 뭔가 다른 것을 알아채지 못하셨나요? 어떤 사소한 것이라도 좋습니다. 말씀해 주시지 않겠습니까?"

"아무것도 없어요, 정말. 전 조금도 기억하지 못하는걸요."

"그건 유감이군요. 그럼 방을 보여 주시겠습니까, 제임스 경?"

그런데 휴이트는 경의 거실은 창문을 한번 슬쩍 보는 정도로 간단히 끝내고 곧 2층으로 올라갔다. 그곳은 제임스 경에게서 들은 것처럼, 비서인 로이드 씨의 방인데, 휴이트는 경의 거실보다 훨씬 주의 깊게 조사했다.

사용하기에 편리할 것 같은 방으로서 세간들은 여성스러운 취미가 물씬 배어 있었다. 가구 위에는 비단에 수를 놓은 세공품을 깔고, 난로 선반에는 일본제인, 춤출 때 쓰는 부채가 장식되어 있었다. 창가에는 회색 앵무새를 넣은 새장이 걸려 있고, 책상 위에는 꽃을 꽂은 꽃병이 두 개나 놓여 있었다.

"로이드는 보는 바와 같이 대단히 취미가 섬세한 남자여서 말이야, 그 탓인지 방을 비운 사이에 다른 사람이 방에 들어오는 것을 몹시 싫어하지. 그러니까 팔찌 사건 때도 이 방에는 아무도 없었다고 생각하는데 말야."

"그럴까요?"

휴이트는 날카로운 눈길을 창밖으로 보낸 채 입을 꾹 다물어 버렸다. 그리고 이쑤시개를 꺼내어 새장의 철망을 쿡쿡 찔러 앵무새를 놀리고 있다가 느닷없이 큰 소리를 쳤다.

"아, 저기 돌아오는 사람이 로이드 씨가 아닐까요?"

"오, 로이드야. 가 보자구. 이 방에서 아직 조사할 게 있나?"

"인제 됐어요. 저도 함께 저 쪽으로 가지요."

두 사람은 아래층으로 내려갔다. 바로 제임스 경은 비서를 마중하러 갔다. 휴이트는 홀에서 기다리고 있다가 제임스 경이 돌아오자 살짝 귓전에 속삭였다.

"제임스 경, 그럭저럭 범인을 점찍었습니다."

"뭐? 정말인가? 단서가 발견되었나? 누가 범인이지?"

"그렇습니다. 확실한 증거를 잡았습니다. 설명하기에는 아직 시기가 이른 것 같은데, 확신을 가지고 있습니다. 그런데 범인이 판명되면, 경께서는 경찰에 넘기실 작정이십니까?"

"물론이야. 도난된 물품은 내 것이 아니고, 이 사건이 해결되지 않고는 도무지 안정할 수가 없어. 가령 피해자들이 용서한다고 해도 내가 용서할 수 없어. 집 안에서 발칙한 짓을 한 것만으로도 잠자코 내버려 둘 수가 없어."

"알았습니다. 그럼, 트와이포드 경찰서까지 심부름꾼을 보내어 경관을 두 명 불러 주십시오. 단, 심부름꾼은 하인이 아닌 다른 사람이 좋다고 생각합니다만……."

"그럼, 로이드를 보내지. 방금 런던에서 돌아온 본인에겐 안됐지만, 그런 중대 용건이라면 그를 보낼 수밖에 없겠지."

"저녁때까지 경관 두 명을 파견하도록 말씀해 주십시오. 로이드 씨가 동행해서 와 주면 더욱 좋겠습니다."

제임스 경이 벨을 울리자, 곧 로이드가 나타났다. 경이 용건을 말하고 있는 동안, 휴이트는 거실 안을 걸어다니다가 말했다.

"폐를 끼쳐 미안합니다, 로이드 씨. 내게는 아직 조사할 일이 남아 있고, 신뢰할 수 있는 사람이 아니면 심부름을 보낼 수 없기 때문에 갔다 오시도록 부탁드리는 것입니다. 로이드 씨께서 데리고 와 주시면 좋겠습니다. 경관은 두 사람이 필요합니다. 용건은 그것뿐입니다. 하인들에게는 절대 비밀로 해 주십시오. 그리고 경관 중 한 사람은 여자 경관으로 해 주실까요? 그 경찰서에는 여자 경관도 있겠지요? 아니, 그건 그만두시지요. 여자들 소지품 수사는 경찰서에 가서 해도 좋으니까……."

휴이트는 낮은 소리로 협의를 하면서 로이드를 현관까지 배웅했다.

돌아오는 그를 기다려 제임스 경은 말했다.

"아, 휴이트 군. 아직 점심 식사를 대접 못했군. 사건에 정신을 빼앗겨 까맣게 잊고 있었어. 만찬은 7시이니까, 그 전에 뭔가 준비시키지. 실례했어."

"별달리 배려하지 마시고, 비스킷이든 뭐든 조금만 주시면 됩니다. 될 수 있으면 그것도 혼자서 들었으면 합니다. 조금 생각해 보고 싶은 일이 있어서요. 방을 하나 빌려 주시겠습니까?"

"어느 방이든 마음대로 사용하게. 어디가 좋을까. 식당은 너무 넓고, 내 서재는 너무 좁고……."

"로이드 씨의 방은 어떻습니까? 30분이면 충분합니다만……."

"좋고말고, 곧 식사 준비를 시킬 테니까."

"부탁할 수 있다면, 각설탕과 호도를 곁들여 주셨으면——별난 기호여서 죄송합니다만."

"뭐? 각설탕과 호도라고?"

제임스 경은 벨을 누르려던 손을 멈추고, 의아스러운 얼굴로 말했다.

"색다른 주문이지만, 원한다면 가지고 오도록 하지."

탐정의 기묘한 기호에 눈을 둥그렇게 뜨고, 경은 성큼성큼 방에서 나갔다.

이윽고 현관에 마차가 돌아왔다. 비서 로이드와 경관 두 사람이 내려왔다. 휴이트는 서둘러 아래층으로 내려갔다. 계단 밑에서 제임스 노리스 경과 카사노바 부인이 그와 마주쳤다. 그들은 탐정 손에 큰 새장이 들려 있어서 의아스러운 얼굴을 했다. 휴이트는 기운차게 두 사람을 향해 말했다.

"드디어 사건은 종막입니다. 마침 트와이포드에서 경관이 도착했습니다."

경관과 나란히 홀에 서 있던 로이드는 휴이트의 손에 들린 앵무새 새장을 보자 안색이 싹 바뀌었다.

"이 사나이입니다, 범인은."

휴이트는 로이드를 가리키며 경관에게 말했다.

"뭐라고? 로이드가 범인? 무슨 바보 같은 말을……."

제임스 경은 헐떡이는 듯한 소리를 냈다.

"바보 짓인지 아닌지, 본인에게 물어 보시지요."

휴이트는 태연스레 말했다. 로이드는 옆의 의자에 몸을 떨어뜨리고 그 날 아침 자신이 일부러 마중하러 간 사나이의 얼굴을 응시했다. 입술이 경련을 일으키는 듯 움직이고 있었으나 한 마디도 하지 못했다. 그의 윗옷 단추 구멍에서 시든 꽃이 떨어졌다. 그는 꼼짝도 하지 않았다.

"공범은 이것입니다."

휴이트는 앵무새 새장을 테이블 위에 놓으며 말했다.

"하긴 앵무새를 붙잡아 보았자 기소할 수는 없겠지만……."

앵무새는 고개를 갸웃하고 줄곧 쉰 목소리를 내고 있었다. 제임스 노리스 경은 어안이벙벙해서 우두커니 서 있었다. 로이드는 무의미한 말만 되풀이했다.

"이 새가 그의 짝이기도 하고, 부하이기도 했습니다. 그는 세 번 모두 앵무새를 이용했습니다. 자, 그를 체포해 주실까요."

결정타를 먹이는 듯한 휴이트의 말을 듣고, 로이드는 의자에서 앞으로 헤엄치듯이 엎드러져 와악 흐느껴 울기 시작했다. 경관은 그의 팔을 붙들어 의자 위에 끌어 올렸다.

두 시간쯤 후에 휴이트는 제임스 경의 서재에서 커다란 어깨를 흔들며 열심히 설명을 계속하고 있었다.

"수사 이론이라는 것이 있지만, 저는 특별한 수사 방법을 미리 정하고 착수하지 않습니다. 전부 상식과 관찰에 따라 하고 있습니다. 이번 사건만 하더라도, 우선 저는 타다 남은 성냥개비에 주목했습니다. 경시청의 형사도 같은 점을 노렸다는 데, 그것에 의해 이 세 가지 사건을 일관하는 실마리를 발견했습니다.

처음부터 설명하면, 타다 남은 성냥개비가 있었다는 사실은 테이블 위를 비쳐 볼 필요가 있었기 때문이 아니었습니다. 그것은 대낮에 일어난 카사노바 부인의 경우만 보아도 명료합니다. 그러면 어떤 목적에 따라 성냥개비가 놓여 있었는지, 처음에는 그 이유가 상상이 가질 않았습니다. 도둑들은 상당히 미신을 믿는데, 그 중에는 아주 기묘한 짓을 하는 자도 있습니다. 예컨대 범행 장소에 뭔가 남기지 않고는 못 배기는 자도 있습니다. 일부러 작은 돌이나 석탄 덩어리를 범행 현장에 남기고 가는 녀석도 있었습니다. 처음에는 이 사건도 그런 종류인가 했습니다.

성냥개비는 분명히 밖에서 가지고 들어왔습니다. 실제로 해 보려고 성냥을 찾아보니, 저 방의 성냥갑은 비어 있었습니다. 그 성냥을 그은 곳도 저 방이 아니었습니다. 저 방이라면 따님 방에서 성냥을 긋는 소리가 들렸을 것입니다. 그 실험은 당신들 눈앞에서 해 보여 드렸습니다. 그렇다면 이 성냥개비는 다른 방에서 그어, 바로 불어 끈 다음, 저 방에 가지고 들어갔다고 할 수 있습니다. 왜 그런 짓을 했을까요? 목적도 없이 가지고 들어갈 리는 없습니다. 미리 성냥개비에 불을 붙였다가 끈 까닭은, 그렇게 해 두지 않으면 갑작스런 상황으로 불길이 번질 것을 두려워했기 때문입니다. 요컨대 성냥개비가 사용된 것은 어떤 목적에든지 성냥개비 본래의 쓰임새가 아니라, 다만 한 조각의 나무로 쓰인거라고 믿었습니다.

이상의 제 추리가 옳다고 치고, 다음 단계로 넘어갑시다. 이 성냥개비를 주의해서 보십시오. 여기에 조그만, 보일락말락한 정도의 움푹 패인 곳이 양면에 두 개씩 있습니다. 뭔가 날카로운 도구로 끼워서 집은 자국이라고 생각됩니다. 무슨 자국인지 아시겠습니까? 언뜻 보아선 짐작이 잘 안 되리라고 생각합니다만, 이것은 새가 부리로 문 자국입니다.

어떻습니까? 이해가 되셨습니까? 사다리를 사용하지 않고 히스 대령 부인의 창문으로 들어갈 수 있는 것은 새 외에는 없습니다. 아미테이지 부인 때에도 창문은 겨우 1피트 정도밖에 열려 있지 않았습니다. 범행 현장에는 여러 가지 물건들이 흩어져 있었는데, 도둑맞는 물건은 언제나 정해 놓고 번쩍이는 것으로 한 개 뿐이었습니다. 사람이라면 갖고 싶은 만큼 훔쳐 가겠지만, 새는 그렇게 안 되었던 것입니다.

그럼, 어째서 앵무새가 성냥개비를 물고 들어 왔을까요? 그 이유는 다른 게 아닙니다. 즉 그렇게 길들여졌기 때문입니다. 앵무새는 원래 시끄럽고 떠들썩한 새입니다. 몰래 들어가서 물건을 물고 나올 때까지 어떻게든 조용히 하게 할 조치가 필요했습니다. 제일 간단하고 효과적인 방법으로서, 물건을 물어 오는 일을 가르치는 동시에, 몰래 들어갈 때도 뭔가를 물려서 울음 소리를 내지 않도록 길들여 두었습니다. 일석이조라는 거지요.

저는 그때, 새끼 까마귀나 새끼 까치가 떠올랐습니다. 그러한 새는 인가로부터 물건을 훔쳐낸다고 알려져 있습니다. 하지만 그렇다고 하기엔 성냥개비에 생긴 부리 자국의 간격이 너무 컸습니다. 그래서 큰 까마귀인가 하고 생각했습니다.

저는 마차 두는 곳에 있는 마부에게 물어 보았습니다. 제일 먼저 그곳에 나타난 테리어부터 시작해, 저택 안에서 기르고 있는 동물에 관해 여러 가지 물어 보았습니다. 그런데 까마귀는 안 기른다고 해서 잠깐 실망했는데, 그때의 대화가 결코 헛되지 않았습니다. 그곳에서 성냥개비를 얻어 왔는데, 그 굵고 끝이 빨간 성냥개비는 문제의 성냥개비와 똑같았습니다. 그것이 저택 안에서 사용하는 성냥임을 알았습니다. 그리고 그때, 로이드 씨가 앵무새를 기르고 있다는 사실을 알아 냈습니다. 그리고 상당히 영리한 새여서, 비교적 떠들어 대지 않는 편이며, 잘 길들이고 있다는 사실까지 알았습니다. 이것도 마부에게서 들은 이야기인데, 로이드 씨가 앵무새를 외투 밑에 숨겨 가지고 정원으로 돌아오는 모습을 가끔 본 적이 있다고 했습니다. 그때 로이드 씨는 '요즘 앵무새 녀석이 새장 문을 열고 도망치는 것을 익혀서, 붙잡는 데 애를 먹고 있다'고 몹시 푸념했답니다.

저는 이 일을 당신들에게 말하지 않고 있었습니다. 아직 확실한 증거를 잡지 않았기 때문이었습니다. 그래서 저는 기회를 보아 로이드 씨의 방에 들어가 앵무새를 놀려 주며 처음 목적을 확인할 수 있었습니다. 새는 제가 내미는 이쑤시개를 물었습니다. 성냥개비의 자국과 그 새가 문 자국이 딱 들어맞았습니다. 저는 성냥개비가 절대 조명용으로 사용되지 않았다는 확신을 얻었습니다. 범행이 있었던 때는 대낮이었습니다. 아니, 제 추리가 옳다면, 오히려 대낮이기 때문에 범행이 가능했다고 하는 것이 보다 정확할 것입니다.

히스 대령 부인의 경우는, 문은 잠겨 있는데 창문은 활짝 열린 채였습니다. 그래서 2층에 있는 로이드의 방에서 창틀에 올라가면, 앵무새를 3층 창문으로 날아 들어가게 하기는 아주 쉬운 일입니다. 부리에 성냥개비를 물려 날아 들어가게 했습니다. 세 번의 범행에 세 번 다 현장에 성냥개비가 있었던 것은 그 때문이었습니다. 이 범죄에는 사람의 손으로는 절대로 불가능한 데가 있는데, 그러면서도 분명히 사람의 지혜가 작용하고 있었습니다. 이것이 이 범죄의 특징이었습니다. 로이드는 범행 후 충분한 여유가 있어서, 부인들이 고사리를 꺾어 가지고 돌아오는 때를 적당히 가늠해서 일부러 도중까지 마중을 갔습니다.

성냥개비를 소도구로 선택한 점에 저는 감탄했습니다. 성냥개비라면 화장대 위에 있어 보았자 별로 이상하지 않으며, 의심을 받는다 하더라도, 경찰의 수사 방향을 그르치게 할 가능성이 짙습니다.

아미테이지 부인의 경우에는, 값싼 브로치가 도둑맞고 값진 반지가 도난을 면했습니다. 범인은 어지간히 얼간이이며 보석 감식력이 제로라고 생각도 했었는데, 얼간이는커녕 더없이 교활한 사나이였습니다. 다만 아깝게도 부하가 사람이 아니었기 때문에, 보석의 가격 따위에는 무관심했을 뿐입니다.

이 두 번째 사건에서는 문이 잠겨 있었으며, 인부가 복도에서 가스관 수리를 하고 있어서, 복도를 통해 들어갈 방법이 없었습니다. 창문이 열려 있었다고 해도 옷솔로 받쳐 두었기 때문에, 사람이 그곳으로 몰래 들어간다면 틀림없이 옷솔을 튕겨 버렸을 것입니다. 그런데 옷솔은 여전히 창문 사이의 받침대가 되어 있었습니다. 범인이 밖으로 나온 다음, 다시 옷솔을 본래대로 해 둔 것이겠습니까? 우물쭈물하다간 언제 발견당할지 모르는 위험한 상황에, 그런 귀찮은 짓을 할 만큼 조심성 있는 사나이라면 브로치를 훔칠 때 바늘겨레에 흔적을 남기는 그런 서투른 짓은 안 할 것입니다.

새였습니다. 새이기 때문에 저 좁은 틈으로 들어갈 수 있었으며, 그 대신 슬프게도 사람이 아니기 때문에 브로치를 훔칠 때 바늘겨레를 발톱으로 눌러 흔적을 남겼습니다. 그런데 어제 일어난 사건에서는 먼젓번 두 사건과는 상당히 상황이 달랐습니다. 창문은 닫혀 있는데 문이 열려 있었습니다. 카사노바 부인이 방을 비운 사이는 잠깐 몇 분이며, 그 동안 사람이 드나드는 발소리는 들리지 않았습니다.

이런 상황에 생각할 수 있는 것은 처음부터 범인이 방 안에 숨어 있는 경우입니다. 방 어딘가에 숨어 부인이 방에서 나가기를 기다리고 있었다고 보는 것입니다. 저 방에는 여러 가지 덮개라든가 커튼 등이 많이 있어서 새 한 마리가 숨는 것쯤은 매우 간단합니다. 부인의 모습이 문에서 사라지는 것을 끝까지 지켜 보다가, 새는 즉시 노리고 있던 물건을 물고 소리를 내지 않고 문을 통해 도망쳤습니다. 아니, 이상한 얼굴들을 하시는군요. 과연 사람처럼 그런 분별이 고작 앵무새 따위에게 있을까 보냐 하는 생각이시군요. 그러나 그것은 결코 불가능하지 않습니다. 원래 이런 기괴한 사건에서는 상상할 수도 없는 기발한 수단이 쓰이는 경우가 많은데, 이 경우도 그랬습니다. 새라도 훈련에 따라 상당한 일을 해치울 수 있는 법입니다. 런던의 길거리에서 작은 새가 재주를 부리는 것을 본 적이 없으십니까? 훨씬 더 어려운 재주를 훌륭히 부릴 수 있습니다. 그런 까닭에 제 추리가 옳다고 확신을 갖게 됐는데, 더욱 다지기 위해 앵무새에게 그 곡예가 가능한지 시험해 보고 싶었습니다. 그래서 용건을 만들어 일부러 로이드가 집을 비우게 하고, 그 사이에 앵무새와 친해졌습니다.

아시는 바와 같이 사탕은 앵무새가 아주 좋아하는 음식입니다. 호도를 두 개로 쪼갠 것은, 녀석이 더욱 좋아하는 음식입니다. 그 두 가지 음식을 준비하고 저는 일을 시작했습니다. 처음에는 좀처럼 따르지 않았는데, 그럭저럭 하는 사이에 그 곡예를 하기 시작했습니다. 새장 문을 열고 성냥개비를 입에 물리자, 갑자기 테이블 위로 날아올랐습니다. 그리고 제일 먼저 눈에 뜨인 번쩍번쩍 빛나는 물건을 성냥개비 대신 물고, 자랑하듯 온 방 안을 날아다녔습니다. 다만 저는 처음으로 상대하는 사람이라서 획득한 물건을 건네 주지는 않았습니다만……

　이 정도면 이젠 충분하지 않습니까? 하지만 시간 여유가 있어서 실내를 찾아보니 모조품 반지라든가 팔찌 등이 몇 개나 나왔습니다. 앵무새를 훈련할 때 사용한 물건임에 틀림없습니다.

　증거는 이만하면 충분하겠지요? 그는 물론 자백할 것입니다. 그런데 제임스 경, 카사노바 부인의 브로치가 손에 돌아올지 어떨지는 의문입니다. 로이드는 어제 런던까지 갔었습니다. 장물을 처분하고 왔다고 생각합니다."

휴이트가 이야기하는 동안, 제임스 경의 얼굴에는 경악과 찬탄의 표정이 교차하고 있었다. 경은 이야기가 끝나자 여송연을 뻑뻑 피우며 말했다.

"그렇지만 아미테이지 부인의 브로치는 여자가 전당포에 가지고 갔었는데?"

"그 무렵엔 그랬는데, 지금은 더욱 사정이 나빠져 있습니다. 아마 브로치는 런던에 있는 여자의 손에 의해 돈으로 바뀌어 있을 것입니다. 그렇게 되며 이제는 절대 찾지 못합니다. 이러한 패들은 절대로 진짜 주소를 말하지 않으니까요."

두 사람은 한동안 여송연을 천천히 피울 뿐 잠자코 있었다. 잠시 후 휴이트가 다시 이렇게 말했다.

"저, 로이드가 아무리 앵무새를 잘 길들였다고 해도, 언젠나 그렇게 쉽사리 보석을 손에 넣지는 못했겠지요. 성공은 세 번뿐이며, 나머지는 몇 번이고 실패를 거듭했거나 위험한 일을 당했을 것입니다. 실패해도 당신들이 알아차리지 못했을 뿐이지요. 마부가 이따금 로이드가 앵무새를 웃옷에 숨기고 거니는 모습을 보았다는 것은 그 실패 때의 일이겠지요.

　그건 그렇다치고, 그 착상은 나쁘지만 훌륭했습니다. 칭찬해 주

어도 괜찮다고 생각하는데요, 가령 새가 물건을 물고 나오는 것을
다른 사람이 발견하더라도——'참으로 못된 새구나. 이러니까 한
눈 팔지 못한다구요' 하고 한 마디만 하면, 그것으로 끝나 버리니
까요."

《아기 곰 푸》 지은이 밀른의 미스터리

미스터리작가로서보다 《아기곰 푸》의 지은이로 더 잘 알려진 앨런 알렉산더 밀른(Alan Alexander Milne)은 1882년 1월 18일 런던에서 태어나, 1956년 1월 3일에 서식스 주 하트필드에서 세상을 떠났다.

그는 11살 때 장학금을 받고 웨스트민스터 스쿨에 들어가 1년 동안 공부했는데, 재학중 그의 시와 패러디가 교내 잡지에 많이 실렸다. 그 뒤 캠브리지의 트리니치 칼리지에 다니며 〈글랜더〉지를 편집하고, 1903년에 졸업했다. 그는 교사나 인도로 가서 관리가 되려고 했으나, 교사 생활은 너무 단조로울 것 같고, 시험을 치러야 하는 관리직도 마음이 내키지 않아 결국 런던에 머무르며 〈타임스〉지와 〈스펙테이터〉지의 프리랜서로 글을 쓰는 생활을 시작하였다. 여러 문학 관련 클럽에 참가하고, 하디며 멜레디스와 친하게 사귄 것도 이 무렵이었다. 이러는 동안에 문재(文才)를 인정받아 오랜 전통을 자랑하는 유머 잡지인 〈펀치(Punch)〉의 편집 차장이 되어 편집 및 집필을 계속하다가, 1913년에 여류작가 더래시 드 셀랑클과 결혼하고 그 다음해에 〈펀치〉지를 그만두었다.

그러자 제1차 세계대전이 일어나 그 이듬해에 월릭셔 연대에 들어갔다. 거기서 아내와 동료 부인들을 이끌고 자작 동화극을 상연하기도 하였다. 그는 서부 전선에 출정했다가 건강을 잃고 입원했다. 퇴원한 뒤에는 통신부대에서 신호 교관으로 일했으며, 이 무렵부터 희곡에 흥미를 느끼기 시작했다. 제대를 한 1919년 무렵에는 이미 유머리스트 및 극작가로 유명해져 있었기 때문에 〈펀치〉지의 자리도 사양하고 저작에만 온 힘을 기울였다.

밀른의 초기 작품으로 중요한 것은 《Not That It Matters(1919)》 및 《괜찮으시다면(If I May, 1920)》 등의 수필집으로, 그 경묘한 필치는 작가의 미소가 눈에 보이는 듯하다. 최초의 각본이 간행된 것은 1917년의 일로, J. M. 바리의 계통을 이어받은 희극이 많으며 그 중에서도 〈도버 가도(The Dover Road, 1922)〉가 역작이다.

극작가로 수많은 희곡이 있으며 그중 열 몇 권이 간행되었으나, 소설은 그다지 많지 않다. 단 한 권의 장편 미스터리소설인 《빨강집의 수수께끼(The Red House Mystery, 1922)》를 빼면 겨우 세 권에 지나지 않는다.

극작가로서 바리의 흉내를 내고 있다고 하지만, 바리에게는 밀른의 유머가 결여되어 있으며, 밀른의 작품에 일관되고 있는 것은 언제나 인생의 밝은 면으로 눈을 돌려 미소를 품고 바라보려는 태도이다. 그가 〈펀치〉지의 편집 차장으로 8년 동안이나 일했던 것도, 본디 아일랜드 인의 피를 이어받았지만 순수한 영국인으로 불릴 만큼 사물을 보는 견해와 밝은 감각, 유머가 영국적이었던 때문이다.

수필, 희곡, 소설 여러 방면에 발자취를 남긴 밀른에 대하여 특히 잊어서 안 될 것은 뛰어난 동화와 동요를 남기고 있다는 사실이다. 《아주 어렸을 때(When We Were Very Young, 1924)》와 그 속편 《이제 우리는 여섯 살(Now We Are Six, 1927)》 등의 동요는 실로 어린이들을 열광케 할 만큼 재미있어 레코드 취입까지 했다.

또한 《아기곰 푸(Winnie the Pooh, 1926)》《푸 모퉁이의 집(The House at Pooh Corner, 1928)》도 《아기곰 푸》로 잘 알려져 있으며, 크리스토퍼 로빈(Christopher Robin)이라는 필명으로 쓴 네 권의 동화가 있는데, 크리스토퍼는 아들 이름으로 자식을 향한 애정이 동화와 동요를 쓰게 했다. 더욱이 이 작품들 속에는 아일랜드 인다운 섬세한 공상이 있어 읽는이를 즐겁게 한다.

그의 유일한 장편 미스터리소설 《빨강집의 수수께끼》는 아버지에 대한 애정이 붓을 움직이게 했다. 아버지에게 바치는 그의 짧은 헌정은 미스터리소설에 대한 영국인의 사고방식이 단적으로 나타나 있으며, 이제까지 손대지 않았던 미스터리소설을 써서 아버지에게 바치는 애정의 깊이가 미스터리소설을 사랑하는 이들의 가슴을 뭉클하게 감동시켰다.

밀른이 이 작품을 출판한 뒤 몇 년 지나서 집필 동기를 회상하며 머리글을 덧붙였는데, 특히 미스터리소설에 대한 관심이 뚜렷이 나타나 있어 아주 흥미롭다. 그가 미스터리소설을 쓰고 싶다고 출판 대리인에게 처음으로 이야기했을 때, 그 대리인은 어리둥절한 표정을 짓고 '유명한 〈펀치〉지의 유머 작가인 당신에게 우리나라가 요구하는 것은 유머 소설뿐입니다'라며 계속 유머 소설을 쓰도록 권했다고 한다. 그리고 다른 출판업자·편집자들도 같은 생각이었다. 그럼에도 그가 이 작품을 쓰고 2년 뒤엔 동요집을 쓰려 하자 '영국민이 가장 읽고 싶어하는 것은 새로운 미스터리소설입니다'라고 모두 입을 모아 말했다고 한다.

이 작품은 16년 동안 13판을 거듭했는데 '다른 어떤 분야에서도 손가락으로 꼽을 만큼 획기적인 사실이다'라고 미스터리소설 작가인 레이몬드 챈들러는 말했다. 그토록 열광적인 환영을 받으면서도 밀른은 제2작의 집필을 하지 않았다. 미스터리소설 관련 작품으로 1932년에 출판된 《Four Plays》 속에 〈완전 알리바이〉라는 탐정극이 있고, 1950년에 쓴 〈11시의 살인(Murder At Eleven)〉 단편이 있을 뿐이다.

그럼, 여기서 미스터리소설에 대한 밀른의 '특별한 기호'를 이야기해 보기로 하자. 그 첫째는 '언젠가 아주 흥미진진한 살인 사건을 다룬 작품을 읽은 일이 있는데 범인이 어떻게 하여 피해자의 서재에 침입할 수 있었는가 하는 점에서 고찰해 볼 만한 것이 있었다. 그런데 작가는 다음과 같은 표현을 했다. '탐정의 관심은 오히려 어떻게 해서 범인이 탈출을 할 수 있었는가를 해명하는 데 있었다.' 미스터리소설의 살인범은 대부분 쉽게 도망쳐 버린다. 그 사실이 나는 못마땅하다'라는 그의 말이다. 이것은 밀실의 구성과 그 침입 및 탈출 방법에 관한 그의 견해지만, 많은 작가가 범죄 흔적 은폐에 중점을 두고 있는 것은 어쩔 수 없다. 특히 밀른처럼 '전문적인 범죄자'를 좋아하지 않는 이로서는 '쉽사리 현장을 잡히지 않는' 아마추어 범인에 대한 불만은 당연한 일일 것이다.

둘째로 미스터리소설에는 연애 묘사가 없는 것이 좋으며, 그럴 여유가 있다면 발자국을 더 만들어 놓는다든지 담배 꽁초라도 주워 봉투에 넣게 하는 편이 더 낫다고 말했다. 미스터리소설에 연애 묘사가 들어가게 된 것은 벤틀리의 《트랜트 마지막 사건》에서부터였는데, 확실히 서투른 연애 묘사가 '마음 졸이는 독자를 맥빠지게'하여 감흥을 줄게 하는 일이 많았다. 그렇다고 근본적으로 배제할 필요는 없다. 연애가 작품에 유기적으로 융합해 들어가 인간 심리의 수수께끼를 추구해 가는 경우라면 그다지 지장이 없기 때문이다.

셋째로는 탐정도 범인도 우리들과 같은 보통 사람들 가운데 하나였으면 좋겠다. 탐정의 자격은 냉정한 귀납적인 사고와 엄정한 증거 사실을 바탕으로 한 논리적인 추리력을 지니고 있으면 되므로, 과학탐정 운운하며 현미경 따위나 들고 다니는 인간은 들어가기 바란다고 말하였다. 이것도 한편으로는 지당한 의견이지만, 전문적인 기능을 지닌 과학적인 탐정을 배척하면서도 '우리들 중의 한 사람'인 어느 평범한 인간에게 '논리적인 추리력'을 요구하는 것은 좀 모순되는 일인 듯하여 역시 탐정에게 일반인보다는 탁월한 지능을 기대하고 있는 셈이다. 크로프츠처럼 일일이 돌아다니며 수사를 벌이는 평범한 노력형 탐정들이 홈즈 같은 명탐정들에 대한 반동으로 새롭게 등장했으나, 독자는 뜻밖의 해결에 놀라고 싶은 마음이 간절하므로 읽는이보다는 한 걸음 앞선 탐정을 허용할 수밖에 없는 것이다.

넷째로는 왓슨 역할을 하는 인물을 내세우는 편이 좋겠다는 의견이다. 해결을 마지막 순간까지 덮어 두고 그 사이의 모든 과정을 마치 마지막 클라이맥스를 위한 프롤로그이기라도 한 것처럼 생각하는 작가가 있는데, 그런 작가는 없어지는 것이 좋다. '그런 식으로 소설을 쓰는 법이 어디 있는가! 탐정의 사고는 대목마다 알려줘야 하는 것이다'라고 하면서, 그러기 위해서는 왓슨 역을 등장시키는 것이 소설을 훨씬 읽기 쉽게 만든다는 것이 그의 견해이다.

이제까지 간행된 미스터리소설에 대한 그의 불만은 이상 네 가지이며, 이 작품을 쓰게 된 동기는 그 불만에 대한 답안이었다.

노곤하고 무더운 한여름날에 일어난 사건은 15년 만에 돌아온 집주인의 형이 시체가 되는 것으로, 결코 기괴한 일은 아니다. 더욱이 8월의 경치가 전편에 채색되고 유쾌한 해학이 곳곳에 스며들어 유머가 넘친다. 이 작품이 좋은 반응을 얻은 것은 무엇보다도 아마추어 탐정 길링검과 그의 단짝 베벌리의 성격 때문이다. 우리는 많은 미스터리소설에서, 천재인지는 모르지만 역겹고 거만한 탐정들을 보아왔다. 그들은 지은이의 최대 찬사에도, 잇달아 일어나는 살인을 조금도 미리 방지하지 못하면서, 사건이 완전히 끝나고 나면 그 모든 것을 미리 예측하고 있었던 듯이 이야기를 늘어놓는다. 그런데 적어도 밀른은 그런 점이 없다. 베벌리는 저능하고 감탄만 하는 왓슨이 아니라 좋은 협력자이며, 길링검은 될 수 있는 대로 자신이 파악한 사실을 모두 이야기해 주려고 노력하고 있다. 그 점에서 밀른이 늘어놓은 불만 중 세 번째와 네 번째 항목은 적절한 해답을 보여주었다고 해도 좋다.

미스터리소설과 유머의 배합에 대해 말한다면, 이 둘은 결코 서로 양립할 수 없는 것이므로, 크레이그 라이스나 딕슨 카 등의 유머는 진기함을 노린 사도(邪道)라고밖에 할 수 없다. 그러나 밀른의 유머는 그 자신의 풍격에서 자연스럽게 스며나오는 것이므로 독자의 미소를 자아내는 좋은 읽을거리가 되고 있다.

한편 하드보일드 파의 거장 챈들러는 '전체의 줄거리가 막힘없이 진전되고, 만화를 보는 것처럼 통쾌하고 흥미롭게 쓰여졌다'라고 이 작품을 평하면서 수사상의 미비한 점 7가지를 들고 있다. 그러나 실제로는 하나하나 지당하게 여겨지는 그 미비점은 트릭을 떼어놓고 음미한 경우일 뿐, 전편에 넘치는 부드럽고 따스한 흐름으로 그러한 부자연스러움이 충분히 구제되고 있음을 알 수 있다.

〈렌턴관 도난사건(The Lenton Croft Robberies)〉의 지은이 아더 모리슨(1863~1945)은 영국의 시인, 극작가, 비평가, 소설가이다. 그는 켄트 주(州)에서 태어나 얼마 동안 관리 생활을 하다가 언론계에 투신하여 작품 활동을 했다. 다재 다능한 그가 미스터리소설에 관심을 갖게 된 것은 당시 셜록 홈즈 시리즈가 한창 인기를 모았기 때문이다. 그는 1894년에 머틴 휴이트 시리즈를 쓰기 시작, 네 권의 단편집과 한 권의 장편을 썼다. 그의 단편에 등장하는 휴이트는 변호사 사무소 직원 출신으로 탐정사를 개업하는데, 그는 홈즈를 의식했던지

휴이트를 홈즈와는 반대로 평범한 탐정으로 만들어 놓았다.

〈렌턴관 도난사건(1894)〉은 단편집 《명탐정 머틴 휴이트》에 수록된 작품으로서, 그의 대표작으로 꼽힌다. 평범하지만 휴이트 탐정은 예리한 직관력의 소유자이며 따뜻한 인정미가 있다. 이 작품은 영국 작가 공통인 일종의 유머가 느껴지는 점이 특징이기도 하다.

모리슨은 도일을 모방하여 성공한 소수의 미스터리 작가 가운데 한 사람이며, 만년에는 왕립 문학 협회 평의원으로 추대될 정도로 재능이 높이 평가되었다.